U0055483

阿爾貝
卡繆

Albert Camus
Le premier homme

# 第一人

吳錫德——譯

導讀——

# 我們別無選擇地選擇成爲第一人

巴黎高等社會科學院歷史與文明研究所博士候選人 朱嘉漢

遺憾的是，卡繆的「《第一人》書稿」必然會與他的死亡連結。這份書稿在一九六〇，也就是他車禍的現場被發現，並第一時間送到他的遺孀手上。據她所言：「（這份書稿）匆匆寫就，難以解讀，且沒有校正過。」

這種死亡現場留下的、潦草書寫的、無法結構組織起的字句，其實就具有遺書的性質。換句話說，《第一人》可當作卡繆留給世人的遺書。「遺稿」在卡繆遺孀奔走下整理完成。但她深諳卡繆對編輯的高標準（他對於自己的書的編輯與審稿的參與度甚高），不願輕率處理。直到三十多年後才在其女的幫助下出版。這當然轟動，同時，也在經過沉澱後，被許多作家當作卡繆（可能）最好的書之一，甚至是二十世紀的文學經典了。儘管它可能連一半都沒完成。

若說一個因意外而中止的作品具有遺書的特徵，至少有一點是不會錯的：閱讀這本書將會證明，即便無法完成，但已經有所覺悟。評論者給這本書「新生（Vita Nova）」的標記，一如進入無盡書寫的普魯斯特與晚年的羅蘭巴特，一種徹底的自知：這份書寫的工作，將是最後伴隨到死亡的。且矛盾的，像是重新活過，以截然不同的姿態看待過去與面向死亡，作品因而絕對新穎。越是確定死亡的終點，作品的完成便是永遠的未知，或是，早已確定是無法完成的。於是，這樣的終極作品，卡繆自己定義的「大小說」（他尚以《戰爭與和平》為標準），是無法「準備完成」的，然而意志上，無論命運要求何時歸還，仍然可以允諾「完成準備」。如同我們今日可以看到的書稿的最後，那個中斷而未知接下來發展的段落，小說主人翁傑克，正在朝往法國的方向，「準備好」在所謂的世界的中心展開他的冒險。

這本書的面世彌補了對卡繆理解的缺漏。即便已是諾貝爾文學獎得主，從《異鄉人》到五〇年代被沙特一派攻訐，世人對卡繆的誤解似乎多過了理解，包括喜愛他的人。《第一人》的出版讓許多人得以窺見卡繆相對完整的面貌。《反抗者》之後直到死亡，卡繆的文學活動相對零碎，《第一人》使得這幾年的「流放」不僅有意義，亦延伸到更遠的「王國」去。

在卡繆逝世超過半世紀的今天，我們已經不陌生卡繆計畫以三種形式（小說、哲學隨筆、劇本）來創作的三階段主題：荒謬、反抗、愛*，這框架遠遠超過他一直被貼上的「存在主義」標籤。能確信《第一人》便是書寫著「愛」的主題內。可能連初稿都稱不上的《第一人》，標題在一九五三年的筆記中已經決定，當時他構想的內容如下：「一、尋找父親或陌生的父親。移動中的誕生。二、我是誰。

三、成為人的教育。」我們無法知道這本書最後會是什麼樣子，但至少知道他關心著什麼。以愛為主題的《第一人》，他在筆記裡是這樣說的：「我將談論的是我所愛的。就只有這樣。徹底的愉悅。」；以及「使人感覺、使人看見、使人聽見。」仔細咀嚼，會發現這十足的普魯斯特：「愛」本身不是客體或物件，而是一種感知模式，一種追尋。即使是被愛，譬如《第一人》中如父親一般教導他、培育他的國小老師貝爾納先生（可完美對照他的恩師路易・杰爾曼），當中書寫最幽微處，確然是當中的「如何感覺到被愛」，並在身上留下痕跡：

> 他衝向窗前，望著最後一次向他揮手致意的老師，這位老師從今而後就放下他孤獨一人。沒有成功的快樂，反而是一股孩子偌大的痛楚令他心痛如絞……從今爾後，他就只得用心學習，自求理解，去成為一個不再有人援助之人，而這份援助是來自一位唯一對他伸過援手的人。

是以，「第一人」的概念在此昭然若揭。從《異鄉人》便可知，卡繆擅長描繪特殊主體對於陌生世界的幽微情感，透過傑克，卡繆使讀者「感受『第一人』的感

* 除了三個主題外，還有一個介於第二階段與第三階段間的歷程，參見拙作：http://chubaparis.blogspot.tw/2012/03/blog-post_4.html

受」。換句話說，「第一人」的重點毋寧是個感知模式。「第一人」是什麼？我們回到那個場景端看這張面孔：一個年屆四十的成年男子在墓園裡找尋父親。這個場景其實正是整本書的基調，他在墓地發現那個將自己遺棄的、沒留下任何事物供他認識的父親，在四十多年後，成為「比他年輕的父親」（父親死時才二十九歲）。在此，傑克捕捉到一種如「瑪德蓮時間」般的、屬於他一族類的「支離破碎」的時間，那「並非如大河流向終點的歲月」的時間形式。並且，對於父親的種種仍然一無所知的條件下，理解了父親，所謂人之生存的形式。對於這位輕如鴻毛的短暫生命、卻賦予自己生命的「年輕父親」，他將之放在更大的共同命運裡，憐憫了。短暫的再次相遇，傑克仍將告別，朝向自己屬於「第一人」的人生。

「第一人」，是無繼承之人，貧窮狀態生存之人。沒有財產、沒有信仰、沒有記憶，亦沒有教養，關於世界的一切，要自己去摸索。卡繆曾說過貧窮乃是他最大的資產，在《第一人》中，早逝的父親與沉默忍受世界的母親，因命運而刻薄的外婆與失能的舅舅，在這樣的環境裡，阿爾及利亞的陽光與海水，感受一種無拘束的自由，與一無所有之人也能擁有的、天生就具有的尊嚴。

「就這樣年復一年在黑暗裡緩緩行走在這塊被遺忘的土地上，而在這上頭每個人皆成了第一人！」即使到了最後，卡繆透過《第一人》，仍是想說，「荒謬—反抗—愛」總不是一個理想的線性階段論，而是一條一開始便纏在人類身上的鎖鏈。卡繆將這本小說設想為「想像力的小說」，透過想像力，傑克不僅與父親的命運連結，也串聯起無數的「第一人『們』」。這些人「一個接一個地去學習如何在漂泊無根以及失去信仰的情形底下過活」，遺忘如此多，但這不減損他們「學習如何成為一個人」的價值與追尋，這或許才是卡繆一直以來，最為核心的思考。

不僅「別無選擇誕生為第一人」，如同他論證過的，意識到荒謬便能反抗，最後終會結成「我們」，所謂愛，他亦「選擇」變成第一個人。即便命運如此殘酷，使得他也成為遺留下子女的年輕父親，我們仍然遇見了如同發現卡繆才華的杰爾曼老師那樣的奇蹟：在多年之後，我們讀到了《第一人》。

# 編者的話

《第一人》的手稿在一九六〇年元月四日，被發現於卡繆車禍罹難時的隨身背袋中，內容總計有一百四十四頁隨筆寫下的稿件，有些段落錯亂、文不加點，部分人名前後不符、情節無法連貫，甚至有許多地方因為字跡太過潦草無法辨認。為了方便閱讀，故增加了以下的說明標示：

一、舉凡語義不詳者，以及段落字句無法辨識者，用方形括號「〔 〕」引註，或以空白標示。

二、每頁用「＊」標示手稿中並列的文字。

三、用字母「a、b、c……」標示在手稿頁邊作者的補述。

四、用阿拉伯數字「1、2、3……」標示註釋。

附錄中也收錄了原稿的夾頁（依序排列成I至V），以及「第一人〈筆記及大綱〉」的記事簿內容，從中能窺見作者預設的布局及後續的發展。

全文最後也收錄了一封卡繆在獲知榮膺諾貝爾文學獎後，致函給他的小學老師路易・杰爾曼（Louis Germain）的書信，以及杰爾曼寫給卡繆的最後一封信。

ALBERT CAMUS

À toi qui ne pourras jamais lire ce livre

Au dessus de la carriole qui roulait sur une route caillouteuse, de gros et épais nuages filaient vers l'Est dans le crépuscule. Trois jours auparavant, ils s'étaient gonflés au-dessus de l'Atlantique, avaient attendu le vent d'ouest, puis s'étaient ébranlés, lentement d'abord puis de plus en plus vite, avaient survolé les eaux phosphorescentes de l'automne, droit vers le continent, s'étaient effilochés aux crêtes marocaines, reformés en troupeaux sur les hauts plateaux d'Algérie, et maintenant, aux approches de la frontière tunisienne, essayaient de gagner la mer Tyrrhénienne pour s'y perdre. Après une course de milliers de kilomètres au-dessus de cette sorte d'île immense, défendue par la mer mouvante au nord et au sud par les flots figés des sables, passant au-dessus de ce pays sans nom un peu plus vite que ne l'avaient fait pendant des millénaires les empires et les peuples, leur élan s'exténuait et certains fondaient déjà en grosses gouttes de pluie qui commençaient de résonner sur la capote de toile au-dessus des quatre voyageurs.

La carriole grinçait sur la route assez bien dessinée mais à peine tassée. De temps en temps une étincelle jaillissait sous la jante ferrée ou un silex venait frapper le bois de la carriole [illegible] la terre molle du fossé [illegible] régulièrement, [illegible] bronchant [illegible] le poitrail en avant [illegible] le chemin caillouteux [illegible] l'un [illegible] des naseaux et son tour de temps en temps. [illegible] L'homme qui se trouvait sur la banquette avant [illegible] le visage tanné [illegible] le visage long [illegible] les yeux clairs [illegible] Au moment où la pluie commença de sonner sur la capote au-dessus d'eux [illegible] voiture [illegible] une femme [illegible] une petite [illegible] [illegible] frappait. [illegible] alors qu'ils n'avaient pas un de chemise, ni un de lit, que leur [illegible] ~~[illegible]~~



Ils s'engouffraient dans la cave prenant soin de veiller sur les montants de fer rouillés, ils s'asseyaient sur les sacs ~~[illegible]~~ déchirés qui pourrissaient dans le sol après le cri déchirant de petit [illegible] à la coupe rectangulaire qu'ils appelaient cochon d'Inde. Et sous cette tente [illegible], chez eux, ils allumaient de petits feux qui ~~[illegible]~~ s'éteignaient dans ~~[illegible]~~ et au moment de se coucher ~~[illegible]~~ à [illegible] au [illegible] et ~~[illegible]~~ les [illegible] de leur [illegible] et ce qu'ils ~~[illegible]~~ venaient de reconnaître ~~[illegible]~~ humides [illegible] même le corps. Ils partageaient ~~[illegible]~~ sans [illegible] avec le petit Jean, les gros [illegible]. Le ~~[illegible]~~ sucre [illegible] aux intérieurs violets que ~~[illegible]~~ offraient ~~[illegible]~~ aux goûts du caveau [illegible] sur un comptoir [illegible] par la [illegible] et [illegible] prostré ~~[illegible]~~ [illegible] de bois [illegible] ruissellements [illegible]. Les jours de grande pluie, ~~[illegible]~~ le sol [illegible] d'eau de la cave humide [illegible] contre le surplus de pluie à l'intérieur des caves ~~[illegible]~~ repullulaient [illegible] et montés sur de vieilles caisses ils jouaient aux Robinson loin du ciel pur et des vents de la mer, triomphants dans leur royaume de misère.

[les cocotiers à la [illegible] ~~[illegible]~~ [illegible] et salé, les [illegible] appelés [illegible]]

Mais les plus ~~belles~~ grandes journées étaient celles de la belle saison ~~[illegible]~~ [illegible] ~~[illegible]~~ autre, ils ~~[illegible]~~ [illegible] ~~[illegible]~~ [illegible] à la sieste. Car ils pouvaient alors marcher longuement jusqu'au Jardin d'Essai, (qui gardait jamais l'aspect de l'hommage?) traversant la suite de rues pauvres et grises du faubourg ~~[illegible]~~, traversant le quartier des casernes, les grandes remises appartenant aux entreprises de camionnage qui dépendaient des commis à chevaux, longeant des grands [illegible] de [illegible] derrière lesquels on entendait le piétinement des chevaux, leurs souffles brusques qui passaient [illegible] leurs lèvres, le bruit de la ~~[illegible]~~ [illegible] qui venait de ~~[illegible]~~ sur le bois de la mangeoire, cependant qu'ils respiraient avec délices l'odeur de crottin, de paille et de sueur qui venait de ces lieux interdits dont Jacques rêvait encore ~~[illegible]~~ avant de s'endormir. Ils s'attardaient devant une caserne ouverte où l'on s'occupait de panser les chevaux, grosses bêtes pattues venant de France et dirigeant sur eux des yeux d'exilés, abrutis de chaleur et de mouches. Puis ~~[illegible]~~ [illegible] ~~[illegible]~~ l'immense jardin où l'on cultivait les essences les plus rares. Dans la grande allée ~~[illegible]~~ qui ouvrait ~~[illegible]~~ jusqu'à la mer sa grande perspective de bassins et de fleurs, ils prenaient des airs de promeneurs indifférents et [illegible] sous le regard méfiant des gardes. Mais ~~[illegible]~~ à la première allée transversale ils prenaient leur course vers la partie est du jardin ~~[illegible]~~ à travers des plantations d'énormes palétuviers ~~[illegible]~~ les ~~[illegible]~~ grands arbres. Caoutchoucs dont on ne pouvait distinguer les branches tombantes des racines multiples et qui descendaient des premières branches vers la terre, et plus loin encore vers le ~~[illegible]~~ but réel de leur expédition, les grands

[illegible] par ces [illegible]

[à tenir qu'il faudrait [illegible]. Leur [illegible]]

Galoufa

Encore

[illegible] Marthe

[illegible]

Jacques [illegible] Ernest [illegible] Joséphin [illegible]

[illegible] Mzabi [illegible]

[illegible]

Jacques [illegible]

[illegible]

131

[illegible] . Au mois d'août, le soleil [illegible] [illegible]
[illegible] d'un ciel [illegible], [illegible], [illegible], [illegible]
[illegible]
[illegible]
[illegible]
[illegible]
[illegible]
[illegible]
[illegible]
[illegible]
[illegible]
[illegible]

目錄

## 第一部：尋找生父

在碎石子路行駛的篷車上方…… 018
聖布里厄 034
3. 聖布里厄與馬朗（J.G.） 042
4. 孩子的遊戲 051
5. 父親／父歿，戰爭／爆炸 066
6. 家人 089
艾迪安 108
6之1學校 143
7. 蒙多維鎮：殖民與父親 182

## 第二部：兒子或者第一人

1. 中學 204
雞籠與割喉宰雞 229
週四與假期 235
2. 自身的疑惑 271

## 附錄

夾頁 I 280
夾頁 II 281
夾頁 III 283
夾頁 IV 284
夾頁 V 285

**第一人〔筆記及大綱〕** 287

**兩封信** 329

# 第一部

Recherche Du Pere

# 尋找生父

陳情者：卡繆遺孀

獻給絕不可能閱讀此書的妳[a]

在碎石子路行駛的篷車上方，大塊厚實的雲趁著暮色正快速地向西流竄。三天前，這些雲就釁集在大西洋上空不斷鼓脹，等待吹起西風；然後便開始移動，先是緩慢不動聲色，然後加快速度，越過粼光閃閃的秋水，直接撲向大陸；接著在摩洛哥的山脊給鬆散開[b]，到了阿爾及利亞的高原又重新組合成一群群的雲塊。此刻，它們已經逼近突尼西亞邊界，正朝向第勒尼安海[1]飄去並將消逝在那兒。經過上千公里的路途，越過這麼一座北有翻騰的海洋、南有徐波靜浪的沙灘護衛著的大島，只比千百年來那些帝國和子民稍微快些的速度越過這個無名的國度，這些雲的勁兒也終告衰竭，其中一些雲早已形成了又大粒又罕見的水珠，劈哩叭啦地落在帆布罩篷上，車子裡頭正坐著四名乘客。

篷車行走在一條輪廓十分清楚卻只是略略碾平的道路上，不斷地嘎吱作響。小火花不時從鐵皮輪緣或者由馬蹄下迸出；一粒石子正巧擊中篷車身上的板條；而整輛車子也不巧陷到軟趴趴的溝渠當中，發出一記沉悶的聲響。兩匹瘦小的馬繼續規規矩矩地向前行，步伐卻開始有點不上不下的，前胸馱著這輛裝滿家具沉重的篷車，身後留下兩條未曾間斷卻不劃一的足跡。其中的一頭不時從鼻孔中噴出粗聲的氣喘，步伐因此走亂了。負責駕馭的阿拉伯佬便揮起那幾條已經過度磨損*的繮繩，直接拍落在馬背上，那馬兒就這樣振作起身，重新踏出正常的步伐。

坐在前排板條馬車伕身旁的男子是個三十來歲的法國人，表情堅毅地盯著眼前擺動的兩具馬臀。身材高大、粗壯、微長的臉型，高且方正的前額、下巴堅實、雙眼清澈。雖然時令早到了些，他卻只穿著一件斜紋布有著三個釦子的短外套，並依著當時的流行款式扣上頸子上的鈕釦。理著一頭短髮[c]戴著一頂輕軟的鴨舌帽[d]。當大雨在他們頂上的車篷滾動之際，他轉身朝向車廂內喊叫：「還好吧？」第二條坐板固定在前排板條與一大堆老舊的旅行皮箱和家具之間，上頭坐著一位婦女，一身破舊打扮，不過卻披著一件粗質的羊毛披巾；她吃力地抱以微笑並略略做出一個抱歉的動作，「好！好！」一個四歲的小男孩靠在她身上睡著。她面容溫和勻稱，一頭西班牙女人的髮式，鬈曲有致且烏黑，鼻子小而筆直，棕褐色的眼神姣好溫馨。不過，在這樣的面容下卻有個不尋常之處。這並非只是一種因疲憊或其他相似

a. 補列地質學上不知名之東西。大地與海洋。
b. Solferino（索非里諾鎮）。
c. 穿著一雙大鞋。
d. 或者圓頂禮帽
1. la mer Tyrrbenienne 為地中海西部的一個內海。
* 因過度磨損而出現裂痕

的緣由的表情而暫時流露在相貌上，不！它倒像是一種神不守舍、一種安詳的心不在焉的表情，像是經常會出現在一些老實人臉上那樣；不過，心這只是在剎那間不經意從這個姣美的容顏所洩漏出的。這麼一雙動人且善良的明眸，有時也難免會閃現一絲莫名的懼怕，但卻過眼即忘。她的手掌因勞動而有些損傷，關節處已長出些許的繭，用手輕輕地拍打幾下丈夫的背，「還好！還好！」不過，她即刻收起笑靨，在車篷下凝視著道路上已經發出亮光的水坑。

這男子轉身向阿拉伯佬，黃絲帶織成的包頭巾下神情冷靜，整個身子因一件寬大後襠鬆垮的褲子夾在兩個腿肚之間，而顯得笨拙臃腫，「還很遠嗎？」

留著兩撇大白鬍子的阿拉伯佬微笑答道：「再過八公里就到了。」

這男子沒帶笑意又回過身來，專注地瞧著他的妻子。她則一直望著馬路。「把韁繩給我！」這男子說道。

「你要就給你。」便將韁繩交給了他。這男子跨過阿拉伯佬的大腿，而後者便從這男子的身下坐上他方才離身的位置。韁繩拍了兩響，這男子便駕馭起這兩匹駄馬；馬兒步伐挺立直向前行，突然將篷車拉得筆直。「你很懂馬嘛！」阿拉伯佬說著。

而回答來得極為短促，「是。」這男子沒露任何笑意。

光線暗了下來，一下子黑夜便降臨。阿拉伯佬取下掛在他左側的一盞方形提燈，然後朝向車廂，用數根大火柴棒點燃提燈內的蠟燭。接著便將提燈掛回原先的位置，此刻雨下得和緩且規律些；雨水在燈火的微光中閃閃發亮，在渾然漆黑之境由四處發出輕微的聲響。篷車有時沿著多刺的荊棘叢行走，微光也在須臾間照亮了幾株矮樹。不過，大部分的時間它是行走在空盪的曠野裡，它因夜色而更覺得遼闊無邊。只當聞到焚燼的草氣味，或者突然間一股濃濁的肥料味，才讓人想到此刻是順著耕地在行駛。那女子在駕駛後頭說道（那丈夫略微拉住馬匹並傾身向後）：「怎麼一個人影也沒有？」那女人又重複說著。

「妳害怕嗎？」

「什麼？」

丈夫再說了一遍，不過此回是用喊的。

「不會！不會！和你在一塊就不會。」不過，她還是顯得挺憂心忡忡。

「妳不舒服嗎？」那男人說道。

「有一點。」

他便催促起馬匹，之後，黑夜中就只聽見車輪輾過田野的巨大聲響以及馬蹄踢在路面的聲音。

這故事發生在一九一三年秋天的一個夜裡。乘客是兩個小時前從博恩車站出發；他們是從阿爾及爾市坐了三等車廂的硬板條，搭乘一天又一夜的火車抵達的。他們在火車站前叫了一輛馬車，而阿拉伯佬就等在那兒準備將他們送到二十公里外內地的一個小村落，這個男子正是要去接管那塊放領地。安裝旅行皮箱和隨身衣物便花去了不少時間，顛簸的馬路更耽誤了不少時辰。那阿拉伯佬像看透這些乘客的憂慮似地說道：「用不著害怕。這附近並沒有土匪出沒。」

「到處都有！不過，我可做了萬全的準備。」那男子說著並用手拍拍貼身的口袋。

「你說得對，到處都撞得到瘋子。」

就在此刻，那女子喊了她的丈夫：「亨利！很痛呀！」那男子詛咒了幾句並激勵一下馬匹[a]。「我們就到了。」他說道。過沒片刻他又盯著妻子看，「還在痛嗎？」

她用一種奇特心神不定的模樣對他微笑，卻沒露出痛楚的表情。「是的。很痛。」

他又神情嚴肅地望著她。

而她也再次致歉。「沒什麼。可能是坐火車！」

「看！村莊！」阿拉伯佬說著。確實，在馬路左側不遠處便瞧見了索非里諾鎮的燈火，但卻給雨水弄模糊了。「呃，你得走右邊這條路！」阿拉伯佬說道。

那男子猶豫一下，轉身問妻子：「先到我們的房子呢？還是到鎮上？」

「哦，先到房子，這樣比較好。」

到了不遠處馬車便轉向右邊，朝向一棟等待他們到來的陌生房子駛去。「只剩下一公里。」阿拉伯佬說道。

「我們到了！」那男子對妻子說著。而她早已痛得縮成一團，將臉埋在手臂當中。「璐西！」那男子說道。她動也不動，他用手碰了她一下。她掉下眼淚卻沒哭出聲音。他喊出聲，一字一字地喊著並做動作表達他要說的話：「妳—要—生—小—孩—了。我—去—找—醫—生！」

「是的。去找醫生吧！我想是這樣子的。」

阿拉伯佬瞧著他們，愣在那兒。「她要生小孩了！」丈夫說道。「鎮上有醫生嗎？」

「有的。你要的話我去找他。」

「不！你留在屋子，你多加注意。我趕去比較快些。醫生有自己的馬車或者坐騎吧？」

「他有一輛馬車。」接著阿拉伯佬又對那女子說：「妳將會生個男孩。他一定會長得很英俊。」那女子對他報以微笑，卻一副不知他在說些什麼的模樣。

「她聽不見！在屋子裡你得大聲喊並做出動作。」那丈夫說道。

此刻篷車幾乎聽不見任何聲響地馳著。馬路變得比先前狹窄並鋪滿了凝灰岩，順著一排排矮小鋪蓋瓦片的庫房伸展著；在它們之後已能瞧見葡萄園裡頭幾排的果

a. 小男孩。

藤。一股強烈發酵用的葡萄果汁味迎面撲向他們。穿過幾棟屋頂加高的大建築物，車輪壓上煤渣，他們來到一個沒種上半棵樹的庭院。阿拉伯佬二話不說地便接下韁繩並拉住馬匹。馬匹停了下來，其中的一匹因倉皇而猛噴著鼻氣。[a]阿拉伯佬用手指著一棟漆上石灰的白色小屋。一棵葡萄藤攀滿了矮門的四周，門的四緣則因施灑硫酸銅殺菌劑而泛藍。那男子跳下馬車，冒雨走向屋子。他打開門，迎面的是一間昏暗的房間，且聞得出爐床上空盪盪的。跟在後頭的阿拉伯佬在黑暗中筆直地朝壁爐走去，刮了刮一根未燃盡的柴木，並點燃一盞掛在房間中央，圓桌上方的煤油燈。那男子此時才看清屋內有個用石灰漿刷得白白的廚房，洗碗槽則貼上紅色的瓷磚，還有一只餐具櫃，牆上掛著一本濕漉漉的日曆。一座同樣鋪上紅磁磚的樓梯伸向頂樓。「生火吧！」他說著，然後轉身走向篷車。（他抱起小孩？）那女子一語不發地在那兒等著。他用手臂抱她下車，靠在身上攙住她片刻，然後扶起她的頭。

「妳可以自己走嗎？」

「可以。」她說道，並用她那長滿繭的手輕撫他的手臂。

他牽著她走進屋子。「等一會兒。」他說道。

阿拉伯佬已經將火點燃，手腳俐落地添加一些葡萄蔓藤當燃料。她則站在桌子邊，雙手撫住肚子，燈光照上她那姣好的面龐，此刻卻布滿陣陣痛楚的波痕。她似乎尚未覺察這屋內潮濕、荒蕪、窮酸的氣味。那男人正在頂樓忙著。然後出現在樓梯的上端，「臥房沒有壁爐？」

「沒有。」阿拉伯佬回道。「另外一間也沒有。」

「上來吧！」那男子說著。阿拉伯佬跟了上去。等他再出現時背上已扛著一張床墊，那男子則扶住床墊的另一端。兩人將它擱在壁爐旁。那男人跑去將桌子拉到一旁，阿拉伯佬則又登上階梯，根快地抱下一個長枕頭和幾張被毯。「就躺在上頭吧！」那男人向妻子說道，並帶著她走向床墊。

她有些遲疑。此刻正聞得到從床墊裡冒出來潮濕了的鬃毛氣味。「我不能這樣脫光衣服！」她帶著恐懼之情說著並環顧四周，像是此刻才看清這個住所……

「脫下妳裡面的衣服吧！」那男子說著。又重複道：「脫下內衣吧！」接著向阿拉伯佬說道：「麻煩你解開一匹馬，我要騎到鎮上去。」阿拉伯佬走了出去。那女子開始寬衣解帶，背對著丈夫，而他也轉過身背著她。然後她躺了下來，身子一躺平便將被毯蓋住全身！張大口長長地大叫了一聲，像是想藉此一口氣地將積壓在她身上的痛楚一次擺脫乾淨。那男子就佇立在床墊旁，任她放聲大叫；等她叫停了，便脫下頭上的帽子，單腳跪在地上，吻了一下她清秀的前額；但她仍緊閉著雙眼。他戴回帽子，就這樣出門走在雨中。那匹解開繮繩的馬已轉回首，前蹄也已立在煤渣路面上。「我去找個馬鞍。」阿拉伯佬說著。

a. 天色暗了下來？

「不必了。留下韁繩就行了，我就這樣騎著。把那些旅行皮箱和家當搬進廚房裡。你有太太嗎？」

「她過世了。上了年紀了！」

「有女兒嗎？」

「沒有。這可謝天謝地。不過，我卻有個媳婦。」

「請她過來吧！」

「好的，你放心地走吧！」

那男子望著這位站在毛毛細雨中動也不動、對著他微笑的阿拉伯佬；他嘴上的鬍子則因雨水而給打濕了。而他一直不苟言笑，卻用他清澈、親切的眼神凝視著他。接著，他向阿拉伯佬伸出一隻手，對方則用阿拉伯人的方式回禮，用手指尖握住他的手並將它拉到嘴前輕吻一下。那男子轉身朝坐騎走去，將地上的煤渣踩得嘎嘎作響，直接躍身騎上馬背，帶著沉重的步伐騎遠了。

踏離放領地，那男子便朝先前首次瞧見鎮上光線的十字路口騎去。因雨水不再滴落，此刻那光亮變得更加鮮明。右邊那條朝向那片光亮的道路筆直地穿過葡萄園，棚架上的鐵線則四處閃閃發亮。走到半途那馬兒卻自個放慢腳步，信步走了起來。迎面瞧見一間類似簡陋屋棚的長方形建築；一邊是用磚石砌成的房間，另一邊則占地較大用木板釘成，它有一個凸起的櫃台，上頭偌大的遮雨板放得很低。一扇門嵌在磚石砌成的那一邊，上面寫著：「傑克夫人農莊餐廳」，光線從門底下射了出來。那男子將馬在門邊拉住，也沒躍下馬就敲了門。裡頭立刻傳出洪亮果決的聲音：「什麼事？」

「我是聖達波特放領地新來的經理。我太太就要生產了，我需要人幫忙。」頓時無人應答。過了片刻之久，有人拉開鎖釦，扳起了門條，門就這樣拉得半開。一個黑色鬈髮的歐洲女子將頭伸了出來，雙頰圓嘟嘟的，鼻子在兩片厚唇上端顯得有些扁平。「我叫亨利．柯爾梅里。妳可否前去陪我太太？我得趕去找醫生。」

她以打量男人和橫看厄運慣有的眼神注視著對方。他則對她報以堅定的眼光，卻也沒多費口舌說明。「我會去的，你趕緊些吧！」說道。

他致了謝，用後腳跟刺激了馬。才一會兒的工夫他已來到了鎮上；走在一些類似由乾土塊砌成的城堡圍牆之間。乍看下就只有那麼一條街衢擺在他眼前，兩邊沿著單層的小平房，每棟都極為相像；他一直順著走上一個鋪滿凝灰岩的小廣場，那裡兀然矗著一座金屬架搭成的露天音樂台。這廣場也像那街衢一樣空無一人。柯爾梅里就這樣繼續朝一棟房子騎去，直到馬兒驚跳起來。一個阿拉伯人從暗處冒了出來，一身昏暗破舊的阿拉伯式呢斗篷，正朝他走來。「請問醫生的家在哪？」柯爾梅里立刻問道。對方端詳著這位騎士。瞧了一會便跟他說道：「跟我來。」他們倆踏回先前那條街衢。來到一棟磚石建築物前，它底層的地板加高了些，漆上白石灰的階梯可以通達此建築，牆上寫著：「自由、平等、博愛」三個大字。隔壁是一座草草塗成的圍牆圍住的小小花園，深處瞧見一間房子，阿拉伯人正指著它說：「就是那一間。」柯爾梅里以一種不知疲憊為何物的矯捷步伐躍馬而下；穿過花園，只在它的中心點瞧見一株枝葉乾枯、樹幹腐朽的矮棕櫚樹。他敲了敲門。無人應答。[a]他轉過身來；阿拉伯人還在那兒默默不語地等著。那男子再去敲門。屋內那頭傳來腳步聲並且就停在門後頭。但卻沒見門打開。柯爾梅里再上前敲門並說道：「我是來請醫生的。」

門閂立刻拉起，門打開了。眼前出現一個身材魁梧，長得一副少年娃娃臉，不過幾乎滿頭白髮的男子；雙腿裹著綁腿、穿著一件狩獵式的夾克。「咦！你打從哪兒來的？我從未見過你。」他面露笑意地說著。那做丈夫的向他做了一番解釋。「是呀！鎮長向我提過這事。不過，你是知道的大老遠跑來這個怪地方生孩子。」他原先以為這事會晚一些，誰知道估算錯了。「不打緊，這誰都免不了。走吧！我去替瑪塔多裝個鞍，跟著就來。」

在回程的半途中雨又下了起來，醫生騎著一匹花斑的灰馬趕上了此時早已渾身打濕的柯爾梅里，不過，他卻一直很抖擻地端坐在那匹粗壯的耕馬背上。「來得也真巧！不過，這兒倒是個好地方；除了蚊子和那群躲在荒郊野外的土匪外。」醫生喊道。這時他已與那男子並排而行。「對了！關於蚊子呀！到春天以前都沒事。至於那群土匪呀……」他笑著，不過，對方卻一語不發地繼續向前走。醫生好奇地望著他，「不用擔心，一切都會平安無事的。」

柯爾梅里回過頭用坦率的眼神，心平氣和地望著醫生，帶著一份真摯的語氣說道：「我並不害怕，我早已習慣重大的打擊了。」

「這是你第一個小孩嗎？」

「不！我把四歲的男孩留在阿爾及爾市他外婆那兒。[b]」

他們倆來到先前的十字路口，走上了往放領地的路上。馬匹停住靜了下來之際，便可聽見屋子裡傳來大聲的叫喊。兩個男人縱身跳下馬。

滴著水的葡萄藤下，躲在那兒遮雨的黑影正在等著他們。接近瞧個清楚，便認出是那位阿拉伯佬，頭上還頂著個大袋子。「你好，卡都爾，現在怎麼樣了？」

「我不知道，尤其是我根本不踏進女人家的房間！」老阿拉伯人說道。

「這原則挺好的，特別是當女人家們叫嚷的時候。」醫生回道。但，在這之後屋內便再也沒傳出任何叫喊聲。醫生推開門走了進去，柯爾梅里也跟著進門。

在他們面前，壁爐上的葡萄蔓藤燒得頂旺，將室內照得比懸掛在天花板中央那盞周圍繞著銅條和串珠的煤油燈更為通明。右手邊的那個洗碗槽突然間塞滿了金屬製的水壺和毛巾。左手邊，在那只用原木木板釘成站不穩腳的小餐具櫃前，放著先前被推置在那兒的桌子。桌上已被一個舊的旅行袋、一個帽盒子，還有好幾個手提包塞得滿滿的，屋內各處堆滿了舊的旅行行李，其中還有一個柳條箱子，只在室內

a. 我曾經與摩洛哥人作戰（盡可能模稜兩可）。摩洛哥人都不是好東西。
b. 與前述相互矛盾：「一個小男孩靠在她身上睡著。」

中央離壁爐不遠處留下一個空間。在這個空間中，與壁爐呈垂直的方向擺著一張床墊，上頭躺著一名婦女，臉微微向後仰，頭放在一個沒裝上枕套的枕頭上，頭髮此刻也鬆散開來。此時，被毯也只蓋住半張床墊而已；餐廳的老闆娘跪在左側，身子擋住部分未遮蓋的床墊。她正在一個臉盆上方擰著一條毛巾，紅色的血水順著淌下。一名未戴面紗的阿拉伯女子則盤坐在右側，像行奉獻禮那樣高高地捧著另一個搪瓷臉盆，它的表面有些龜裂，裡頭的熱水還冒著氣。兩名女人家就各自位在柯爾梅里夫人所躺的折疊式床單的兩旁。壁爐的火光和波影在白色石灰的牆上忽起忽落，室內則是行李橫陳；再近些，火光照紅了兩名看護的面龐，也照上了躲在被毯下縮肩縮頸的女子的軀體。

當這兩名男子走進來時，那名阿拉伯女子很快地瞄了他們一眼，帶著淺淺的笑靨轉頭望著壁爐上的火；她黑褐又瘦骨嶙峋的手臂一直捧著那個臉盆。餐廳的女老闆望向他們並滿心喜悅地喊道：「不必勞駕您哩！醫生。很順利哩！」她站起身，兩名男子在產婦身旁瞧見某個未定型又有一種靜寂動作的血淋淋生命；此刻從他身上還正發出一種幾乎覺察不出[a]、類似地表層下沙沙悶響，持續不斷的聲音。

「果然如此，我想妳們還不至於去動了那根臍帶吧！」醫生說道。

「沒有！」對方笑答道。「總得留點活兒給您呀！」

她讓位給醫生。而後者又擋住了柯爾梅里望向新生兒的視線，因為他一直都佇立在門口並且已經脫下了帽子。醫生蹲下身子，打開醫藥箱，之後接下阿拉伯女子手中的臉盆；她立刻退出光線明亮處，藏身到壁爐牆角昏暗之處。醫生清洗雙手，背部一直背向門口，然後倒了酒精在手中，那氣味有點兒像綠葡萄榨汁發出的味道，一下子就充塞了整個房間。就在這個時候，那產婦抬起頭，看著她的丈夫，疲憊不堪的好臉蛋頓時變了樣，綻放出一道美妙的笑靨。柯爾梅里走向床墊。「他生下來了！」她喘了口氣說道，並將手伸向那初生的嬰兒。

「好了！不要亂動！」醫生說道。那女子則回以納悶的神情。

柯爾梅里已經站到床墊的一旁，向她做出勸慰的手勢。「躺下吧！」

她放鬆向後躺下。此刻雨下得比先前還猛烈一倍，打在陳舊的屋瓦上。醫生則在被毯下忙著幹活兒。接著挺起身子，在他面前抖動什麼東西似的。之後便聽見一陣輕輕的哭叫聲。「是個男的，還是一個很強健的小夥子！」醫生說道。

「搬個新家，現在終於有一個好的開始。」餐廳的女老闆說道。

站在角落的阿拉伯女子笑著並用手拍了兩下。柯爾梅里看了她，她尷尬地回過頭去。

「夠了。請大家離開片刻吧！」醫生說道。柯爾梅里望向他的妻子，但她的面孔一直往後仰著！只瞧見她那雙伸在厚重被毯外的雙手，依舊能喚起方才充滿整個

a. 像在顯微鏡下某些細胞有的那樣。

屋子，使這個悲慘的房間為之變樣的笑靨。他戴上鴨舌帽走向門口。
「你準備替他取什麼名字呀？」餐廳的女老闆嚷道。
「我不知道。我們還沒想到這碼事。」他看了一下那嬰兒。「既然妳就在這兒，我們就叫他『傑克』吧。」
「傑克夫人農莊餐廳」的女老闆聽了哈哈大笑，柯爾梅里則一腳踏出了門。葡萄藤下那位阿拉伯佬一直頭頂著袋子在那兒等著。他看著柯爾梅里，但柯爾梅里卻沒對他說什麼。「來這兒吧！」阿拉伯佬讓出袋子的一角並說道。
柯爾梅里便躲了進去。他感覺到阿拉伯佬的肩膀靠著他以及聞到他身上的衣服散發出來的氣味，並感受到打在他們倆頭頂上袋子的雨水。「是個男的。」他說著，卻沒回過頭來看對方。
「謝天謝地呀！這下子你可就是一家之主！」這來自千里遠的雨水就這樣不停歇地落在他們倆眼前的煤渣地上，積成無數個水窪；也落在不遠處的葡萄園裡，藤架上的鐵線因沾滿水滴也一直閃閃發亮。這些雨水到不了東邊的海，它將淹沒整個地區——河邊的沼澤地、附近的山區和整片幾近荒蕪的土地；強烈的氣味一直傳到這兩個並著肩，緊緊躲在一只大袋子下的男人身上。而在這同時，在他們身後則不時傳來陣陣微弱的哭叫聲。
夜裡稍晚，柯爾梅里身穿長襯褲及汗衫平躺在他妻子身邊的另一張床墊上，望著天花板上飛舞的火焰。整個房間此時已大致整理妥當。在妻子的另一頭，由被單鋪成的嬰兒床裡，新生兒安靜地睡著——除了偶爾發出幾聲輕微的咕嚕聲響外。他的妻子也睡得正熟，臉朝向他，嘴巴微張。此時雨停了。明天就得開始幹活。在他身邊妻子那隻已經磨損、幾乎像木條那般的手，不正也提醒他得去幹活！他伸出自己的手，輕輕地放在她那隻手上；然後，將頭往後仰，緊緊閉起雙眼。

# 聖布里厄[1]

四十年過後，在駛往聖布里厄的列車走道上，有一名男子[a]正以一種無動於衷的眼神凝視著春日午後淡淡陽光下掠過的景色；這段從巴黎到英倫海峽窄小且平坦的土地上布滿了醜陋的村落和屋舍。這片土地上的牧園及耕地幾世紀以來已被開墾殆盡——連最後的咫尺畦地都未漏過，現在正從他的眼前一一湧現。這名男子未戴帽、理個小平頭、臉型削長、輪廓細緻、身材中等、淺藍的眸子有著率直的眼神，雖然已四十開外，但穿上那件雨衣仍略嫌清瘦。他雙手牢牢地握住車窗上的扶欄，整個身子的重量放在一側地站著，胸部開敞，讓人有一種自在又活力十足的模樣。此時火車減緩速度，最後停靠在一個不甚起眼的車站。沒多久，一位長得還算標致的年輕女子經過那名男子所站位置的窗外。她停了下來準備換另外一隻手提行李，發現有這麼一位乘客就站在那兒望著她微笑，所以她也不得不報以笑靨。那男子正準備放下車窗之際，火車卻已行駛上路了。「太不湊巧了！」男子說道。那年輕女子則一直對他面露笑容。

這位旅客回坐到三等車廂靠窗的座位。正對面坐著一位頭髮稀少又平貼的男子，若沒有那副腫脹的面孔及酒糟鼻，看起來應該還更年輕些，他正閉緊眼縮成一團地坐在那兒費力地喘著氣，顯然是因為不良的消化作用所致；且還不時快速地瞟眼*望向對座的旅客。在同一張座椅靠走道這邊則坐著一位著盛裝的農婦，頭上戴著一頂飾有一串蠟製葡萄難得一見的帽子，正替坐在一旁、一臉蒼白無力的紅棕色頭髮的孩子擤鼻涕。這位旅客的笑意全消；從口袋裡拿出一本雜誌當消遣，讀起一篇文章，禁不住打起了呵欠。

過了不久，火車慢慢地停了下來，車廂門上的告示牌出現了「聖布里厄」的字樣。這位旅客立即站起身，不費勁地便從他座位上方的行李架上把一只折疊式行李箱拿了下來；然後向包廂內同行的乘客致了意——對方則回以訝異的表情——便踏著迅速的步伐，跨過車廂三階的踏板。到了月台，瞧見左手因先前擱在銅欄杆上給弄髒了，便掏出一條手帕仔細地擦拭著。然後便朝出口方向走去。一群衣著灰暗、臉色污黑的乘客漸漸地向他靠攏。他在有著幾根小柱子支撐的雨棚下耐心地等候驗票，又靜靜地等著不發一語的剪票員遞還給他車票。穿過四壁空盪但卻骯髒得很的候車室，那牆上只裝飾著幾張舊海報，其中的一張蔚藍海岸風景甚至都蒙上黑漆漆的煤煙。在午後斜照的光亮裡，他快步地走向那條朝向市區的街道。

到了旅館，他要了原先訂好的房間；回絕了一臉長得像馬鈴薯的女中替他提行

a. 一開頭就得將傑克描寫得更加怪里怪氣。

1. Saint-Brieuc，法國布列塔尼區北方省省會，距英倫海峽三公里遠。

* 眼光無神狀

李的服務。等她帶他到房間時，他還是遞給了她一些小費，這筆賞金讓她訝異，臉上也流露出感激之情。接著，他又再清洗雙手，用矯捷的步伐踏步下樓，連房門都未上鎖。在旅館大廳他又碰著那位女中，向她詢問墓園的所在地；對方則鉅細靡遺地詳加指點，他則和顏悅色地聽完，然後朝指示的方向走去。此刻他行走在一條狹窄、暮氣沉沉、兩旁坐落一些極不起眼、鋪著難看的紅瓦房舍的街道上。其樑柱還都裸露在外，屋頂上的石板瓦也都歪七扭八的。路上行人本就稀少，甚至都不肯駐足在店家的櫥窗前多張望。這裡頭擺設有玻璃製品、塑膠或尼龍塑品，及在現代都市隨時可見到的那些模樣悲戚的陶瓷製品。只有那些賣吃的店家人氣活絡些。墓園由一道面目可憎的高牆團團圍住。入口處附近有幾家出售一些便宜花朵的花舖及墓碑店。來到其中的一家前頭，這位旅客駐足在那兒，瞧著一名慧黠的小孩正在店的角落，一塊尚未銘刻字樣的墓板上寫功課。隨後他便走進墓園，朝看守的門房走去。墓丁並不在那兒，這位旅客便在他那間簡陋的辦公室等候；之後他發現有一張位置圖便仔細地端詳起來。此刻墓丁也走了進來，他塊頭來得大，巨大的鼻上長滿了疙瘩，身上那件厚大高領的外衣裡還聞得出汗味。這位旅客問說一九一四年大戰陣亡將士的墓區在哪？

「是的，那塊叫做『法蘭西懷遠區』。您找什麼名字來著呀？」墓丁說道。

「亨利・柯爾梅里。」那位旅客回道。

墓丁翻開一本外殼用包裝紙包起來的大冊子，用沾滿污泥的手指順著姓名找；

手指停在名單上。「亨利・柯爾梅里，在馬恩省一役中受致命大傷，一九一四年十月十一日歿於聖布里厄。」墓丁唸了出來。

「就是他。」這位旅客說道。

墓丁合上那本大書。「跟我來！」他說道，接著便趨向這位旅客之前，朝前排的墳墓走去；這些墳墓有的樸實無華，有的富麗堂皇卻醜陋無比，它們全都覆蓋著這麼一塊大理石及串珠做成的小玩意，而無論將它們置在地球的任何地方都會令該地蒙羞的。「他是您的親人？」墓丁漫不經心地問道。

「他是我父親。」

「這種打擊挺大的！」那墓丁說著。

「那倒不會。他死的時候我都還沒滿週歲。像這樣，您怎麼說呢？」

「是呀！但話總不能這樣說。那次死了太多人了。」

傑克・柯爾梅里沒再接腔。當然那時是死了太多人。但，如果是針對他父親，他怎麼也沒能捏造一份對父親的敬愛之情。他住在法國已有好幾個年頭，他答應過仍留在阿爾及利亞的母親——她就[1]一直求他去看看父親的墳，而她自己也從未來看過。他認為走這一趟毫無意義；首先，對他而言，他根本不認得父親，幾乎不知

1. 原文即如此。〔譯註〕：作者重複了「她就」。

道他的一切，況且他對那一切約定成俗的行為舉止憎恨極了；其次，對母親而言，她從不提及這位死去的丈夫，而她也不可能去想像他到底會看到些什麼？不過，由於他的一位恩師退休住到聖布里厄來，便找了個機會前來探訪他；就這樣他便決定前來看看這位不曾相識死去的親人，而且甚至執意先看墳墓，如此一來才能感到輕鬆自在些，然後再去與那位摯友相聚。

「就在這兒。」墓丁說道。他們倆走到了一個墓區，周圍有灰色的小界石，並用一條漆成黑色的巨鍊子串起。墓碑林林而群，而且極為相像，都是長方形刻了個字樣，一行行等距地排列著。所有的墓碑都獻上一小束鮮花。「四十年來都是由『法蘭西懷遠協會』負責維護，您瞧，您要找的墓就在那兒。」墓丁指著前排的一個墓碑。傑克・柯爾梅里在墓碑一小段距離前停住。「我先告退。」墓丁說道。

柯爾梅里走向那墓碑，漫不經心地瞧著。的確，上頭正是這個姓名。他收起視線向上望。此時更加暗淡的天空，慢慢掠過朵朵灰白的小雲，天際不時地射下時而微亮，時而昏暗的光線。在他四周，在這一大片死亡的地域，一切皆籠罩在寂靜裡。只有一陣低沉的喧譁從城裡越過高牆傳了進來。偶爾瞧見遠處的墳墓堆中某個黑色的身影。柯爾梅里將視線望向天際緩慢移動的行雲，正試著從沾濕了的花朵後嗅著那股帶有靈味的香氣——它是從遠處風平浪靜的海面飄揚過來的。直到一只水桶撞上墓碑的大理石發出的叮噹聲響，才將他喚回到現實的世界。就在這一刻他才瞧見墓碑上他父親的出生日期，在這之前他是渾然不知的。接著便瞧見兩個生歿的日期「一八八五—一九一四」，然後不自覺地做了計算：二十九歲。剎那間，一個念頭湧上心頭，並令他渾身為之一震。他此刻已年高四十，而長眠在這塊墓碑下的死者，就是他的生父，竟然比自己還年輕[a]！

然而，頓時湧上心頭的那股起伏的溫情和憐憫之心並非來自像一個孩子對失去的父親追憶那樣的靈魂激動，毋寧是一名成年男子感受到有這麼一個孩童竟被如此不公平的殘害那種極度的同情之心；而這類的殘害是極不合天理，說實在的，哪裡還有什麼天理可言；有的淨是瘋癲和混亂而已，其結果是做兒子的居然比父親還年邁！呆若木雞的處在這些他視而不見的墳墓當中，時間本身的流程竟也如此支離破碎，而歲月也不再像時光的大河流向它的終點那般依序前進。這些歲月此刻只不過像是喧譁、激浪及漩渦那樣，而傑克・柯爾梅里正在當中奮力與焦慮和憐憫搏鬥[b]。他看著這塊墓園裡其他的墓誌銘，從他們的生歿日期理解到這片土地上正散布著許許多多早夭的孩子們，而他們皆是那些自以為還活在此刻而頭髮已經斑白了的人的父親！因為他就確信自己活在這人世間，他靠自己長大成年，清楚自己的力量和精力，他獨力承當且掌握一切。不過，在他此刻所處的暈眩之中：任何經歷歲月的火煉而堅韌不拔的人，終將髮禿齒豁，等待最後化為腐

a. 轉換。
b. 詳述一九一四年大戰。

朽，而這具軀體已經快速地破裂開來，且早已倒塌落地。所剩餘的只是這麼一顆焦慮的心、活下去的貪念，以及抗拒人世間終有一死的法則，如此伴隨著他度過四十個年頭。而這個他，仍舊用著同等的精力去捶打那道隔開所有生命的秘密之牆，一心一意只想多探個究竟，在這之外知道得更多些；在死亡之前能夠豁然開朗，識得何者謂之天理——就期待這麼一回，千載難逢的瞬間！

回顧一下他的這一生；放蕩不羈、熱情有加、膽怯可鄙、頑固執拗，且一直使勁地朝他渾然不知所以然的目標前進。而事實上，這個生命就這樣一去不復回，也根本未曾試過去想像會有這麼一個人——他正是賦予他生命的人。然後沒多久他卻隔海前去一個陌生的地方死在那兒。想到自己二十九歲的那年，他半點也不孱弱，耐苦、帶勁、堅毅、縱慾、愛幻想、熱情果敢、又憤世嫉俗。是的，當時的他就是這副德行，甚至尤勝於此；他生氣勃勃地活著，總之就是個堂堂五尺之軀。然而他卻從未想到過長眠在此的人曾經是一個活著的人，而只不過是個曾經涉世到過這個人間並令他得以問世的陌生人；而且母親也只說過他像極了這個人，但這個人卻早已經戰死在沙場。過去他處心積慮翻閱書籍、探訪證人期待有所發現的，此刻看來這個謎與這名死者——這位年少的父親——是密不可分的；同時也與過去的他及他的種種密切相關——而過去他在探尋時間與血緣上的關係時，似乎有點捨近求遠。坦白說，自己也從未有過這種渴望的念頭，在這麼一個話說得少，既不讀書也不書寫的家庭，而母親又如此命運多舛、凡事漠不關心，又有誰會去探詢這位年少又可憐的父親呢？除了母親之外，沒有人認得這位父親，而母親卻已經將他遺忘——這事他是確信不疑的。這位父親沒沒無聞得像個無名小子那樣死在這塊他僅僅只是瞬息掠過的土地。毫無疑問地就必須從他那兒打聽、去問個清楚。但像他自己這樣一文不名卻又想掌握全世界的人，就算窮其全部精力也無法去塑造自己、去征服或者理解這個世界。畢竟，為時不晚，他仍舊可以著手探尋，去認識這個人過去的一切，而此刻這個人似乎比全世界任何人都與他更親近些，他還可以……

此刻下午時分將盡，在他不遠處一陣裙襬的沙沙聲響及一片黑色身影將他帶回到墓園的景色及環抱著他的天空景致。到了該離去的時候，待在此處他已不再有別的事可做了。可是他卻也擺脫不了這個姓名以及這些生歿日期。在這塊墓碑下只剩下骨灰和塵埃。但，對他而言，他的父親又再次地活著，活在一個沉默寡言奇特的生活裡；而且他似乎又準備再次棄他而去，讓他的父親繼續盤旋在人們曾經將他扔下、遺棄的永無止境的孤寂夜裡。空曠的天際響起一陣突兀且巨大的聲響，一架未見機影的飛機飛越過音速障礙。轉身背對墳墓，傑克・柯爾梅里遺棄了他的父親。

# 3 聖布里厄與馬朗（J.G.）[a]

夜裡用餐的時候，傑克・柯爾梅里望著老友正貪婪地大啖第二片羊腿肉；此刻風緩緩吹起，繞著市郊通往海灘路上這棟矮小的房子低聲嗥叫。抵達此地時，傑克即已留意到沿著人行道旁，乾涸的小溪中，有些許枯乾的藻類，摻雜著鹽味，讓人注意到這兒離海並不遠。

一輩子都待在海關辦事處的維克多・馬朗退休就住到這個小鎮來；然而他並沒有刻意要選擇這裡，只是事後談起時他才辯解說，該地不論是美得過火，或醜過頭了，或孤寂本身都不會妨礙他進行離群索居式的靜思。行政歷練和人事管理讓他學到了不少事務，不過乍看下，表面上從那兒根本就不識得什麼大道理。然而他卻博學多聞，傑克更是毫不掩飾對他的崇拜之情。因為在那個居高位的人都屬泛泛之輩的年代，馬朗卻是唯一提出獨自見解的人——只要他能逮到機會提出的話——而無論如何，在虛虛假假唯唯諾諾的表面工夫下，他不僅暢所欲言又見地新穎，且堅持不移。

「正是如此，孩子。既然你即將回去探望母親，那麼就試著多去打聽一些你父親的種種。而且最好能飛快地回來告訴我事情的後續發展。能夠開懷暢笑的機會本來就少的呀！」

「是呀！這頗可笑的。不過，既然心裡有了這份好奇，至少我可以多收集一些相關的資料。過去，我之所以不關心這碼事，應該是基於某種病態心理。」

「這倒不盡然。這就是智慧的表現，我和瑪爾泰結婚三十年——你和她挺熟的。她是一位再好不過的妻子，到今天我還很懷念她。我一直以為她很喜歡她的那棟房子[1]。」

「你說得一點也不錯。」馬朗說著並把眼神瞟向別處。柯爾梅里就等著他提出不同的看法，因為他很清楚表示贊同之後必定少不了會有異議的。

「然而，或許我錯了。我總是盡量避免去知道超出生命所教導我的一切。在這方面我本身就是個不佳的例子，不是嗎？總之，也正是我的這些缺失，使得我一事無成。而你（他眼神露出幾分嘲弄），你是個付諸行動的人。」馬朗又說著。

馬朗因有個月形的頭和漢人的模樣，鼻子有些塌扁，眉毛稀少，戴著一頂無簷平貼的毛軟帽，鬍子濃茂卻難掩其厚實又肉感的嘴型。他的身體軟且渾圓，手掌肥

a. 本章有待撰寫及刪除。〔譯註〕：J.G.可能指卡繆年少時智力和思想的啟蒙老師Jean Grenier，大他十五歲的中學哲學老師。

1. 此三句皆被卡繆刪掉。

厚，手指微微鼓脹，讓人聯想起一位不肯多用腳力行走的中國官人。當他半瞇著眼、津津有味地大吃大嚼之際，便不得不讓人想起他正身穿絲綢大袍，手御玉筷的模樣。然而他的眼神改變了一切，他那暗棕色的眼睛，靈活的轉動，時而不安，時而凝神注視，像腦袋裡正快速思考某個明確的問題，這就是一副才思敏捷、學識淵博的西方人模樣。

老女傭端來一盤乾乳酪，馬朗用眼角瞟了一眼。「我認識一個人，與妻子共同生活了三十年後……」他說道。此刻柯爾梅里更專心聆聽著。每回當馬朗開頭說起：「我認識一個人……」或「跟我一道出遊的某個朋友，或某個英國人……」你便可以確定他說的就是他自己……「這個男人不喜歡甜點，而他的妻子也從來不去碰它。結果，共同生活了二十年後，他無意中在糕點店裡撞見他妻子，並且經過觀察後發現她每個星期都會去好幾回，買一種咖啡小點心大啖一頓。是的！他一直以為她不喜愛甜食，而事實上她迷死了咖啡小點心。」

「所以呀！我們怎麼也無法認清誰。」柯爾梅里說道。

「你要這樣說也成，不過，在我看來我還是願意這樣說或許會比較公正些——不過你可以指責我無法斬釘截鐵的說——是的！如果說二十年的共同生活都不足以去認識一個人，那麼，不用說，調查一個已經逝世四十年的人，也僅是表面化的工夫，極可能只會帶來一些意義局限的資料而已。是的，有關這個人的資料我們只能說是相當受局限的。然而，在另一層意義上……」

他抬起握著刀的手，無法抗拒美味，朝著羊奶乾酪切下。

「對不起，想不想來塊乾乳酪？不想要？永遠都這麼節制！要討人歡心可真不容易喔！」半張的眼皮再次閃出一道嘲弄的光芒。

柯爾梅里認識這位老友已經有二十年了（在此補充說明因何相識，以及如何相知），一向欣然接受他的冷嘲熱諷。「這不是什麼討歡心的問題，而是給的太多了會令我難於消受。所以我只有投降一途。」

「是呀！你就無法翱翔於眾人之上了。」

這間低矮的餐室樑桁用石灰漆得粉白，柯爾梅里正仔細看著塞滿此間美麗樸質的好家具。

「親愛的朋友，你總是認為我這個人驕傲神氣。我的確就是這樣。但卻不是始終如此。舉個例子吧，碰到你我就半點也驕傲不起來。」

馬朗轉移視線，表示他情緒激動。

「由這點我明白，但為什麼會這樣？」他說著。

「因為我敬愛你呀！」柯爾梅里心平氣和地說道。

馬朗遞給他一簍沁涼過的水果，卻半句話也不回。

「因為當時我年少無知、孤苦伶仃——你還記得在阿爾及爾的事？——你卻向我伸出援手！無形中，你替我開啟了門，使我走向世上我所愛的一切事物。」

「哎喲！那是因為你才智過人！」

「當然，不過就算才高八斗也得有人引進門。那位生命將他安排出現在你的旅程的人，就算他沒有直接影響，也必須永遠對他敬愛尊崇的。這就是我的信念！」

「是呀！是呀！」馬朗有點打馬虎眼地回道。

「我知道你心存懷疑。你可別誤以為我對你的愛意是出於盲目的。你有某些極其嚴重的缺點。至少從我眼裡看來是如此。」

馬朗用舌尖舔了一下厚唇，突然顯得興致勃勃的模樣。

「有哪些呢？」

「譬如你節儉過頭。但這可不是因為小氣吝嗇，而是因恐慌而起，擔心會缺乏了什麼似的。總而言之，這就是一項極大的缺點，而一般說來我就很不喜歡。尤其是你還會不自禁地去懷疑別人背後會有意圖。你出於本能地不相信會有某些沒有私心的感情。」

馬朗喝乾他的葡萄酒說道：「說實在的，我不該再喝咖啡了，不過……」

然而，柯爾梅里依然泰然自若。

「舉個例子來說吧，如果我向你說：只要你一開口，我便會將我所有的財產送給你。這點我確信你是不會把我的話當真的。」

馬朗遲疑片刻，而這回把眼光看向這位朋友。

「嗯，我明白。你一向慷慨大方。」

「不！我並不慷慨。我很計較我的時間、我的精力，以及會令我勞累的一切，而這些會令我感到反感。但，我說的這些是假不了的。雖然你這個人超群卓倫，然而你，你卻不相信我，這就是你的缺陷、你的真正弱點所在。因為你真的錯了。你只消說一聲，現在立刻，我所有的財產便屬於你的了。你可能並不需要，但這卻是個很好的例子。不過，這可不是什麼藉口胡謅的例子，真的，所有我的財產都是你的。」

「真的很謝謝你，我很感動。」馬朗半閉著眼說道。

「夠了，讓我擁抱一下吧。你也不需要別人將話說得太白，我只是想向你強調，就算你有了這些缺點我還是敬愛你的。我很少去敬愛或者崇拜別人。至於其他，我對自己的麻木不仁感到羞愧。但，對於我敬愛的對象——不管是我自己尤其是對方——都不可能阻止我去敬愛他們。這些都是我長久以來一直謹記在心的；而此刻我是更加確信不移。話就說這麼多吧，再回到我們的話題：你不太贊同我去探尋我父親的種種？」

「噢，不是的！我是贊成的。我只是擔心到頭來你會大失所望。我有一位朋友他非常愛慕一位女孩並且想將她娶進門，結果卻因為打聽了太多有關她的一切，反

a. 我經常借錢給一些對我而言無關緊要的人，而且我也清楚這些錢都討不回來。最重要的是我不知道如何拒絕，而這事著實令我惱火。

而壞了好事。」

「那是一個有錢的闊佬了喲？」柯爾梅里說道。

「是呀！就是我本人。」馬朗回道。

兩人放聲大笑。

「我那時少不經事。我四面八方收到了許許多多相互矛盾的看法，以致於我自己都失去了方寸。我擔憂是否愛她或者是否該不該去愛她。就這樣，我娶了另一個女孩。」

「我不可能找到另一個父親！」

「不！好在如此。如果依我的經驗看的話，一個就夠了。」

「好吧！不管怎樣，再過幾個星期我將回去探望我的母親，這就給了我一個機會了。我剛才向你提及這事正是因為年紀的差異——我的年歲居然比較高！令我當時心神紛亂不已。是的，我的年歲居然比他高！」柯爾梅里說著。

「是的，我能理解。」

他望著馬朗。

「那麼就告訴你自己，他沒有老去！心這種痛苦他也就豁免了，而這痛苦是夠漫長的。」

「中間亦夾帶若干歡樂！」

「沒錯。你熱愛生命，也確實應該如此。你就是這樣對它信心十足。」

馬朗吃力笨拙地坐上一張蓋有印花布料的安樂搖椅，突然間臉上泛起一種難以描述的憂慼之情。

「你說得對極了，我熱愛生命，且貪得無厭地愛著它。但，同時，生命又令我心生畏懼，且難於捉摸。這也就是為什麼我總抱著疑懼的態度去相信它。是的，我相信人生，我要活下去，而且要一直如此活著。」

柯爾梅里便沒再說下去了。

「到了六十五的歲數，每一年就像是坐以待斃的緩刑期。我很想平平靜靜地死去，而死亡是那麼令人觸目驚心，以致於我一事無成。」

「會有一些人替這個世界辯護，他們透過自我的現身說法去協助別人活下去。」

「是呀！然而他們還是都死了。」

出現片刻的寂靜。屋子四周的風吹得更急了一些。

「你是對的，傑克。」馬朗說著。「去尋根查訪吧！你已不再需要一個父親了。你是獨立成長起來的。此刻，你大可以像你知道如何敬愛他那樣去愛他。但……」他說著，話有些遲疑。「再回來看我吧！我的來日不多了。請原諒我……」

「原諒你什麼？我這一切都是欠你的呀！」柯爾梅里說道。

「不！你沒欠我什麼。只是請你原諒我不知道如何回報你對我的友情……」

馬朗望著懸掛在桌子上方的那具老式大吊燈，他的聲音變得愈來愈低沉，過了些許時刻，當柯爾梅里獨自行走在無人的小鎮上，頂著風聲時，在他的耳中不斷不斷地響起這段話：「我身上有一種可怕的空虛、一種一切事不關己的感覺，令我痛楚不堪[a]……」

# 4 孩子的遊戲

微波輕浪在七月的酷陽天裡載動著一艘輪船。傑克・柯爾梅里半裸裎著身子躺在船艙的客房，望著被海波給弄碎，反射在舷窗銅緣上飛舞的陽光。雖然汗水已經在他的胸膛淌著，他還是躍起身將那架會吹乾毛細孔汗水的電風扇給關掉，還是讓它流汗比較好些。接著，便仰躺在床鋪上——這臥鋪來得硬又窄小，而他多麼希望它是一張床。沒多久，輪船的底部即傳來機器沉悶的聲響，緩衝了的振動聲音就像一支龐大的軍隊，不停歇地發動前進。他也喜歡那些大郵輪的聲響，夜以繼日地響著，而且就像行走在火山那樣的感受。此外，整片大海環繞四周也讓他有個一望無際的視野。不過，甲板上實在太炙熱了，午餐過後，那些因吃下食物而顯得遲鈍的乘客紛紛躺到有遮蔭的折疊躺椅上，或者趁著午睡時刻躲到船

a. 傑克：「打從開始，當我略識人間世事時便自己試著去分辨何者為善，何者為惡——因為在我周遭的人沒有一個能告訴我。此刻，我終於體認到所有的人都棄我而去；因此，我真的需要一位能指點迷津、能匡正並稱許我的人——這個人是依著他的威望而非權力的——我真的太需要我的父親。」
「我以為已經通達事理，自己能掌握自己，然而，我還是依然不〔明白？〕。」

艙的縱向走道裡。傑克並不愛午睡。此刻他心懷怨懟地想起當他還是孩子時在阿爾及爾，外祖母強迫他陪她一同睡午覺的那句古怪的說法：「上泊尼都」（Abenidor）。阿爾及爾郊區的那棟三房的公寓就隱沒在百葉窗橫葉的影子裡。[a]熱浪焚燒著室外乾涸的街道和塵埃，而半暗半明的室內一、兩隻大蒼蠅正渾身帶勁地在尋找出口，發出行如飛機般的嗡嗡聲響。天氣實在太熱了以致於沒能到街上去呼朋引伴，想必牠們也一定被大人強制留在家中。也因為太熱的關係而不適合閱讀像《巴達揚》或者《安特雷畢得》[b]。如果破天荒外祖母不在家，或者到鄰家去串門子，孩子就會跑到餐廳的那片百葉窗前將鼻子貼扁望向街市。街道上空無一人。對街的皮鞋店和服飾店，已將紅色及黃色的帆布遮窗放下，香煙店的入口也掛上一片五顏六色串珠飾成的門簾。至於尊安開設的那家咖啡店也連個客人也沒有，除了那隻睡得像死去了的貓，就躺在鋪了鋸木屑的馬路和滿是飛塵的行人步道的交界邊上。

孩子回轉過身，室內的這間餐廳幾乎是空曠曠的；牆漆著石灰，中央有一張方形的桌子，靠在牆邊有一個餐具櫥，以及一張桌面滿是切痕及墨漬的讀書桌；室內也擺了一架行軍床，上頭還疊有被單；到了夜晚，那位半啞的舅舅就睡在那上頭，另外還有五張椅子。[c]在廚房一角的壁爐，只有平架上是大理石的，上方擺著一只細頸並插上花的瓶子，就像在市集裡看得到的那種貨色。這孩子就處在陰影下和陽光下皆空無一人的境界，不停地繞著桌子踱步，而且不疾不徐的，口中唸唸有詞地嚷著：「我好無聊喔！我好無聊喔！」他真的無聊透頂；不過在這當中他卻玩起遊戲、找到樂子，甚至還挺快活的。但是令他深惡痛絕聽到那句「上泊尼都」的時刻還是來了。他的任何抗拒一點兒效用也沒有。由這位外祖母在這窮鄉僻壤的內地養了九個小孩，自有一套帶孩子的方法，孩子一把就被推進外房；和其他的另一間臥房一樣都是面向天井的。另一間則擺了兩張床；一張是母親的，一張是他和哥哥一塊共用的。外祖母則自己享有一間臥房。但，她那張又高又大的木床夜裡也經常讓小孩子一塊睡，至於小孩子的午睡就全都在這張大床上。孩子脫掉涼鞋爬上床，自從他曾經偷偷地溜下床跑到餐廳繞著桌子踱步、唸唸有詞之後，現在只能躺在裡面靠牆的那一頭。就位之後，他便瞧見外祖母卸去裙子，拉低那件粗布襯衫，並解開縫在連衫裙上半身的那條繫帶。接著她便躺上床，孩子則看著外祖母腳上凸顯藍色的血脈及老人斑，且在四周聞到一股老年人肌膚的氣味。「快點！上泊尼都！」她連續地說道。然後很快就入睡，而此刻這孩子則睜大眼，望著那些不知疲憊的蒼蠅飛來飛去。

a. 使用將近十年之久的。
b. 用白報紙印製的大書冊，封面顏色大膽聳動；書冊上的價格印得比書名和作者名字還醒目。
c. 乾淨無比。
還有一只櫥子，大理石台上有一個木製的化妝台，一張已經到了出現毛球、磨損、沾滿污點、四邊磨出毛邊的床前小地毯。角落正放了一個旅行箱，上頭擱著一個有流蘇的阿拉伯地毯。

是的，有好幾年當中他恨死了這種午睡，甚至稍長他長大成年，一直到他染了重病都無法在大熱天的午餐後躺下來小憩。若他真的睡著了，醒來時必定感到不自在，渾身作嘔。只有最近他患了失眠症以來，他才能在白天裡睡上個半小時的，然後精神抖擻兀然地驚醒。唉！「上泊尼都」……

此時海風應是稍微歇了下來，被陽光給抑平了。輪船已不再輕擺搖晃，像是直線向前行馳似的；引擎已開足馬力，螺旋推進器深入厚實的海水當中，活塞的振動聲音則更加規律以致於和海面上陽光下的沉悶又不停歇的嘈雜聲融合為一。傑克此刻處於半寐狀態，內心繃緊想到將可以再見到阿爾及爾以及郊區的那棟寒磣的小屋而感到既焦慮又幸福。每回當他離開巴黎南下非洲時心底總會有一份竊竊的歡喜，且舒暢開朗；一則是高興自己終能擺脫一切偷得浮日閒，另則是會瞧見門房那副驚訝的神情而不禁笑了起來。相反地，每回走公路或坐火車回到巴黎，當瞧見郊區的那些屋舍就會讓他心頭為之一緊——這些屋舍不知它們如何冒出，沒有任何明顯的樹林或者河川為界；像患上了那無可救藥的癌病蔓延著它那令人受苦受難又面目可憎的淋巴結。然後它逐漸接受這個陌生的軀體，一直將他帶到市中心；在那兒，華麗的市容有時會令他忘掉這乃是一片日夜皆牢牢囚禁他、且令他徹夜難眠的水泥及鋼鐵森林。如今他已逃離出來，他可以在這片廣闊的海面上盡情地吸納吐氣，在陽光搖搖擺擺之下對著波浪呼吸。最後，他終於可以安安穩穩地沉睡且回到孩提的時代，而他是從未忘卻此地神秘的陽光，以及協助他活下去，並且克服一切的那種熱情的窮困日子！此刻片片段段反射在舷窗銅緣的光線似乎靜止不動了，而來自相同的這個太陽正將全部的重量傾壓在外祖母睡著了的那間昏暗臥房的百葉窗上，並且在黑暗中從蓋住間縫的木條上凸起的木結的唯一缺口中射進一道明亮的光芒。此刻沒有蒼蠅，但並不是牠們發出嗡嗡響聲，也不是因為牠們的充斥而助長睡意，而是因為海上並沒有蒼蠅，有的話也老早就死光了。主要是因為還是孩子的他就因為牠們的喧鬧作響而喜愛上牠們，而牠們也是這個因炙熱而氣化的世界上唯一還活動著的生物——因為所有的人和動物皆動也不動地躲到角落去了——除了他；是的，他就躺在牆和外祖母之間那塊狹窄的床面上，而他也很想蹦蹦跳跳地活著；在他看來，睡眠似乎奪去了他的生命和遊樂的時間。他的玩伴們就在普雷沃街上等著他，由這是錯不了的事。那是一條有著許多小花園的街，夜裡還聞得到澆灑花草的濕味和到處蔓生的金銀花的氣味——不管有否替它們澆水。一等外祖母醒來，他便逃之夭夭，衝向兩旁種滿榕樹但依然空無一人的里昂街，然後再使勁地跑到普雷沃街頭的那口噴水池那兒。快速地轉開噴水池上頭那個生鐵鑄造的大曲柄，將整個頭置於水龍頭下以便淋個痛快——放出的大水柱就這樣流滿他的鼻孔和雙耳，然後從敞開的襯衫流向肚子，再從短褲順著腿流到涼鞋上。就這樣感覺到腳掌和涼鞋上的皮革全濕透了，才心滿意足地離開水柱。接著，又上氣不接下氣地衝去與皮埃爾[a]和其

a. 皮埃爾和他一樣是因戰爭而守寡的女子所生的兒子，他母親在郵局裡工作；是他的朋友。

他玩伴會合，大夥坐在這街上唯一兩層樓高的房子走廊的入口，將木條磨成雪茄模樣，準備稍後配合藍色的拍子玩起一種叫做「敲雪茄」[1]的遊戲。

等人數到齊便出發，將拍子擱在沿途花園生鏽了的鐵欄杆上，然後一路拖行，發出極嘈雜刺耳的聲響而驚動了整個社區，並讓躺在滿是灰塵的紫藤下睡覺的貓隻四處驚竄。他們跑著越過街道、競相追趕對方而弄得滿身是汗，不過卻朝著相同的方向——「綠操場」趕去；那塊綠地離他們的學校不遠，僅相隔四、五條街而已。不過，途中卻有一個必須暫歇的站，即所謂的「噴水」，它位於一塊占地頗大的廣場，是一個兩層式的圓形大噴水池；這個水池長久以來便給堵死了；久久一次地會給此地的大雨水給填滿，一直漲到池邊緣。雨水就積滯在那兒，表面覆著陳年的青苔、甜瓜果皮、橘子皮，以及各式各樣的殘渣碎屑；一直要挨到太陽將它汲乾或者市政府突然驚覺並決定將它清除弄乾。然後又有一段極長久的時間水池底部變成了一片乾涸、龜裂又骯髒的淤泥；又等待著太陽發揮作用將它化為塵埃，然後藉由風將它吹盡，或清潔工折下廣場四周亮油油的榕樹枝將由這些淤泥掃盡。到了夏季裡，池底大體上都是乾乾的，四周也就裎露出一大片黑黝黝的砌石，且因為不斷有人用手或坐著用褲子去搓摩而變得滑溜不堪。而就在這上頭，傑克、皮埃爾和其他的小孩便玩起跨鞍馬的遊戲——旋轉起身體，用屁股著地，就這樣滑落到不太深的池底，且聞到尿騷和炙陽的氣味。

接著又頂著大太陽、雙腿和涼鞋都覆蓋著一層灰色的塵埃，繼續飛奔朝「綠操場」前去。它就是製桶場後方的那片空地，有幾道生鏽鐵線圈住，上頭有幾個腐爛的木桶底盤，在凝灰岩板間縫裡長出一些營養不良的蔓草。就在這，幾聲大喊後他們便在凝灰岩上畫個圓圈。其中的一人手持拍子站進圓圈裡頭，而其他的人就輪流向圓圈內擲木頭雪茄。若將雪茄順利地投進圓圈裡頭，便輪到他拿起拍子做起守護者的工作。當中身手最矯捷者[a]能夠在空中擊回木頭雪茄，並將它彈得老遠。在這情況下，他便可以走到方才那根木頭雪茄掉落的地點，用拍子的側緣擊上木頭雪茄口尖端使之彈起，然後在半空中將它接住，再將它拋得老遠。就這樣一直玩下去，直到拍子沒打中木頭雪茄或者其他的人先他在半空中接住木頭雪茄為止。然後大夥又迅速地趕回方才的圓圈，守著它，以防阻對手快速又敏捷投進來的木頭雪茄。這種窮人家的網球——還有一些其他比較複雜的遊戲規則——就足以讓他們消磨一整個下午。他們當中就數皮埃爾身手最佳；他比傑克瘦小，幾乎弱不禁風，天生棕褐頭髮卻變得一頭金髮，直到睫毛皆是，而他的眼神湛藍又坦率，更是一副不堪一擊的模樣；有些易受傷害、樣子嚇人且舉止笨拙，不過玩起遊戲來卻奇準無比且後勁十足。至於傑克，他經常做出許多漂亮的防守招式，但反手拍卻老是招架不住。且由於偶有出乎意表的佳績遂經常獲得同伴們的敬佩；他也因此自以為技冠群倫，而

1. a. 守衛本事最佳的人只用單數。
參見作者在下文的解釋。

經常沾沾自喜。事實上，皮埃爾經常擊敗他且半句話也不吭。不過，等遊戲結束，他便抬頭挺胸，挺得高高的絕不低過他身高的半寸！然後，一邊傾聽別人怎麼評論，一邊默默地露出微笑[a]。

如果天氣不好或心情不佳，他們便不會在街上和空地上奔跑，而會先聚在傑克家的走廊下。從那兒經過一道後門便會走到一個三面是由房子的牆圍成的小天井，另一面則是一片花園的牆，裡頭有一株大橘子樹，枝椏伸到天井裡來；每當開花的時節，香味便會從這些寒磣的房子散發開來——從走廊飄進來或者經過一個小石階飄向天井。其中的一面和另外半面呈L形的建築是西班牙理髮師的住所，他的店則開在街上；同時也住了一戶阿拉伯人家[b]——那位太太有幾個夜裡會在天井裡烘焙咖啡豆。天井的第三面那些住戶在一些破損、高大的木製或鐵籠子裡養了一些母雞。最後一面在樓梯的兩側各有一個黑漆漆的洞口，這便是地窖的所在；沒有其他的出口也沒有任何光線，甚至就直接由地上的土砌成，也沒做任何隔間，並且還滲漏一股濕氣。由四個表面已發綠的腐爛土階進入，住戶們便在裡面雜亂地放置一些無用的東西——可說一點用處也沒有的東西，譬如：一些已經就地腐爛的舊袋子、幾只箱子、幾個生鏽且漏洞的舊盥洗盆等等——也就是那些會丟棄在空曠地，甚至連最窮困家庭都派用不上的貨色。而孩子們就聚集在這當中的一個地窖。西班牙理髮師的兩個男孩：尊安和約瑟夫便經常跑到這兒來玩耍。既然就在他們破舊房子的正門口，這兒自然就成了他們倆最理想的遊樂園喔！約瑟夫長得圓嘟嘟的且相當淘氣，經常笑口常開又慷慨大方。至於尊安則既矮且瘦，絕不錯過一路上碰到的任何細小釘子或者螺絲釘，尤其對於他們最愛玩的遊戲[c]中最不可缺少的珠子和杏仁核更是視之如命。人們根本沒辦法想像這對形影不離的兄弟竟會有如此天壤之別的性格。他們倆和皮埃爾、傑克和最後一個同伴馬克斯，一夥人就這樣湧進到這麼一個臭氣熏天又濕答答的地窖裡。他們拿起已經在地上腐爛了的破袋子，並且甩掉裡頭那些有節的小灰蟑螂——他們稱之為「印度豬」的，並將袋子擱在鏽了的鐵架上。而就在這個齷齪的帳篷下——好歹一個屬於他們擁有的天地（他們從未有過屬於他們自己的房間、甚至床鋪）！他們生起小火，結果在這種潮濕又密閉不通的空氣中，便給生煙嗆得死去活來；全將他們逼出這個巢穴，直到從天井刮了些沾濕的土塊蓋住了火，才又回到地窖來。他們也沒跟小尊安多說些什麼便開始分食吃起大粒的薄荷果糖、落花生或者烘乾且摻鹽的鷹嘴豆[1]還有稱之為「塔木斯」的蠶豆[2]或者有著五顏六色的大麥糖——在戲院門口附近許多阿拉伯人會在那兒兜售；那個貨

a. 在這個綠操場會進行一種稱之為「奪拿得」（les donnade）的搏鬥。〔譯註〕：參見第 6 之 1 章〈學校〉。
b. 這對夫婦有個兒子叫奧瑪爾——父親是市政府的掃地工。
c. 用三個珠子或杏仁核堆成支架，上頭再放上一個，在指定的距離外，看誰能用珠子或杏仁核將它擊倒。成功的人可以取走四個珠子或杏仁核。丟不準的人就輸掉投出去的那個珠子。

1. pois chiches，原產於地中海豆科，果實營養極高，可當成主食。
2. lupin，或譯羽扇豆，多年生豆科，果實呈排，根有強大氣化功能有助土壤養肥功用。

攤停滿了蒼蠅，用一個簡單的木箱裝上滾輪做成的。到了下大雨的日子，浸濕的天井土壤含水量超過飽和，便會將多出的雨水流向經常淹著水的地窖裡。然後，這群孩子便站上那些舊箱子上，玩起「魯賓遜飄流記」；沒有湛藍的晴天，也沒有徐徐的海風，個個在他們自己悲慘的國度[a]裡洋洋得意。

不過，最美好的*日子就是夏季裡當他們找到了不管是什麼內容的藉口，使這個美麗的謊言可以得逞而免去睡午覺的折磨。就這樣；雖然手無分文他們還是可以走一大段路，抵達那座試驗花園；期間他們越過本區黃灰色的街衢，穿越馬廄區——這些大型的儲馬場屬於商家和私人所有——他們利用馬車馱貨與內地聯絡。然後再沿著許多拉門前進，從這些拉門後方可以聽見馬匹頓足、碰撞上下唇發出的粗暴氣喘，還有從木製食槽以及籠頭上鐵鏈發出的嘈雜聲響。他們樂在其中地嗅著從法憑些禁地裡傳出來的馬糞味、飼草以及馬汗臭味，而傑克在入睡之前都會想到這些的。他們在一個大門敞開的馬廄前稍事停留，瞧著工人正替幾頭從法國運抵，馬腿粗壯的馬匹刷洗身體，這些馬睜著流放者的眼神望向他們，一副被酷熱和蒼蠅弄得困頓不堪的模樣。接著在趕車伕的催趕下，他們便奔向一座大花園，裡頭培植著各式各樣罕見的樹種。一條直通大海的引道上豁然出現幾個水塘和許多花種，他們裝成一副神閒氣定又很有教養的模樣，此避免園警們的猜疑。不過，一等到第一條十字路口他們便橫拐跑向試驗花園。穿過一排排的紅樹，由於種得密集，在樹蔭下簡直恍若黑夜；接著是好幾株龐大的橡膠樹[b]，在它們無以數計的樹根當中，根本無法分清何者是氣根，以及哪一根是最早落地的。然後，再繼續往裡頭走，來到了他們一行探險的最終目的地——那好幾株大的棕櫚樹，它們的樹梢長著一串串既圓又密他們稱之為「土椰子」的橘紅色果子。首先的工作便是派人偵察附近是否有園警在場，接著便是收集彈藥——亦即小石子。當每個人口袋裝得鼓鼓的回來時，便開始朝著那串串高出其他樹種並在空中輕輕搖晃的果子發射。一旦擊中果子便掉落地，而這些戰利品就只屬於幸運的射手所有。其他的人就只能在旁等候，直到他撿好果子再輪到他們丟擲石子。在這項遊戲中，傑克和皮埃爾算平分秋色，兩人皆是神投手。不過，他們倆會和其他運氣差的同伴一起分享這些果子。當中最差的就屬馬克斯，他因視力不佳之故戴了一副眼鏡。他塊頭矮壯，而打從同伴們看到他與人搏鬥的那天起便很敬重他。也就是他們這一夥在經常有的街頭幹架當中，習慣會先發制人衝向敵人——尤其是傑克，他很難克制其火爆的脾氣——以最快的速度狠狠地痛揍一頓，而根本不去計較會不會受到嚴重的還擊。馬克斯因為名字發起音來有濃厚的日耳曼味道，有一天他被綽號「羊腿」的肉商的胖兒子譏笑為「德國豬」；他一聲不響地摘下眼鏡交給約瑟夫保管，然後像從報紙上學來的模樣，擺出拳擊手的架式，並向對方叫陣：敢不敢再說一遍剛才侮辱他的話。然後看不出有動怒的樣子，

a. 加魯發（Galoufa）。〔譯註〕：即捕狗人。
b. 寫出其阿拉伯名稱。
* 最重要的

他靈巧地避開「羊腿」的攻擊，卻能數度擊中對方而沒傷到自己。最後，他獲致最高榮耀——將對手打得眼睛青腫。就從那天起，馬克斯的聲望便在他們這夥同伴當中屹立不移。整個口袋和黏答答的雙手都是擊落的果子，他們一溜煙地衝出花園，朝海邊奔去。一等他們跑出圍籬，便將這些「土椰子」堆放在各自骯髒的手帕上頭，嚼起這種纖維質極高的漿果，既甜又肥得令人噁心，不過就像勝利那樣既清淡又風味十足。之後，大夥兒便朝海灘方向衝去。

想抵達海灘還得越過一條稱之為「綿羊道」的路，因為這是一條綿羊群們通往阿爾及爾東區方形屋市集以及回程經常必經之路。事實上，它就是一條將圓弧形的海與坐落在山丘如同梯形劇場隔開的內弧環形道路。道路和海之間是一些工場；其中有幾家磚寮和一家瓦斯廠房，之間還有一大片沙灘相隔，上頭淨是一些黏土碎片、石灰渣，還有一些在那兒給風化曬白了的木頭和鐵條殘骸。越過這片寸草不生的荒原便到了沙布雷特海灘。此地的沙灘有點泛黑，打到沙岸邊的頭幾道波浪總不是清澈透明的。右手邊便是設有更衣室的海水浴場中心；到了節慶日的時候，它那由樁基架高的木造大廳便成了可供跳舞的舞廳。戲水季節每天賣炸薯條的商人都會點燃鍋爐。這群小夥子很少有錢買得起一紙袋的炸薯條。若碰巧當中有人帶了足夠的零錢[a]，便去買它個一紙袋，然後，步伐莊嚴地走向海灘，後頭則緊跟著一群必恭必敬的同伴。到了海邊，走到一艘拆毀擱在那兒的舊船的陰影下；他雙腿在沙上站穩，直接用屁股著地坐下，一手筆直地握著紙袋，另一隻則蓋住紙袋上方，以避免掉落任何一塊鬆脆的炸薯條。依照慣例，這個人會分給每個同伴一條炸薯條，然後，他們會帶著一份虔敬的心情，慢慢地享用分給他們這唯一的一塊充滿油香的熱食。接著大夥望著這位表情嚴肅的幸運兒一根接一根地吃起剩下的炸薯條。紙袋底部經常會留下幾片碎屑，大夥便會央求這位吃飽了的凱子施捨一點。除了尊安外，大部分的情況是當事人會拆開油漬漬的紙袋，然後攤出剩餘的炸薯條碎屑，准許每個人輪流取走其中的一小塊。最後，免不了要用「抽籤」來決定誰可以最先拿，也就說拿走最肥大的那塊碎屑。這頓盛宴也就這樣結束了。歡喜或挫折一概置於腦後，大夥現在競相跑向海灘的極西端，頂著烈陽一直衝到那道半毀的砌牆那兒——那道牆原本是已經消失的海濱別墅的屋基，而大夥便在牆的後頭更衣。幾秒鐘的時間他們便脫得精光，沒多久到了海水裡，個個游得拚命帶勁又笨手笨腳的，使勁地大喊[b]，又口出穢言、吐痰唾沫的；又互相比賽跳水或打賭看誰能待在水裡最久。海面風平浪靜，海水溫熱，此刻太陽也變得溫和，照在他們打濕了的頭頂上；絢爛的陽光照得這些年輕的軀體滿身的歡樂，令他們不停地叫喊著。他們就這樣統御著生命和大海，以及這個世界所能贈給他們最奢華的這些東西。他們欣然接受，且像那些確信其財富已舉世無雙的王公貴族那樣毫無節度地揮霍著。

a. 兩個「蘇」（Sous）。〔譯註〕：一蘇為五個生丁（分），兩個蘇為一毛錢。
b. 如果你淹死了，你媽媽她會殺死你——你這樣脫得精光不覺得丟臉嗎？呀！你媽媽就來嘍！

他們就在沙灘和海水之間跑來跑去，甚至都忘記了時間。在沙灘上曬乾鹹水而使得渾身黏答答的；然後又跑到海水裡將全身上下灰白的沙衣洗淨。他們又繼續地奔跑著，直到工場和海灘傳出的捶打和急促的尖叫聲變得更低悶。經過一整天悶熱的天空此時已煙消雲散，變得更加晴朗，然後轉為綠色，陽光也開始鬆弛；而在海灣的另一頭，仍淹沒在一層輕霧當中，不過，山丘彎處上的屋舍和城市反倒更清晰可見。此時天色依然亮著，不過為顧及到非洲地區迅速消逝的黃昏，一些燈火已經點著了。通常都是由皮埃爾率先發號：「天黑了！」頃刻之間便是大撤退，然後火速地作鳥獸散。傑克和約瑟夫及尊安一道奔向他們的住處，根本就不顧其他的兩位同伴如何。他們上氣不接下氣地奔馳著。約瑟夫的母親經常動手揍人。至於傑克的外祖母……夜快速地降臨，而他們就一直在黑夜中奔跑著，瞧見幾盞煤氣燈已經開始點燃而嚇得心驚肉跳，車廂通明的電車就在他們眼前飛馳。他們又繼續加快腳步，瞧見黑夜已整個低垂而給嚇呆了，就在門檻前各自分手連說聲「再見」都沒有。傑克在昏暗且臭氣熏人的樓梯前停住了腳，在黑暗中將身子靠向牆好讓那個蹦跳的心歇了下來。但在這樣的夜晚他是不可能有所耽擱的，一明白這點更是讓他喘不過氣來。跨出三大步便已經到了中段的平台，掠過樓梯間廁所的門，然後打開自己的家門。在走道另一頭的餐廳已亮起了燈火；此刻他渾身冰冷，清楚地聽見碟盤上羹匙的聲音。他走了進去。在煤油燈照射的圓形燈光之下，在餐桌上那位半啞的舅舅[a]繼續粗聲粗氣地啜飲著一碗濃湯；那時還年輕且滿頭濃茂棕髮的母親將溫柔的眼光望向他說道：「你知不知道……」

不過，一身黑衫裙、背向他端坐在桌前的外祖母打斷了她的話；她雙唇緊閉，兩眼嚴肅且炯炯有神，「你去了哪裡？」

「皮埃爾已經將他的數學作業讓我看過了。」

外祖母站起身並走向他，嗅了一下他的頭髮，然後將手摩了摩還沾滿海沙踝骨處。「你跑到海邊去！」

「哦呵，你—說—謊！」舅舅使力地說出這句話。

外祖母便走到他身後，從門後取下掛在那兒那根叫「牛筋」的粗馬鞭，在他的腿部和屁股抽了三、四下，既疼痛又灼熱令他嚎叫了起來。沒多久整個嘴部和喉部便滿是淚水，舅舅好心地替他端來了一碗濃湯放在他桌前，他則全身繃緊盡力不讓淚水流個不停。此時母親很快地瞟外祖母一眼，將她那令他歡喜的臉孔望向他。「喝湯吧！」她說道，「算了！算了！」而就在這時他才大哭了起來。

傑克・柯爾梅里甦醒了過來。此時陽光已經從銅皮的舷窗上消失，它已經落到海平面下，反而他眼前的那塊板壁照得發亮。穿妥衣服登上了甲板，在這黑夜將盡之際，他已經清楚地瞧見阿爾及爾了。

a. 還有大哥。

# 5 父親／父歿
# 戰爭／爆炸

他將她緊緊抱在懷裡，就在門檻的上方，此刻他還正氣喘吁吁！沒錯過任何一階——像是身體依舊清楚地牢記住每個樓梯階的高度似的——以一股既準且確定的步伐跨步跳上樓。街道上已經十分熱鬧，某些路面因清晨[a]的灑水而依然發著亮光，而初升的熱氣正將它們化為水蒸氣。他從計程車下來便瞧見她就站在這棟公寓唯一凸出接通兩個房間之間，在理髮師家遮雨棚上方狹窄的陽台上。但這位理髮師已不是那位尊安和約瑟夫的父親——他因肺結核而過世。他太太的說法則是職業造成的死因，吸了太多頭髮之故。這片瓦楞鐵皮做成的遮雨棚一直就積滿一些榕樹的漿果、揉縐了的紙團及陳年的煙蒂。她就站在那兒，經過幾年的歲月頭髮變白了，但依然濃茂，雖然年高七十有二，但身材仍舊挺直；由於她如此清瘦加上精力充沛的外表，讓人看起來還覺得年輕個十來歲。他們一家人也都是這個模樣——他們這一家族個個清瘦，舉止一副無所謂模樣，而且有用不完的精力，因此歲月似乎沒有在他們身上留下太多的痕跡。那位五十歲半啞的舅舅埃米爾[1]看起來就像個年輕小夥子。外祖母已經過世了。但走的時候卻不是一副垂垂老矣的模樣。至於此刻他正朝他的母親奔去，她那副溫柔且堅毅的性格仍不減當年。雖然筋疲力竭地幹活了幾十年，但這並未損及她那副年輕少婦的模樣——這是讓做兒子的柯爾梅里心儀且欽佩不已。

當他來到家門口，母親打開門且將整個身子投向他懷裡。每回他們重逢時都是這樣，她會使出渾身力氣將他擁抱個兩、三回；而從手臂他可以感觸到她的兩肋和肩膀上凸起堅實的骨骼都略微顫動。同時，他也吸著從她皮膚散發出的一股溫柔的香氣，還有讓他記起如今他已經不敢再去親吻的地方——也就在她的頸部，兩塊頸腱之間——不過，當他還是小孩時是很喜歡去聞它並輕撫它。且有過一、兩回當他佯裝睡覺，母親從膝蓋處將他抱起，他便將鼻子貼進這個小凹處，在這兒他可以聞著整個童年當中最難得擁有的溫馨氣味。她就這樣抱著親著他，放開他之後又仔細端詳又將他再一次地抱進懷裡；像是仔細思量過她所帶給他以及表現出的愛意之後，又發覺少了那麼一些些那樣。「孩子！你離我好遠呀！[b]」她說道。說罷，緊接著她便回過身，回到屋內坐到面向街道的餐廳裡。她似乎不再想起他而且別的什麼也沒去想，看著他偶爾還會出現一種奇怪的表情，像是——至少他自己有這種

a. 星期天。
b. 轉換。
1. 之後寫成「歐內斯特」。

感覺——在這個她孤寂活動在其間，狹小、空虛且封閉的世界裡他是多餘的，且已經打擾到她了。這一天情況更加嚴重，當他在她身旁坐定後，似乎被一種憂慮所縈繞住，那雙漂亮的眼睛不時偷偷地既憂鬱且焦躁地望向街道，之後眼神才和緩了下來，然後才又回到傑克身上。

街道變得更加喧譁，在哐噹哐噹大聲的碰撞聲中，紅色沉重的電車帶來更多的乘客。柯爾梅里望著母親穿著一件灰色緊腰寬下襬的襯衫，白領豎得高高的；側對著窗戶坐在一張不甚舒適的椅子上，﹝……﹞[1]她一直挺著身，背部因年歲的關係有些兒弓起，但她並沒有因此而靠在椅背上；雙手合握著一條小手帕，不時會用僵硬的手指將它滾成球狀。之後，又將它放置在裙子中央凹陷處兩隻不動的手之間，頭微微地朝向街道的方向。就像三十年前的模樣，皺紋下他還是發現那副神奇般年輕的面龐；眉弓平滑有光澤，很恰當地和前額融合在一起，鼻子小而挺直，儘管嘴唇在假牙邊兒有點蜷縮，但整個嘴型的輪廓是相當清楚的。至於頸子則變樣得快些，雖然此處的腱肌有些乾癟，且下巴有些兒鬆弛，但形狀還是有模有樣的。

「妳去做了頭髮。」傑克說道。

她露出笑靨，像小女孩被人逮到犯錯那樣，「是呀！你說呀！因為你要回來嘛！」她一直以一種不著痕跡的方式顯示自己俏麗的一面。因此就算她穿得很寒酸，傑克也從未記得她穿戴過什麼醜陋的東西。此時，她身上這一身灰色與黑色也是她精心搭配的。這正是他們這一家族的品味，儘管經常貧困或窮至極點；或者稍微過得去的表親們都是如此。所有的成員——尤其是男性，他們堅持一副地中海男子的模樣，白襯衫加上燙出摺線的褲子——皆認為這種不停歇地維持工作乃天經地義的事。此外，我們也要考慮到他們家中衣櫥是極其難見的，還外加女子們——母親或妻子——在其間所做出的活兒。至於母親[a]，她一直認為替別人洗衣幹家務做得還不夠多，而就傑克記憶所及，經常看到她在燙他哥哥和他各自的唯一的那件長褲，一直到他遠離家門跑進一個既不洗衣又不燙衣物的女人世界為止。

「他是個義大利人。」母親說道，「那位理髮師呀。他做得不錯。」

「是呀！」傑克回道，他甚至想說出：「妳很美。」但還是收住了口。他一直是這樣認定的，但從來不敢對她說出口。這並不是擔心會遭到嚴詞拒絕或者懷疑這種恭維是否會討她歡心。而是如此一來便已僭越了那道看不見的柵欄，而在他的一生都是看著她遮遮掩掩的——溫和、謙恭、隨和，甚至逆來順受；而且也從未被任何人或任一件事所掠服，就孤零零躲在她半聾、拙於表達的世界裡。當然她是美麗的，但幾乎是觸摸不到的，尤其她是如此笑臉迎人，如此更是令他傾倒而崇敬不已。是的，她的一生都保持這種相同的驚慌、順從，卻也是疏遠的神情；這也正是三十年前當她望著她的母親痛打傑克而沒介入的神情。她一輩子從未打過甚至真正地斥責過她的孩

1. a. 眉骨突出且姿亮，眼珠黑黝，熱切炯炯有神。
當中有兩行字無法辨識。

子。那頓鞭打絕對也會令她難受的，不過也是因為過於疲憊，又拙於表達，且也是對其母親的敬重她才沒有介入，而任由他的母親去鞭打。日復一日長年忍受著勞苦，又承受著打在孩子身上的鞭笞，這些就像是她自我忍受著打在孩子身上的鞭笞，這些就像是她自我忍受著替別人幹活辛勞的日子那樣；跪著搓洗地板、竟日與別人家油膩的殘羹剩菜及骯髒的衣物為伍、沒有丈夫、沒有慰藉，漫漫勤勞的長日、又日復一日去度過一個沒有指望的生活——如此的日子也就成了一種沒有任何怨懟，渾然不解、頑固執拗、甚至順從任何痛楚，與別人的生活沒有兩樣的日子。他從未聽過她哀嘆抱怨，除了說累或因洗上一整天的衣物而疲憊不堪。他從未聽她道人長短，除了說哪個姊妹或姑姨對她很不客氣，或者「太驕傲了。」不過，相反地，他也從未能見她開懷大笑過，自從兩個兒子提供了所需的一切，使她再也不用工作以來，現在她就笑得比以前稍微多些。傑克望著這間餐廳，它也依舊沒有改變。她不想離開這間處處都已經得心應手的公寓，以及到處都令她感到自在自處的街區，而搬到一個比較舒適但卻處處不便的房子。是的，此處還是原先的那間餐廳；更換了一些較體面不那麼寒酸的家具。但還是那麼樸樸實實地緊靠在牆邊。

「你老是四處搜查。」母親說道。

是的。他總是不自禁去打開餐具櫥，裡頭永遠只擺上一些最基本需要的東西；雖然他一再懇求她，但她還是喜愛這種樸實感。他也去拉開櫥子的抽屜，裡頭放了兩、三種藥——這對住在這兒的人就足夠矣。二、三份舊報紙也和這些藥放在一起，一些線頭，一只小紙盒裡頭裝滿許多零鈕釦，一張陳舊的身分證。此處，連這些身外之物都顯得窮酸，因為這些身外之物從沒派上用場過。而傑克也十分明白，即使將母親安頓在像他現在住所那樣有著許多可用之物的房子，她也只會去使用那些最基本需要的東西。他知道隔壁那間母親的臥房裡，除了一個衣櫥、一張小床、一個木製的小梳妝台、一張草墊椅子，以及唯一的窗戶上的那個掛式窗簾外，他便找不到其他可能存在的東西了——除了偶爾她擱在小梳妝台光面木板上捲成一捲的小手帕外。

最令他訝異的莫過於在別人家中，包括高中同學或稍晚碰到一些較富有的人士，發現他們屋裡的房間竟堆滿著各式各樣瓶子、杯子、小塑像、油畫等等。而在他家裡會說清楚「放在壁爐平台上的花瓶」，至於那些壺罐、湯盤，以及那少得可憐的幾件物器都是一些叫不出名字的東西。在他姨丈家則完全另一回事，他會把玩某個在孚日[1]燒出的缸瓷，或者使用坎佩爾[2]出產的餐具。他一直都在這赤貧如洗的環境中成長，在姨丈家中那些習以為常的慣用字，對他而言竟都是一些罕用的專有名詞。即使就在此刻，在這間地上瓷磚才剛擦拭過的房裡，在那些簡樸發亮的家具上方什麼也沒看到，除了餐桌上因為他回家的關係才擺上的一個銅絲嵌製的煙灰

1. Vosges，法國東部，端士邊界。
2. Wuimper，法國西部不列塔尼半島之海港。

缸，以及牆壁上郵局贈送的那本掛曆外，在這屋裡什麼也看不到，也很少能道出什麼名堂的。這也就是何以除了靠他自己去認識外，他完全不知道母親的一切。至於父親的那部分也是如此。

「爸爸……」

「怎麼呢？」她望向他，神情專注[a]。

「他叫亨利，還有什麼的？」[1]

「我不知道。」

「他沒有其他的名字嗎？」

「我想有吧，只是我記不得了。」突然顯得心不在焉。她望向街道，此時陽光正使勁地照射在上頭。

「他看起來像我嗎？」

「像！像你，一模一樣。他的眼睛明亮，前額就像你那樣。」

「他生於哪一年？」

「我不知道。我只曉得我比他大四歲。」

「那妳生於哪一年？」

「我不知道。看一下戶口名簿吧！」

傑克走進她的臥房，打開衣櫥，在上層毛巾當中有一本戶口名簿、老人年金簿，還有幾張西班牙文的文件。他將這些文件一起帶到餐廳。

「他生於一八八五年，妳是一八八二年。妳比他大了三歲。」

「啊！我還以為是四歲。這已是很古老的事啦！」

「妳跟我說過，他很小的時候父母就雙亡，他的兄弟將他放進孤兒院。」

「是的。還有他的姊姊。」

「他的父母擁有過一塊農場？」

「是的。他們都是阿爾薩斯人。」

「是在烏雷—法耶嗎？」

「是的。我們家的農場則在什哈賈[2]，就是在那兒附近。」

「他幾歲時死了父母？」

「我不知道。他那時還很小！他姊姊就拋下他。實在不應該，他便不想再見到他們。」

「他姊姊幾歲？」

「我不知道。」

「那他兄弟呢？他是最小的嗎？」

a. 父親—疑問—第一次世界大戰—行兇。

1. 法國除姓氏外，在身分證上通常會有四個名字，以利辨識。

2. Cheraga，在阿爾及爾市西方。

「不！他排行老二。」

「這麼說來，他的兄弟都太年輕了不可能去照顧他的！」

「是呀，就是這樣。」

「那麼，這就不是他們的錯！」

「是！他對他們很不滿。當他十六歲離開孤兒院，回至姊姊的農場，她丟給他太多的工作。真的太多了！」

「那他就跑到什哈賈來？」

「是的。來到我們的農場。」

「妳就在那兒認識他？」

「是的。」她再次地將頭轉向街道；而他也覺得再這樣問下去也力不從心。倒是她另闢了一個方向。「你知道嗎！他不識字。待在孤兒院裡學不到什麼。」

「但妳讓我看過他從戰地寄來的明信片。」

「是的，他是跟格拉西歐先生學的。」

「在里柯姆那兒。」

「是的。格拉西歐是主任，教他閱讀及寫字。」

「那時他幾歲？」

「我想二十歲吧？我不知道。這些都已經是很古早的事。不過，當我們結婚時他已經對葡萄酒很在行，而可以到各處去工作。他的腦袋不錯。」她看著他。「就像你一樣。」

「然後呢？」

「然後？你哥哥就出世了。你父親就替里柯姆工作，而他就被派到聖拉波特的農場工作。」

「是聖達波特吧？」

「是的。接著戰爭就爆發了。他死了。他們寄給我炸彈碎片。」

這些炸開我父親腦袋瓜的彈片就放在同一個衣櫥，毛巾堆後方的小餅乾盒子裡，那些在前線寫的明信片也都放在一起；信中那些生硬又簡略的字眼他可以背得滾瓜爛熟。「親愛的璐西；我很好。明日調防。留心照顧孩子。親妳。夫字。」

是的，在那次搬遷的深夜裡他被生了下來，一個移民，也是個移民的小孩。歐洲已經調準好他們的加農炮，而就在不到幾個月的工夫就全都爆發出來；迫使柯爾梅里一家人離開聖達波特，他前往阿爾及爾軍團報到，而她則到窮困郊區母親的小公寓那兒去。手臂上還抱著在塞布斯河[1]給蚊子叮得渾身腫脹的嬰兒。「媽，妳別太張羅，一等亨利回來，我們就走了。」

1. La Seybouse，阿爾及利亞東北部河川，注入地中海，全長二百廿五公里。

外祖母站挺腰桿，白頭髮梳到後腦袋，眼睛明亮且嚴峻，「女兒呀！妳得去找個活兒來幹！」

「他是在朱阿夫軍團[1]。」

「是的，他還曾去過摩洛哥作戰。」

這倒是真的，是他給忘了。一九〇五年時，父親年二十歲，正在服所謂的現役，而與摩洛哥人作戰[a]。傑克記起幾年前在阿爾及爾街上碰到以前小學校長時，曾經跟他提到這件事。勒維斯葛校長和父親一塊被徵召入伍。不過只有一個月的時間是待在同一個單位，對於這位柯爾梅里並不是挺熟的，據他說因為這個人極少開口說話。他刻苦耐勞、沉默寡言、隨遇而安且公正不阿。只有過一次，柯爾梅里顯得怒不可遏。在亞特拉斯山[2]經過一整天酷熱後，夜裡，這一小分隊便在一個布滿岩石隘路當防護的山丘頂上紮營。柯爾梅里和勒維斯葛兩人得到隘口下方換哨，但喊了口令後卻無人來應。最後在一排仙人掌下方才找到他們的同胞；整個頭往後仰，很異樣地朝向月亮。起初，他們並沒有認出這顆奇形怪狀的頭來。不過，就是那麼一回事；這位哨兵被人給割斷咽喉，而他嘴上鼓起的那個鐵青色的東西就是自己那一整根生殖器。這是當他們瞧見他的身體之後才弄清楚的；這個哨兵兩腿大張，朱阿夫軍團的長褲被人割裂，而就在裂口處，在月光間接照射下，看到了這麼一個泥淖似的血水[b]。在百公尺遠處，這回是在一顆大岩石後方，第二名哨兵也是以相同的方式被處置在那兒。警訊隨及傳開，所有的崗哨皆加派一倍的兵力。黎明天亮時他們倆回到營區，柯爾梅里就說了那一幫根本就不算是人。勒維斯葛想了一下回道：「對他們而言，這樣做才算是人；畢竟我們是跑到人家的國家裡來，而他們必然會用盡一切方法。」

柯爾梅里便露出一副拗樣。「也許吧。但他們錯了，一個人不該幹下這種事！」

勒維斯葛則回說：「站在他們的立場，在某些情況下，一個人就是敢做敢為以及『敢去摧毀一切』。」

但柯爾梅里卻像怒到發癲似地大聲吼叫：「不！人就得自我節制不能幹下那種事，這樣才有資格算是人，否則……」之後，他便冷靜下來，用低沉的嗓音說道：「我是一個窮光蛋，從小在孤兒院長大；他們丟給我這套制服，拖我上戰場，但我絕不讓自己幹那種事。」

「但有些法國人就是不肯自我節制！」勒維斯葛回道。

「那麼，這些人也都一樣，稱不上是人。」然後他突然大吼。「孬種！人渣！全都是！全部都是……」然後，他面無血色走進自己的營帳裡。

a. 第一次世界大戰。
b. 「『死的』時候有沒有那傢伙都一樣。」班長那樣說過。
1. Zouaves，當法國在阿爾及利亞組成的輕步兵團。
2. Atlas，此處應指撒哈拉亞特拉斯山，位於摩洛哥東部某個偏僻地區。

當傑克回想起才恍然大悟，正是從這位已經久未謀面的老教員那裡，他才獲得最多有關他父親的一切。而除此之外再也沒有了，除了透過母親的那種沉默他所猜想的枝枝節節。這麼一位一輩子都在勞動，頑強又嚴峻的人，因受人之託而犧牲了，且接受任何他避免不了的事情。不過，在他內心深處還是不能接受別人不把他的名譽當成一回事。總之，終究是個一文不名的人。因為窮困不是「由得人」去選擇的，但它卻可警惕自己。靠著丁點兒從母親那兒獲知的片段，他便試著去想像，九年過後，同樣這位男子已經結了婚、兩個孩子的父親，也獲得了一個稍微比較理想的生活條件，為了總動員令[a]的關係被召集到阿爾及爾；和耐心的妻子、令人頭疼的孩子一塊徹夜趕路，在火車站揮手告別；然後三天後一身朱阿夫軍團軍士的打扮，亮麗的紅上衣和藍燈籠褲，突然出現在貝勒古區這棟小公寓裡。在七月*的酷熱下，身上的那件厚毛衣直教他汗流不止，手中握著一頂扁平狹邊的草帽，因為軍隊裡既沒有發給回民的圓頂帽也沒有護盔。他偷偷地從設在火車月台下的駐兵站給溜了出來。一路奔跑想來親一下他的孩子和妻子，然後再登船前往他從未見過的法國[b]，漂浮在那個從來沒載運過他的大海。他終於能緊緊地抱住他們，但又極其倉促，幾乎前腳進後腳出地又離開了他們。站在小陽台上的妻子向他揮手示意，他則邊走邊回頭並揮舞著那頂草帽，在那條布滿灰塵又熱氣騰騰的街上開步就跑，然後消失在電影院前。又在更遠處，在晨曦的光輝底下消逝了；之後，便再也沒回來過。其餘的部分就得全憑想像；但卻不是透過母親說出的。這位母親對歷史，甚至地理都絲毫沒有任何概念，她只知道住在一塊靠海的陸地上，而法國就在這個海的另一頭，而她也從未上過這個大海。此外，法國就是會消逝在一個模模糊糊的夜裡某個昏暗的地方，然後會在一個叫馬賽的港口靠岸——而在她想來它就和阿爾及爾港一樣；而那裡還有一座閃閃發亮且據說是非常美麗的城市名叫巴黎。總之，還有一個叫做阿爾薩斯的地區，她丈夫的父母就從那兒出來，他們在很早以前為了逃避那些叫做德國人的敵人的統治而逃難到阿爾及利亞。因而就必須再從這批敵人手中要回那塊失地。然而，這些敵人永遠就是那麼兇惡殘忍，尤其是對待法國人，而且毫無任何緣由的。法國人就這樣被迫去防禦這批好鬥又難以和解的人。那個法國，以及西班牙，她是無法確定它們的位置的，而不管如何，兩者是不會離得太遠；而她的父母就是從那裡一個叫做馬霍港[1]的地方來到阿爾及利亞，時間就和她丈夫的父母一樣，因為那裡鬧饑荒餓死人。而她根本不知道馬霍是在一個島上，不知道它是個島的原因，竟是因為她從未見過任何一個島。至於其他國家，單單它們的名字有時就夠她驚愕，因為她經常無法正確地讀出它們的國名。無論如何，她從未聽過奧匈帝國以及塞爾維亞，而俄羅斯和英格蘭對她來說都是很難記的生字。她不知道什

a. 阿爾及爾一八一四年的報紙〔原文即如此〕。〔譯註〕：應為一九一四年。
b. 他從未見過法國。他見著了也被殺了。
1. Mahon，西班牙米諾卡島東岸主要港。
＊ 八月

麼是「奧地利大公國」且從來也無法唸出「塞拉耶佛」這四個音節。戰爭就來了，像一整片黑黝黝，教人戰慄的雲塊，而人們無論如何也無法去阻礙它在天空不斷擴張，就像人們無法阻擋蝗蟲的來襲以及席捲阿爾及利亞高原造成慘烈傷亡的暴風雨那樣。德國人再一次地迫使法國人投入戰場，而且毫無緣由的，而我們就得去受苦受難了。她不清楚法國的歷史，也渾然不知歷史為何物。她只知道有關她自身的一些故事以及周遭她所喜歡的人的故事，而這些人也將和她一樣去忍受痛苦。在這麼一個她無法去想像昏天黑地的世界，以及無從辨知暈頭轉向的歷史裡，最黑暗的黑夜才剛剛降臨，一名滿身是汗又累垮了模樣的憲兵奉命在內地傳達一項不可思議的命令，而他就這樣被迫放棄行將收割的葡萄收成，並且離開這座農場——神父已在開往博姆[1]的車站為動員的士兵送別：「我們一起禱告吧！」神父對她這樣說著。而她則回道：「是的，神父！」而事實上她並沒聽到神父說了些什麼，因為他說得不夠大聲，況且她腦海裡也從沒有過祈禱的念頭，她只是不想打擾別人而已。如今她的丈夫已經著一身亮麗的軍服離她遠去，而所有的人都說，德國人將會受到嚴懲，他很快就能回鄉里。不過，在等待的當會兒就得先找個工作幹活。所幸，有鄰居告訴外祖母說彈藥廠那裡正在找一些女工，而且優先雇用動員兵的配偶，尤其是那些要負起生計的女性。就這樣她獲得每天工作十個小時的機會——依照大小及顏色安裝那些小管子的紙靶子。她也就能掙點兒錢給外祖母，孩子們也得以餬口，直到德國人都受到嚴懲，亨利返回為止。當然，她並不知道會有一條俄國人的戰線[2]，也根本不知什麼叫做戰線，以及這場戰爭會蔓延到巴爾幹半島，到中東地區以及整個地球。整個戰爭就在法國境內開打，那些德國人在沒預警下便衝殺進來，且連小孩子都不放過。事實上整個戰爭就發生在人們不斷提及的神秘地區——馬恩[3]；包括亨利·柯爾梅里在內的非洲軍團就這樣原封不動地被帶往此處；他們根本沒有時間去戴上護盔，此地的太陽也弱到不足以褪去身上衣服的鮮豔色的色澤——就像在阿爾及利亞那樣——以致於這批由阿拉伯籍和法國籍阿爾及利亞人組成的人潮；個個頭戴草帽、一身亮麗鮮明的軍服，在幾百公尺外便可以瞧得一清二楚，也就成了一些紅藍色的活靶；他們就在戰火中一擁而上，結果卻是整批倒下，就這樣他們的屍首肥沃這一小塊的戰地——在這之上，整整四年的期間，來自世界各地的軍士們蜷縮在滿是淤泥的穴洞，在滿天嚎嘯越過且發亮通明的槍林彈雨之下肩靠肩緊密地擠在一塊，而迎上前去的是一陣陣大規模的彈幕射擊的嘶叫，如此也就意味著又是一場失敗的進襲[a]。但此時人們都還沒有掘好壕溝，只有這批非洲士兵在戰火裡衝鋒陷陣，像一批五顏六色蠟製的玩偶那樣；就這樣每天在阿爾及利亞各個角落就會造成數以百計的孤兒，不論阿拉伯或法國籍，不分是無父的孤兒還是孤女皆得在一

a. 有待進一步發展。
1. Boue，今名 Annaba，阿爾及利亞東北第二大海港。
2. 大戰之初，蘇聯紅軍閃電攻占波蘭、羅馬尼亞及北海三小國，做為防範德國進攻的防線，稱為「東方戰線」。
3. La Marrne，在法國東北，界臨當時德屬阿爾薩斯。

清二白且無人引導之下自謀生路。幾星期過後的一個星期天上午，在那唯一的樓梯間，兩個沒有燈光的廁所——一種砌成土耳其式的糞坑，黑漆漆的，雖然不斷使用除臭藥水但依然臭氣熏天——內側的小平台上，璐西・柯爾梅里和她的母親坐在矮椅子上，藉著樓梯間上方氣窗照射進來的光線篩揀小扁豆，小孩則躺在一個褥單做成的小籃子裡，口水流滿嘴地吮吸著一根紅蘿蔔。此刻一位表情嚴肅衣著光鮮的男士兀然出現在樓梯間，手裡還拿著一個類似信封的東西。兩名女子頓時驚訝不已，放下手中的盤子——她們是從擺在她們倆當中的那只鍋子拿起小扁豆到盤子上篩揀的——然後將手擦拭乾淨，但此時已站在樓梯倒數第二階的這位男士則請求她們別慌張，並詢問哪位是柯爾梅里女士。「就是她。」外祖母說道。「而我就是她的母親。」接著這位先生說著，他就是市長，他捎來一則不幸的消息，她的丈夫已在戰場陣亡，法國深表哀悼卻以他為榮。璐西・柯爾梅里並沒有聽見他在說些什麼，不過卻站起身，很必恭必敬地將手伸向前；外祖母則兀立在那兒，以手摀著嘴，不停地用西班牙語說：「我的天呀！」這位先生將璐西的手握在手中，然後又用雙手將它握緊，低聲喃喃地說了些悼唁的話，之後將那只信封交給了她，然後轉身帶著沉重的步伐走下樓梯。

「他說了些什麼？」璐西問道。

「亨利已經死了！他被殺死了！」

璐西看著信封，並沒有打開它，她和母親都不識字；她將信折收起，一語不發也沒有落下眼淚，她實在無法去想像在那個不可知的黑夜深處，這個如此遙遠的死亡。之後，她將信封塞進廚房圍裙的口袋裡，走到孩子附近但並沒有看著他便直接走進她和兩個小孩共用的房間；她關上門並拉下面向天井的百葉窗，然後就直躺在床上；她閉口不言，也沒落淚；有很長一段時間她緊緊地握住那封她無法閱讀的信，以及在黑暗中望著那份無法理解的不幸[a]。

「媽媽。」傑克說著。

她一直望著街道，同樣的神情，但並沒有聽見他的呼叫。他便碰了一下她瘦小滿是皺紋的手臂，她泛起笑靨轉頭望向他。

「那些爸爸寫的明信片，您曉得就是在醫院寫的。」

「是。」

「您是在市長來過之後收到的？」

「是。」

一片炸彈碎片擊開了他的腦袋瓜，他隨即被送往負責來回接運這個屠宰場的聖布里厄救難醫院的火車上，這個車廂到處淌血，草梗和綳帶散落滿地。在那兒，他

a. 她以為這些炸彈碎片是自行炸開的。

潦潦草草塗鴉式地寫了兩張明信片，因為他已經看不見了。「我受了傷，無大礙。夫字。」然而沒幾天的工夫他就斷了氣。看護的護士也寫了：「這樣的結果比較好些，否則他下半輩子就當定了瞎子，要不然就是瘋子。他非常英勇。」接著，便收到那片炸彈碎片。

下方街道上有三名手持武器的傘兵經過，他們成一貫排行走，眼睛盯著四方。當中有一名是個黑人，個高大、靈活，穿著這麼一身傘兵軍服就好像一頭華麗的花皮野獸。

「這些是打擊那些土匪的。」她說道，「你去看了他的墳我很高興。我嘛，太老了，而且那裡也太遠哩！漂不漂亮？」

「什麼？墳墓嗎？」

「是的。」

「很漂亮！還有花哩！」

「是呀！法國人都很善良。」

她這樣說著也如此相信著，但並沒有再去想起她的丈夫，此時已將他忘卻一空；和他在一塊的日子就只是那些不幸的往日。這個被全球戰火所吞噬的人已沒有留下任何東西，在她身上以及在這棟房子裡皆空空無也。他只留下一份摸不著的回憶，就像蝴蝶的翅膀遭遇森林大火後的灰燼那樣。

「那一鍋蔬菜燉肉快燒焦了，你等一會兒。」

她[a]起身去進廚房，他便坐上她的椅子。輪到他望著這幾年來未曾改變的街道，那些曝曬在太陽下漸形褪色及剝落相同的店家。只有對街的香煙店換成了塑膠質的多彩長條門簾；而傑克此刻還聽得到先前用空心小蘆葦稈做成的門簾的獨特聲響——就是當他迎著一股好聞的油墨氣味及菸草味走進去買一本《安特雷畢得》的大書，而這本書裡那些光榮事蹟和英勇故事都令他激昂不已。此刻街道出現了週日上午的活躍情形；一些身著仔細清洗過並熨得筆挺白襯衫的工人們一路說說嚷嚷地朝那三、四家咖啡店走去，而那些咖啡店裡都可以聞得出清涼的遮影及茴香的氣味。一些一樣窮相，但也同樣穿著得乾乾淨淨的阿拉伯人也出現在街道上，他們身旁的妻子們個個臉戴面紗，腳上則穿著法國路易十五時代款式的鞋子。有時也看見全身節日打扮的一整家阿拉伯人走過！其中一家帶了三個小孩，當中的一個還一身傘兵裝扮。而正巧方才的那隊傘兵巡邏隊又走了出來，表情相當輕鬆但卻一副無動於衷的模樣。就正當璐西・柯爾梅里進餐廳之際，便聽到一聲爆炸震響。

聽起來爆炸似乎就在附近，而且威力龐大，不停延續著那股震撼。似乎已經有好一段長時間沒聽過這類的爆炸，餐廳的那盞燈泡在用來輔助照明的玻璃燈罩裡頭

a. 在公寓裡有些改變。

還晃個不停。母親倒退到室內的角落，滿臉蒼白，黑眼珠充滿一份按捺不住的驚嚇之情，身子有點搖晃不穩。

「在這裡！在這裡！」她說著。

「不！」傑克回道，然後衝到窗口。街道上行人奔馳，但他看不出是在哪一個方向。一家子阿拉伯人跑向對街的服飾店，催促著小孩們趕緊進去。店主開門接他們入內，然後抽掉門把上的碰鎖將門關上，並且就直愣愣地站在門後頭注意街上的動靜。此刻傘兵巡邏隊從另一個方向上氣不接下氣地跑過來。汽車也急促地沿著人行道旁停放。不到幾秒鐘的工夫整條街道便空曠曠的。不過，再探出身子張望時，傑克瞧見遠處在穆塞戲院和電車站之間有人群在竄動。「我下樓去看個究竟。」他說道。

在普雷沃街[a1]的一角有一群人在高聲叫喊。

「你這個卑鄙的雜種！」一名穿著貼身汗衫小工人模樣的人正朝著一個阿拉伯人破口大罵。由這名阿拉伯人被他逼到咖啡店旁那棟大樓的大門口，就貼靠在大門上。

「我沒做什麼呀！」阿拉伯人說道。

「你們都是同一幫！一幫子狗養的！」說著就撲上他。眾人便將他拉開。傑克對阿拉伯人說：「跟我來。」然後帶著他進了咖啡店。這家咖啡店是由他小時候的玩伴理髮師的兒子尊安開的。正巧尊安就在裡面，他還是老樣子；瘦小且滿臉皺紋，表情狡猾且認真。

「他沒做什麼，把他帶到你家裡！」傑克說道。尊安一邊擦拭著櫃台一邊盯著阿拉伯人，「跟我來吧！」他說。然後兩人就消失在店內的暗處。

傑克走出咖啡店外，那工人用斜眼望著他。

「他沒做什麼呀！」傑克說道。

「應該全將他們殺光！」

「當人生氣的時候總會這樣說的，好好想一想吧！」

對方聳了聳肩說：「到那頭看看吧！當你看到那一堆肉醬後你再說說看吧！」救護車的警笛響起，又急促又緊急。傑克跑步衝向電車車站。那顆炸彈就在站牌附近的一根電線杆處爆開。原先在那兒就有許多人在等候電車，個個都穿上最好的衣服。附近的那家小咖啡店就只聽見滿室的嚎叫聲，只是不知道是因憤怒而起，抑或是[2]痛楚。

a.——在前來探視母親之前他便已見到？

1.——在第三部分時重述凱蘇（Kessous）的爆炸事件；因而此處只須略略提及爆炸的情形。

——放遠一點。

2.——從此處起一直到下一頁最後一個字「痛楚」為止，係用圓圈圈起，並打了個問號。原文即如此。

他回到母親那兒，此刻她面色慘白地站立著。「坐下來吧！」然後他將她帶往桌子邊的椅子坐下。他自己則坐在一旁伸出他的雙手。

「這個星期已經有兩次了，我很害怕出門。」她說道。

「沒什麼礙事的，會停下來的。」傑克說著。

「是嗎！」她說著，她用一種很留意但又不敢確定的眼神望向他，像是她游移在對她兒子智力的那份信心，以及整個生命本來就是由不幸所造成的——對於它，人們是無能為力且只能默默去承受——那種信念在兩種情緒之間。

「你知道嗎？我已經老了，我再也跑不動了。」她說著。

此刻她的面頰開始泛起血色。遠處還聽見救護車的警笛急促又緊急地響著。不過，她並沒聽到。她深深地吸著氣，稍微平靜了些，用她那份堅毅又美麗的笑靨對著兒子微笑，就像他們一家族的成員一樣，她是在危險中成長的，危險當然會令她受盡折磨，但她就像對待其他的事情那樣默默承受著它。反倒是做兒子的他，無法去承受她突然流露出那種垂暮之人心驚肉跳的面孔。

「跟我到法國去吧！」他向她說道。但她既堅決又悲傷地搖頭，「哦！不！那兒太冷了！現在我太老了，我就想留在我們家裡。」

# 6 家人

「啊！我很高興你來了[a]。」母親對他說著，「還是夜晚來比較好，我便可以少些煩惱。真的！是夜晚比較適合，冬天夜色也來得早些。就算我懂得讀書識字也罷。我無法在光線下編織，我的眼睛會痠痛。因此，艾迪安不在的時候，我便躺在床上等著晚餐的時候到來。一等就是兩個小時，還挺久的。如果小孫女們在，我就和她們說說話。但她們來了又匆匆走了。我太老了。或許我身上味道不好聞。也就這樣一直孤零零的……」

她一口氣就說了這麼多。一些簡單的短句一句接一句地，就像掏空直到此刻仍然緘默的思想。緊接著這份思緒枯竭了，她便再度不吭不語，雙唇緊閉，眼神溫和且暗淡，透過餐廳緊密的百葉窗，望著從街道湧進的那股令人窒息的光線；她一直都坐在那張不甚舒適的椅子上，而她的兒子也像過去一樣繞著中央的那張桌子打轉個不停[b]。

a. 將說法文時從來沒使用過虛擬語氣的句子。〔譯註〕：虛報語氣為法文中重要的表達方式，表示一種委婉、假設、恐懼、懷疑，或者與事實不符等等情況。而這種語氣的掌握一向被視為法文程度的重要指標。

b. 與哥哥亨利之間的關係。爭吵。

她再次望著在繞著桌子打轉的兒子[a]。

「索非里諾鎮美吧！」

「是的，很乾淨。不過自從您上回去過之後已經有了一些改變。」

「是呀！有些改變。」

「醫生向您問好。您還記得他嗎？」

「不記得了，那已是很久的事啦！」

「那裡沒有人記得爸爸。」

「我們在那裡待得不久。再說，他話又不多。」

「媽媽？」

她望向他，眼神漫不經心，溫和卻沒有笑意。

「我猜爸爸和您從未在阿爾及爾一起生活過。」

「沒有！沒有！」

「您聽懂我的意思嗎？」

她並沒聽懂，他是從她那種像在致歉，有些驚慌的神情中猜想。他再逐字重複問題：

「您們─從來沒有─一起─住在─阿爾及爾過？」

「沒有的。」她說道。

「那麼，爸爸是在什麼時候跑去看畢黑特被砍頭處死？」

他用手刀處敲打頸部以便讓她明白。但她卻立刻回答：「是的，他大清早三點就起床，跑到巴柏魯斯監獄去看。」

「那麼您們當時就住在阿爾及爾唷？」

「是的。」

「那是什麼時候呢？」

「不記得哩！他那時替里柯姆做事。」

「在您們來索非里諾鎮之前？」

「是的。」

雖然嘴巴說「是」，但可能是「不是」；因為這得穿越一片陰暗的記憶去追溯往昔，這就什麼也沒辦法打個準兒。窮人家的記憶本來就沒有比富人家來得豐富；因為他們很少能離開他們生活的地方，因此在空間的方位上就少了許多，同時單調灰色的生活也就在時間上沒有什麼標記可言。當然，是會有一些刻骨銘心的記憶，那是最信而有徵，然而這顆心卻因為辛勞及工作而遭致磨損，在勞累的重荷下反而忘卻得更快些。失去的往事只有富人家才尋得回；對於窮人家來說，它只是其死亡之路上的一個模糊的標記罷了！因此，若想要順利地承受這一切，就不要去回

a. 家裡吃東西：燉內臟—燉鱈魚、鷹嘴豆等等。

憶東回憶西的。而要緊跟著日子堅忍不拔地過著；一小時一小時地挨，就像他母親那樣——當然這是有點兒刻意為之的，因為這種少年的病（事實上，根據外祖母的說法，即是一種傷寒，不過傷寒並不會留下什麼後遺症。倒是比較像斑疹傷寒，或者別的什麼的；這也一概不得而知）讓她成了聾子，且又拙於言辭，更阻礙她去學習。即使是人們拿來教導最貧苦無靠的人的那一切，而迫使她像啞巴那樣認命。不過，這也是她找到如何去面對生命的唯一方式；不然她又將如何是好呢？誰若處在她相同的處境還會有什麼更高明的方式嗎？他多麼巴望她能夠熱切地為他描述那位已經死了四十年、並曾經與她共度五年光陰的男人（而她是否真的與他共度這五年呢？）她竟辦不到，他甚至不敢確信她是否熱愛過這個男人。總之，他不能向她詢問這件事；就某個層面而言，這個男人對她來說也是不吭不聲、既聾且啞的；他甚至不想去瞭解他們之間的一切，而且根本就該放棄想從她這兒獲知些什麼的念頭。在他童年時有一件印象非常深刻的事，這件事一直跟著他一輩子甚至走進他的夢裡；便是他的父親大清早三點鐘便起床，跑去觀看一個著名的兇手被行刑的情形——這件事情他卻是從外祖母那兒知道的！那個叫畢黑特的兇手是阿爾及爾市附近薩黑勒農場的工人。他用鐵錘擊斃了男女主人和三個小孩。「為了偷東西？」傑克還小的時候曾這樣問過。艾迪舅舅回說：「是的。」外祖母則說：「不是。」但並沒有多加說明。事發後人們發現了那些不成人形的屍首，屋子內沾滿血漬，連天花板都有；最小的孩子還沒斷氣躲進床下，使盡了他最後一口氣用手指沾了血水在白牆上寫著：「畢黑特」之後，這孩子還是死了。大夥兒便開始搜捕兇手，結果在郊野找到了他，形容呆滯傻愣愣的。當時整個輿論震驚不已，一致要求將他處以極刑，結果也就這樣判定了。行刑的地點就在阿爾及爾市巴柏魯斯監獄前頭，還吸引了不少群眾趕來觀看。據外祖母的說法，傑克的父親對於這種罪行非常憤慨，三更半夜便起身，親自跑去觀看這場殺雞儆猴示眾的行刑。不過，沒有人知道當場的情況，表面上看來，行刑並沒有發生什麼意外事件。但傑克的父親回到家滿臉慘白，直接倒下就睡，之後又起身吐了好幾回，又再回去躺下。他從此絕口不提當時他所看到的情形。而就在聽完這段故事的夜裡，傑克自己也躺在床沿邊上，避免去碰著和他一塊睡的哥哥身子，蜷縮成一團並強忍住一股恐怖的嘔吐感，腦子裡則一再思索方才大人們向他敘述以及自己所想像到的細節。就這樣，在他這一生當中，這些影像一直在夜裡跟隨著他，雖然中間有所相隔卻十分規律地成了他最常夢見的可怕幻象；形態雖有別，但主題卻是單一不變的，就是有人前來逮捕他，並將他送去執刑。長久以來，每回醒來總是會因恐懼和焦慮而震驚不已；然後回到他無論如何也絕無可能會被送去執行這樣極刑的溫暖事實，他才如釋重負。及至稍長，周遭的事件——雖然被認為淨是一些不足掛齒的事，對他而言卻就像下一種行刑一樣；而眼前的事實卻不再能夠舒緩他的惡夢。而在過去相當（確定）的幾年當中，那份與父親當年相同的焦慮反而助長了這份夢魘；那份焦慮曾令他的父親驚嚇不已，而就像是一份唯一信而有徵的遺產那樣，他就從父親那兒將它繼承了下來。跳過那位熟知這段故事的母親，這層神秘的關係不正是將他和那位沒沒無聞死在聖布里厄的人結合在一起（這個人可也沒想到自己竟也會猝死）；這位母親曾見過他起身嘔吐，但卻像渾然不知時間會前進那樣將那天清晨的事忘得一乾二淨。對她而言，時間是沒有什麼差別的，所有的不幸隨時隨地都不會事先提醒人地便躍現了出來。

至於外祖母[a]，則剛好相反，她看待事情會拿捏得當些。「你以後會死在斷頭台上！」她經常對傑克說這句話。這又有何不可呢？這句話本來就沒有什麼不尋常之處。反正她又弄不清楚；她就是這種性格，什麼也休想嚇唬到她。腰桿打得挺直，一身先知模樣的黑長袍，無知且又固執，至少她從不知道順從為何物。由來自西班牙馬霍港的父母在薩黑勒的一個小農場裡將她養大，年紀小小的時候就嫁給也同樣來自老家馬霍的年輕人；這個人性情敏感又虛弱，他的兄弟們在一八四八年那年祖父不幸遇難之後，便已定居到阿爾及利亞來。她丈夫的祖父是一位業餘的詩人，經常坐在一頭母驢背上，在島上菜園石砌的圍籬之間緩緩前行並填詞作詩的。有一回散步時，他的身影和那頂寬邊的黑帽子被一名遭人訕笑的丈夫誤以為是他妻子的情夫；這樣一位詩人以及這麼一位典型的好丈夫卻被人從背後給射殺了。而他卻沒留下任何像樣的東西給他的子女。這場因誤會而引起的悲劇，導致一名詩人身亡，所造成的後果，便是在阿爾及利亞濱海區安頓了一窩子不識字的後代——他們遠離學校，一代代繁衍，只會一心一意地在酷陽下幹著粗活。不過，這位外祖母的丈夫，如果從照片上來判斷的話，倒是有點兒像他那位能詩能文的祖父；他的臉型修長，輪廓清楚，神情惘然，天庭飽滿，而這一切足以顯示他無法罩得住那位年輕、貌美，又精力充沛的妻子。她替他生下九個子女，其中兩個年紀小小就夭折，另一個女孩雖然倖存了但卻付出殘障的代價，而最小的那個一生下來就聾了且半啞。在一座昏暗的小農場，她不停歇地幹屬於她份內的那份粗活；她教養這一窩小鬼頭，當她坐上桌子的一頭時，一根長棍從不會離身，如此也省掉她白費勁地監看，不聽話的人立刻便遭到當頭棒喝。她就這樣統御著，並要求子女必須尊敬她及她的丈夫，而且遵循西班牙習慣，子女們必須用「您」來稱呼父母。她的丈夫對於這種敬重並沒有高興得太久：很早也就一命歸天，因酷陽或工作的折磨，或者因這場婚姻的關係？傑克永遠也不可能知道他的外祖父是染上了什麼病症而死亡的。就這樣成了孤家寡母，外祖母便廉價出借了那個小農場，和幾個年紀較小的一起搬到阿爾及爾市來住，其餘大到夠當學徒的皆送去做工！

等傑克稍長懂得觀察，不論是貧窮抑或逆境都無法動搖她。當時只有三個子女和她一塊過活，卡特琳[1]・柯爾梅里到別人家做家務，身體殘障的老么成了一個很強健的製桶工，年紀最大的約瑟夫並沒有成家就在鐵路局工作。三個人的薪水都非常菲薄，積在一起才足以養活一家五口。外祖母就負責掌理這一家的一切開支，這

a. 轉換。
1. 在原書第十七頁，傑克・村爾梅里的母親名字原先叫做「璐西」，在此之後被改稱為「卡特琳」。

也就是為何最令傑克訝異的第一件事情便是她錙銖必較的作風，但這並非是因為她小氣貪財的關係。而就算她吝嗇了些，這也就像我們對待供我們氧氣呼吸，讓我們存活的空氣那樣罷了。

孩子們的衣服也是由她負責添購。傑克的母親下工得晚且也樂於觀看並聽些別人吩咐做的事，根本就不如外祖母那樣生氣蓬勃，一切也就交給她去作主！也就是因此，傑克的整個童年都得穿著那些過長的雨衣，因為外祖母故意去買它並希望能讓他穿得久些，依自然的算法希望孩子的身高追得上雨衣的高度。可是，傑克長得極慢，一直要等到十五歲那年才開始抽高身子，結果雨衣還未來得及配合上身高便已不堪使用了。之後，她又根據相同的節省原則買了新的一件，而傑克就這樣被班上同學譏笑為奇裝異服者，最後只得將雨衣在腰圍處束得鼓起，好讓那滑稽的長度能夠有個正常的模樣。不過，這類丟臉的小事在學校裡很快地就被忘掉，因為他樣樣領先，尤其是在下課休息時間，玩起足球來更是無人匹敵。但是他的這個樂園卻遭到禁阻。因為學校裡的院子是塊水泥地，鞋底很快地便會被磨損，外祖母遂禁止傑克在下課時間玩足球。她還親自為這個小孫兒挑選了既硬又厚的長靴，並且希望它可以永遠不壞。總之，為了延長靴子的壽命，她還要人替靴底釘上許多圓錐釘子，如此一來便有兩項好處：必須先磨損釘子靴底才會受損；同時也可以察覺孩子是否違反禁令去玩足球。在水泥地的院子裡奔跑的確很快就會磨損靴底並露出光澤，而這些新痕一下子就讓犯者無所遁形。每天晚上回到家裡，傑克都得先到廚房報到，那裡有一位在一口黑鍋上作法事的女預言家[1]；他就得像馬匹接受釘蹄鐵那樣屈起膝蓋，靴底朝天，讓她檢查靴底。當然，他是無法抗拒同學的呼喚和他所最鍾愛的運動之誘惑，而他的做法便是不去觸犯這項難以忍受的規矩，不過卻去掩飾它的錯過。為此，在踏出小學以及日後踏出中學的校門口後，他會花上一段工夫跑到濕泥巴去摩擦靴底。這個計謀往往還行得通。不過，還是會碰到事與願違的時刻，譬如，圓錐釘的磨痕太張揚了，或者連靴底都磨損了。而最糟糕透頂的莫過於歪踢了一腳，插到地面或陷入那些護樹的鐵欄杆，靴底便與靴面又裂了開來。為了讓靴子閉住它的裂口，傑克回到家時是用一條線頭將它繞起捆紮住的。而這些夜晚準就是一頓「牛筋」伺候。每回傑克痛苦時，母親總會安慰他說：「它真的很貴吔，為何不當心點呢？」而她從來未動手打過自己的孩子。第二天，傑克就改穿起草底帆布鞋，並將那些破靴拿去鞋匠那兒。兩三天後他重新見到那雙靴子，靴底則多釘上幾根新的釘子，而他又得再次在這又滑溜且不穩的靴子上頭學著保持平衡。

外祖母甚至還可以做得更極端些，就算事過境遷已好幾年了，傑克每次回想此事莫不感到又羞辱又厭惡*而惱怒不已。他的哥哥和他從來沒有過零用錢，只有偶爾他們一塊去找那位做生意的舅舅或那位嫁得還不錯的阿姨。對於那位舅舅倒是很

1. Cassandre，珈桑德拉為希臘神話裡特洛伊的公主，通曉預言。
* 或者摻雜著羞辱與厭惡

容易，因為他們倆都喜歡他。但是那位阿姨經常故意炫耀她的富有，這兩個小孩寧可口袋空空，沒有那份弄到錢的樂趣，也不願意去蒙受羞辱。總而言之，海水、陽光、街區的遊戲等就是免費的樂子。至於炸薯塊、水果糖、阿拉伯甜點，尤其對傑克而言某些足球比賽等之類的都需要一點錢，至少幾毛錢吧！有一天傍晚，傑克從外頭幫忙買東西回來，手臂前端托著一盤剛才送到街上麵包店烘烤的蘋果起司餅（他們家中並沒有瓦斯爐也沒有爐灶，一些菜餚都是用煤油爐來燒，因為沒有烤爐，如果有哪個菜餚需要烘烤時，就先將它料理就緒然後送到街上的麵包店那兒去，付個幾毛錢，他們便會將它送進烤箱並將它烤好），這盤熱烘烘的餐點在一條餐巾覆蓋下還在他眼前直冒熱煙；那條餐巾一方面可以遮住街上的灰塵，另一方面也可以讓他放心地握住熱盤子的兩端。左右臂手肘彎處掛一個購物網，裡頭裝著剛買回來少量的食物（半公斤的糖、八分之一公斤的奶油、二毛五的乾酪絲，這些並不太重。傑克一面聞起烘烤的香味，一邊小心翼翼地行走，以避開此刻在街區人行道上來來往往的人潮。就在此刻，一枚兩塊錢的銅幣從他口袋的破洞掉落下來發出叮噹的聲響。傑克將它拾了起來，又仔細檢查一下身上的零錢。發現並沒有遺漏別的，便將它們一起放進另一個口袋裡。「我是可以把它弄丟掉的呀！」腦海裡突然出現這個念頭。在這之前，他都不敢去奢望明天的那場足球賽，此刻又重新出現在他的腦海裡。

事實上從沒有人告訴孩子何者為善何者為惡；某些事是被禁止的，而且處罰來得極為粗暴。其餘的一概沒人提及。只有學校課堂在尚留有空餘時間時，老師們偶爾會跟他們提到道德這個問題，但此時也一樣，禁令往往比解釋還來得詳盡些。唯一能讓傑克瞧見並感受到道德為何物者，就只是這個勞工家庭的日常生活；而在這樣的家庭裡每個人所想的很顯然地就是如何更賣力地幹粗活，去掙得那份生活所需的錢，除此之外，是不可能有其他的途徑的。不過，這只是攸關勇氣的問題而非真正的道德課程。然而，傑克是明白藏起那枚兩法郎是件不好的事情。因而他並不想那樣做，而他也沒去做；或許，他可以像先前那樣，從舊操場的板籬夾縫中溜進去看一場不必付費的球賽。這也就是為什麼他一直不明白他為何不立即交出找回來的零錢，以及為何片刻過後他從廁所出來宣稱剛才脫褲子時，那枚兩法郎的錢幣掉進了糞坑的洞裡。稱這個唯一的樓梯間砌成的狹窄空間為「廁所」還真的誇大其詞；它既不通風，亦無電燈及水籠頭，使用時就得蹲在卡在門和牆之間那個半高的座石上，當中挖了個土耳其式的坑洞，使用過後就得在洞裡倒進好幾桶水沖洗。但，無論如何也無法阻止那股臭氣外溢到樓梯間來。傑克的說詞似乎還滿說得過去。[a]因為這樣他就不會被叫去街上尋找那枚弄丟的錢幣；而且在這種說法下也就能打住所有的後續發展。只是在宣布這個壞消息時，傑克感覺到心頭為之一緊。在廚房的外

a. 不！他先前已說過在街上弄丟了錢，此處就得找另一套說詞。

祖母此時在那塊發綠且因使用過度而中央凹陷的砧板上搗蒜頭和香芹。她停下手上的工作並看著傑克，他正等待她爆發脾氣。不過，她卻一語不發，用閃閃發亮冰冷的眼神仔細打量著他。「你確定？」她終於開腔了。

「確定！我感覺到它掉了下去。」

她仍一直看著傑克。「很好！我們等著瞧吧！」她說道。

結果傑克被嚇得目瞪口呆；他看著外祖母捲出右手臂的衣袖，露出白皙且乾癟的胳臂走到樓梯間去。他則幾乎要吐了出來衝到餐廳裡去。當她再喚他時，發現她已經在洗碗槽前，手臂上塗滿灰色的肥皂，正用大量的水在沖洗著。「裡頭什麼也沒有。」她說道，「你說了謊。」

「它也許已經被沖進毛坑裡了！」他結結巴巴地說。

她遲疑了片刻。「也許吧。不過你如果說了謊話，別想上天會祝福你。」

不！上天沒有祝福他，因為就在這一刻他理解到並非出於貪財，外祖母才跑到糞坑裡去翻尋，而是基於一種迫切的需要——兩法郎對於這個家庭就已經是一個可觀的數字。他終於明白這件事，並且帶著一份驚慌的羞恥感，他看清自己是竊取了家人勞苦所獲得的兩法郎。直到今天，望著坐在窗前的母親，他還是無法解釋清楚為何他當初沒有交出那兩法郎，以及第二天跑去觀看足球賽還那樣樂在其中。

對外祖母行誼的記憶有些較不令人汗顏。她決意要傑克的哥哥亨利去學小提琴——傑克躲過了，因在學校課業表現不錯，藉口說如果增加額外的學習就難保會有同樣的好成績。他哥哥就學會了在冰冷的小提琴上拉出幾個難聽的音來，也好歹能奏出幾首流行歌曲而沒有太多的走音。為了一時好玩，傑克因為有一口好嗓音也學會了唱這些歌曲；可也萬萬沒想到法這項單純的消遣活動竟會有那種禍患無窮的後果。也就在某個星期天，外祖母在家中接待那些嫁出去的女兒[a]，其中兩個還是戰爭寡母；或者那位一直都住在薩黑勒農場那兒的妹妹，她還喜歡脫口說著馬霍港的方言而非西班牙話。等大夥兒在那張鋪上漆布的餐桌上喝完大碗濃咖啡後，外祖母喚來了兩個小孫兒，要他們來段即興的演奏表演。兩個男孩錯愕不已，還是搬出金屬製的樂譜托架和那兩頁眾所皆知的歌曲的樂譜。就這樣演奏起來，傑克勉勉強強跟上亨利像拉鋸子那樣上上下下的小提琴，並唱起〈拉莫娜〉那首流行歌曲：「我作了一個美麗的夢，拉莫娜！我們一塊遠走高飛！」或者「跳吧！喔！我親愛的賈樂媚！今夜我要妳愛上我……」或者還來段東方情調：「中國之夜，溫存的夜，愛慕的夜，醉人的夜，柔情似水的夜……」有過那麼一回，外祖母特別點了一首內容較實際點兒的歌，傑克也就唱著：「你就是我心目中的男人嗎？呀！我多麼愛你，你曾對我發過誓——願上帝作證，說你永遠也不讓我哭泣。」再說，這首歌還是唯一能讓傑克抒發真實情感唱出的歌，因

a. 姪女們。

為歌曲中的女主角在末了當眾人圍觀她那位任性的戀人被行刑時，唱出了一段哀怨的副歌。不過，最教外祖母喜愛的無疑就是那些傷感及柔情的歌曲，而這些是不可能從她的性格中找到的。亨利和傑克兩兄弟說唱得最帶勁的就數托塞利[1]的「小夜曲」，儘管阿爾及利亞的口音並不能源源本本地吻合歌曲中的那份迷人的氣氛。在某個陽光普照的午後，四或五個一身黑衣的婦女，除了外祖母外全都脫下那條西班牙婦女習慣披戴的黑色頭巾，成排端坐在沒擺設幾張家具、四壁塗上白色灰泥的屋子裡，微微點頭稱讚音樂和歌詞所抒發的感情；直到外祖母發出咒語打斷為止：「你拉錯音了！」頓時使得這兩名藝人啞口無言。而這位外祖母根本就分不清何者為「do」，何者為「si」；此外，也不知道五線譜裡各個音的稱呼。當那段棘手的段落符合了她的意願過關了之後，她便會說上：「嗯，好，我們就從『這兒』重新來吧。」之後，眾人又繼續輕輕搖擺起來，結束時還一起拍手鼓勵這兩名才子。他們則火速卸下器材，跑下街去和他們的玩伴會合。只剩下卡特琳・柯爾梅里一個人默默地坐在一角。傑克清楚地記得就是那個星期天下午，當他正準備帶著樂譜離去時，聽到其中的一位阿姨向母親稱讚他的表現；母親回了話說：「是呀！演唱得不錯，他挺聰明的。」像這兩個評語之間有所關聯似的。而轉過身時他明白了這層關係。她的神情顫動，又溫柔，又激動地望向他；如此的表情令這孩子怯步且躊躇不前，最後還是逃之夭夭。「她愛我！她真的愛我！」在樓梯間他就這樣自言自語著。而同時他也清楚地知道自己是如發癲似地愛著她，以及他是如此全心全力地期待她能愛他，而在這之前他一直不敢確信這點。

觀賞電影也讓孩子有了另一種樂趣……這樣的場合都在星期天，有時也在週四。這家街區的戲院離他們的家沒幾步遠，並和它所坐落的那條街一樣，取了一位浪漫派詩人的名字[2]。進入戲院必先穿過一條擺滿貨攤的曲折通道；這些由阿拉伯商人兜售的貨攤上雜亂地放著一些落花生、烘乾且摻鹽的鷹嘴豆、蠶豆、五顏六色的大麥糖，還有一些發黏的「酸味兒」。其他的貨攤亦賣一些花花綠綠的甜點；其中有一種金字塔狀用奶油轉成螺旋形，上頭再覆蓋上一層粉紅色的糖衣；還有一些阿拉伯的油炸餅，四周還淌著油和蜜的。貨攤的四周擠了一群群被相同的甜味吸引過來的蒼蠅和小孩，在貨攤主人的咒罵下相互追趕並發出嗡嗡響或大呼小叫的；那個貨主一直擔心著貨攤會給推翻了，一面不斷地做出催趕蒼蠅和小孩的動作。其中幾位貨攤商人得以躲到戲院一邊的玻璃遮下，其餘的人就只能將他們一整架黏答答的甜食曝曬在酷陽下，以及因孩子們嬉戲而揚起的飛塵底下。傑克伴隨著外祖母，她偶爾會將滿頭的白髮梳得光亮，並在那件一成不變的黑色連衣裙上別上枚銀色的胸針。她神情肅穆地支開那些擁在入口處大吼大叫的

1. 托塞利（E Toselli, 1883-1926）義大利鋼琴家及作曲家，其〈小夜曲〉（Serenade）最為膾炙人口。
2. 即穆塞（A. Musset, 1810-1857），法國浪漫派作家及詩人。

孩子們，然後走到那唯一的窗口去購買「預定票」。事實上，它就是那種折疊時會發出聲響品質不良的木製扶手椅，剩下的就是那種長板條的座位；戲院裡的人會在正式放映前一刻打開一扇側門，孩子們從那兒爭先恐後地一擁而進。長板條座位的兩側各有專人手持「牛筋」負責維持轄區內的秩序，而且不時也可以瞧見他們將那些過度騷動的孩子或大人攆出戲院外。接著，戲院就放映起一些默片；先是時事集錦，喜劇短片、長片，結束前再安排一段連續劇——每週播映一集。外祖母特別喜愛這些分段播出的連續劇，其中每個單元都會在懸疑之處打住。譬如說，一身結實肌肉的男主角手臂下挽著一位受了傷的金髮女郎正走在一條藤橋上，下頭是一條河水湍急的峽谷。而上星期那集的最後一幕則是一隻手臂刺青的手握著一把粗製的番刀正在砍斷那吊橋的藤條。而儘管「長板條」[a]座位席上的觀眾齊聲叫喊提出警告，那名男主角還是那副雄赳赳的模樣行走在藤橋上。此時，問題的關鍵便不在於這對男女主角是否能脫離險境——像這類的懷疑根本是不被允許的——而是他們是如何脫險的；這就說明了何以會有那麼多的觀眾（阿拉伯籍或法國籍）下週會繼續前來觀看個究竟——這對戀人跌落峽谷卻幸運地掉在一棵樹上，撿回了性命。整場放映過程皆由一位老小姐用鋼琴演奏來伴奏；和「長板條」座位席上那種插科打諢的光景大相逕庭的是，由這位肅穆端坐、背部清灌的小姐活像一個礦泉小瓶子，它的金屬瓶蓋就是她那花邊的領子。在如此酷熱難熬的日子裡，這麼一位令人印象深刻的小姐手上一直戴著一雙露出手指頭的手套，傑克就認為此乃是一種極其優雅的標幟。她的任務可也不是我們想像中那麼輕鬆。尤其，她必須根據所放映的時事集錦內容，彈奏出不同的搭配音樂。因此，她必須直接從介紹春季時裝表演的那種輕快的四對方塊舞舞曲，轉到蕭邦的葬禮進行曲——也就是一旦出現像中國大水患或法國或國際上哪位重要人物的葬禮那樣的新聞時。不論是何種曲目，她演奏起來都是一絲不苟的；像是十根小機械在那些發黃的鍵盤上執行著的操作一直都受到一些精準的齒輪所操控那般。在這間四壁空空，地上滿是落花生殼的大廳裡，臭藥水的氣味混著濃烈的體味。總而言之，正是她這位鋼琴師於猛踩踏腳板奏出序曲之際，懾住了滿場震耳欲聾的嘈雜聲；而這段前奏曲就如同開創了一種這一天上午特有的氣氛那樣。放映機發出一陣隆隆巨響，傑克受苦受難的時刻才正式開始吔！

這些只有影像而沒有聲音的影片事實上備有許多字幕投射，用以說明影片的內容。由於外祖母不識字，傑克的任務便包括朗讀字幕讓她聽懂。以她那把年紀，外祖母的聽力可好得很。不過，總得要先壓過那來自四面八方的鋼琴樂聲和滿堂的人聲沸騰。此外，儘管字幕內容已再簡單不過，但，當中的許多用詞並非外祖母所熟知的，若干字眼更是她所未曾相識的。至於傑克，一方面不希望因此

a. Riveccio。

而打擾到鄰座，另一方面也特別擔憂著不想在大庭廣眾之下告訴人家說外祖母目不識丁（由於覺得害臊，偶爾她自己也會在放映前故意高聲地說：你幫我讀讀字幕，我忘了帶眼鏡出來），傑克也就因此盡可能放低讀字幕時的音量。結果外祖母便只能懂得一半的內容，並要他放大聲調重唸一遍。傑克便試著提高音量，而鄰座發出的噓聲，更弄得他羞愧至極，又只得結結巴巴地唸著，外祖母起而訓斥他一頓；但緊接著下一排的字幕又出現了，那可憐的老太婆還來不及搞懂前面的字幕，現在更是漆黑一團不知所云。此刻傑克早已慌亂不堪，必須等到腦海裡找到足夠的思緒然後用幾句話概述地帶過，像范朋克[1]拍製的《佐羅的標記》，他便利用鋼琴或老戲院裡的片刻停頓很信心十足又字正腔圓地說道：「壞人想從他那裡搶走那個少女。」就這樣豁然大悟，影片得以繼續觀賞下去，而這孩子總算可以喘一口氣。一般來說，這類的困擾會就此打住。但某些像《雙孤女》[2]這類的影片也實在是太錯綜複雜了。就這樣卡在外祖母的索求與鄰座愈來愈怒氣沖沖的制阻聲中，傑克乾脆張口結舌不再說下去。他還清楚地記得有一回外祖母盛怒不已，最後中途衝出戲院的一景；他則滿臉淚水汪汪地跟在她後頭，心裡想著他竟糟蹋了這位可憐的老女人難得的一份樂趣，以及想到從他們那個囊空如洗的家中白白花掉的銀子[a]，心裡可真是驚慌失措。

至於母親，她則從未上過戲院。她也是大字不識幾個的，此外，她還是個半聾的人。她所懂得的字彙比起她的母親來更是有限。直到今天，她的整個生活中根本就沒有任何娛樂活動。在過去的四十年裡，她也只不過去了兩、三次戲院，且從未看懂過在演些什麼；而為了不造成邀請她的人不愉快，她也只是說些電影的主角服裝很漂亮，或者那個留著一把鬍子的人很壞之類的話。此外，她也沒法子去聽收音機。至於報紙雜誌，偶爾她會翻翻那幾頁有圖片的，並請她的兒子或者孫女們替她解說。然後，她就這麼認定說英國女王看起來很憂鬱，之後便又合起雜誌；再次透過那扇一成不變的窗戶，望向那條她已經凝視了大半輩子，一如既往的街道活動。[b]

a. 增列一些貧窮的徵象——失業——在密尼亞納的夏令營——軍號聲——趕出去——不敢告訴她。把話說清楚：既然這樣今晚我們就來杯濃咖啡。那東西不時都在變化。他望著她。他經常閱讀一些貧困的故事，其中的女人都十分堅忍不拔。她並沒有露出笑意。她走到廚房裡去，態度堅毅——毫不屈從。

b. 將歐內斯特舅舅帶進，「老態龍鍾」，「置於前頭」——他的畫像說擺在傑克和其母親所在的房間。或者「稍後」再引他進來。

1. 將范朋克（D. Fairbanks, 1883-1939），美國二〇年代著名演員兼製片人，拍過家家戶戶人人知曉的影片《佐羅的標記，一九二〇》或譯《黑龍俠》、《蒙面俠》。

2. 《雙孤女》（les deux orphelines），向戴納里（Denner）和柯爾默（Cormon）於一八七四聯合編寫之著名情節劇。故事描寫路易十五時期兩名孤苦的少女在巴黎所遭受的痛苦日子。

# 艾迪安

比起和他們一塊過活的弟弟歐內斯特[1]，就某層意義而言，她反而較少涉入到生活裡。這位完全重聽的弟弟只能透過他所能掌握的那百來個詞彙和等量的擬聲字和手勢來表達。不過，在歐內斯特年輕時因不能打工掙錢，反而時有時無地上過學並且學會了如何識字。偶爾，他會跑去看電影，回來時會帶來一些令看過此片的人訝異不已的觀後感，因為他豐富的想像力彌補了他知識上的不足。他相當精明且狡猾，這種本能式的智能讓他得以立足在這個世界上，並與那些對他而言實在執拗無情且緘默的人群為伍。以這份相同的本事也使他能夠每天泡在報紙裡頭——他都能看得懂那些大標題——這樣也就讓他對國際時事有個皮毛的認識。譬如，有一回他當著已經成年的傑克說道：「希特勒，可不是好東西，哼！」

「是呀！他不是什麼好東西。」

「那些德國蠻子都是一樣的。」舅舅又補充說道。

「不！不能這樣說。」

「對！是會有一些好人，但希特勒卻不是個好東西！」舅舅接受這樣的論點並回道。緊接著又恢復他那副愛逗趣的性子，「列維——對街服飾店的老闆可就怕極了。」然後他便縱聲大笑。傑克試圖加以說明。舅舅又回復原先嚴肅模樣，「就是嘛！為什麼要對猶太人那麼壞呢？他們和其他的人還不都是一樣。」

這位舅舅一向以他特有的方式疼愛著傑克。他十分激賞傑克在課業上的表現。他會用那雙因操作工具及幹粗活兒而長滿角質的繭的手擦拭傑克的腦袋瓜。「你這個——這個腦袋好，而我這個硬邦邦的（他用厚實的拳頭拭摸著自己的腦袋瓜），不過也是好的。」有時他也會補上一句：「就像你父親一樣。」

有一天，傑克就趁機問著他的父親是否聰明。

「你父親，腦袋硬得很，永遠想做什麼就做什麼；你母親的就一直是呀！」

傑克從他舅舅那兒根本就得不出什麼結論來。

儘管如此，歐內斯特舅舅經常將這孩子帶在身邊。他那份既無法用言辭表達也無法適用於複雜社會生活的體力與旺盛精力，就只有爆發在體能的活動和感官的世界裡。甚至打從叫起床這件事開始；搖醒他並將他從那聽而不見密閉的睡眠之中拉回，他會精神失常且大聲咆哮地吼道：「吭嗨、吭嗨！」就像一頭史前時期的野獸每天醒來時面對那個既陌生又不友善的世界那樣。相反地，一旦清醒過來，他的身子以及整個身體的功能便屹立不拔。雖然幹的是製桶工這樣的粗活兒，但他頗喜好

1. 有時說成「歐內斯特」，有時則「艾迪安」，實則皆為同一人，即傑克的舅舅。

游泳及打獵的。他帶著小時候的傑克[a]到沙布雷特海灘，讓他趴在背上，立刻以基本但帶勁有力的蛙式游向外海，然後又使勁地喊出一些含糊不清的叫聲；首先這意味著對突如其來的冷水感到叱訝，接著是對身處大海的歡呼以及被海浪給嗆到的咒罵。「你怕不怕？」他不時地問傑克道。當然！他會怕但卻不說出嘴；他已經被那份孤寂所迷惑，那個他們所處的海與天之間，是一個比另一個還遼廣的空間！而當他回過頭，海灘就像一絲見不著痕跡的線條；腹部感到一陣刺痠，恐怖的感覺油然湧現！他想像著在身子下那片廣漠且昏暗的深淵，而只稍舅舅甩下他，整個人不就會像石子那樣掉落下去？想到這裡，傑克便更用力抓緊舅舅結實的頸部。「你害怕了？」舅舅立刻問道。

「不怕！不過，我們回去吧！」

舅舅就這樣順著他的意思，當下吸了幾口氣，以在堅實土地上有的那份安全感游水折返。回到沙灘上，才喘了幾口氣便放聲大笑使勁地拭摸著傑克。之後，便轉身撒了一泡淅瀝嘩啦的尿，他總是笑盈盈的，且十分得意自己有個挺管用的膀胱，一邊則拍打著肚子發出：「好吔！好吔！」的聲音——每當他有了感官上的快感時都離不開這句話。然而他卻不去理會它到底是因排泄還是進食所引起，且渾然不加以區分；而且還十分固執，以同樣的無知堅持著這份他感受到的快感。此外，他也經常希望家人們能分享他的這份快感，因而在餐桌上引起外祖母不時地制阻。這位外祖母當然接受可以談論這些事情，而她自己也會說過這些，雖然她容忍過舅舅在餐桌上表演那齣吃西瓜的戲碼，她還是認為，「絕不可以在餐桌上談論這些。」西瓜這種水果因利尿而出了名，歐內斯特愛吃極了，通常他都是先笑盈盈地吃著、向外祖母做出狡猾的眨眼，然後發出各式各樣吮吸、反芻、以及啜嚼的聲響，之後便直接咬起西瓜皮，做起滑稽劇的表演；一邊用手一再地指著用嘴巴吃下這個好吃水果的粉紅和白色的果肉，經過肚子，然後從性器排泄出去的模樣。同時他的整個面孔因做鬼臉、擠著眼，還搭配上「好吔！好吔！洗乾淨了！好吔！好吔！」如此精采絕倫的演出而興高采烈。而這樣的表情更讓眾人難以自持而笑成一團。這種創世紀亞當式的無知也讓他以一種極不成比例的方式牢牢地附著一系列轉瞬間出現的疾苦上，而他會因此而抱怨不已；眉頭深鎖、眼神像是在探索自身器官深不可測的層面那樣，轉向他的身體內部。他會宣稱身上有某個東西讓他痛苦不堪，但那個位置飄浮不定；以及有某個病團在身上到處游走。到了傑克上了高中，這位相信科學乃是獨一無二且一體適用的舅舅指著自己的後腰部位問他：「這兒抽動是壞事嗎？」不！一點兒關係也沒有。然後他如釋重負、踏著急促的小碎步走下樓梯，前去街區的那幾家咖啡店與他的同伴會合。那些咖啡店有些木製的桌椅、吧台，並散發出茴香酒和鋸木屑的氣味。偶爾到了用晚餐的時刻傑克得走去那兒喚他。當他發現這位

a. 當時九歲。

既聾且啞的舅舅在吧台前被一群同伴團團圍住，正上氣不接下氣在一片大笑聲中與人爭論不休——而這份笑聲並非因嘲弄而起的——這情景卻一點也不會令這孩子感到訝異，因為歐內斯特舅舅的同伴十分崇拜他的好脾氣和寬厚性格[abcd]。

舅舅和他的同伴——全都是製桶工或者港口及鐵路局工人——帶著傑克去打獵這事讓傑克感到十分歡喜。大夥大清早就得起床。傑克負責搖醒舅舅，他就睡在餐廳裡，沒有哪個鬧鐘能從睡眠中將他喚醒。至於傑克，他會一聽到鬧鐘響便醒來的；他的哥哥則在床上嘀咕發牢騷然後轉身過去；至於睡在另一張床上的母親並沒有醒來，只是輕柔地移動一下身子。傑克摸黑起身，擦亮一把火柴，點燃放置在兩張床中央的那張共用的床頭几上的小煤油燈。（啊！對了，這間房間的擺設：兩張鐵架床，其中母親睡在一張單人床上，另外一張為兄弟倆共睡的雙人床，一個床頭几就擺在兩張床的中間，對邊則放了一個有鏡子的櫥櫃。母親那張床的那一頭有個面向天井的窗子。在窗子下方有一只藤板大箱子，上頭有一張針織的遮布。當傑克個子還小時，他都必須跪在這只大箱子上頭去拉下窗子上的百葉窗。總之，室內沒有任何一張椅子。）之後，傑克走到餐廳去搖醒舅舅，他大聲咆哮一陣，神情驚慌失措地望著眼前煤油燈的燈火，然後才恢復平靜。他們倆便各自著衣。然後，傑克到廚房用一個小煤油爐將現在的咖啡加熱，而他的舅舅將一些必需品一一裝入布背包；有一塊乾乳酪、幾條西班牙馬霍地區特產的辣味大香腸、撒上食鹽和胡椒的番茄、一條折成兩段的半截麵包，裡頭則塞進一大片先前由外祖母做好的煎蛋。最後，舅舅再一次地檢視一下那支雙管獵槍和子彈。昨夜還為了它們做了一場大展示會；也就是在用完晚餐後，便把餐桌清理乾淨，並且仔細地擦拭那塊漆布桌巾。舅舅選在桌子的一旁坐定，神情正經八百，透過懸掛在餐桌上方那盞大煤油燈的燈光，將依序拆卸下來並且經過他仔細上油的獵槍零件一一陳列在眼前。而傑克就坐在他對面等候著使喚，那隻叫「布里揚」的狗也一樣。家裡確實養了一隻長鬈毛塞特獵犬的混血狗，牠幾乎善良到了極點，證據就是牠連一隻蒼蠅都不肯傷害；而一旦不小心在空中逮到一隻便會面露厭惡之狀，急忙地吐個不停、伸長舌頭又咂著下唇的。歐內斯特和他和那隻狗一向是形影不離。他們之間的默契也是再好不過的了。人們禁不住都會將他們想成理想的一對（對於那些不懂狗且也不愛狗的人來

a. 他會省下零用錢並且會給傑克。

b. 身材中等，雙腿微微彎成弧形，背部厚實甲殼的肌肉下有點穹起。儘管清瘦，給人的印象十分剛強有力且有男子氣概。然而他的面龐一直保有而且長久也會保有那種青少年的形象；細緻、勻稱，有點兒（　）〔此字被刪掉〕，配上如他姊姊那樣一雙棕褐色的美麗眼睛，鼻子十分筆挺、眉弓光潔、下巴工整，一頭亮麗且濃密的頭髮。不！略略的鬈曲。儘管有些殘障，但他美好的外型還是讓他碰上一兩個豔事。這些卻沒有使他踏上婚姻之路，且都非常短暫；卻偶爾會帶有些許眾人所認定的愛情色彩。譬如，像他與街坊那位結了婚的女商販之間的關係。而他偶爾也會在週六晚上帶著傑克到面向海的布雷松公園廣場去聽音樂會。軍樂團在音樂會上演奏〈松爾恩維勒之鐘〉或者拉克梅的樂曲；而在這同時在人群中燒著（　）在黑暗中流傳。歐內斯特一身盛裝，刻意走去和那位一身天然絲綢的咖啡店老闆的太太交錯而過，他們倆交換一個會心的微笑，而那位丈夫也會對著歐內斯特說上一兩句友善的話。對他而言，歐內斯特絕不會變成一個可能潛在的對手。

c. 洗濯間；慕那。〔編按：此二字被作者圈了起來。〕

d. 海灘；泛白的木塊，酒瓶塞，腐蝕的玻璃碎片……軟木／蘆葦稈。

說，可就認為相當滑稽可笑哩！）。狗兒服從且對他百依百順，至於人則專心一意地照料牠。他們都住在一塊，從未曾分離過；他們一塊睡覺（人就睡在餐廳裡的長沙發、狗則睡在沙發前那張齷齪且都已磨損到露出線頭的小地毯上）；他們一塊去工作（狗就窩在工廠工作檯下，特別為牠準備的碎木屑的睡鋪上）；他們一塊上咖啡店，狗會耐心十足地趴在主人的腿跟下，直到他發表完他的高見。他們倆透過一些擬聲來交談，而且喜歡彼此身上的氣味。不必向歐內斯特提及他那隻很少替牠洗澡的狗——尤其在下過雨之後——身上異味熏天。「牠呀！沒有什麼氣味啊！」他回道且一邊還充滿愛意的嗅著狗兒輕微抖動的大耳朵的內部。上山打獵是他們倆最快樂的時刻，也是他們狂歡外出的大日子。只消歐內斯特拿大布背包，便足以讓那隻狗兒在小小的餐廳裡瘋了似地亂竄；用牠的後腿跟踢轉椅子、用牠的尾巴猛拍餐具櫃的側邊。歐內斯特笑著說道：「牠知道了！牠知道了！」然後安撫一下狗兒！那狗兒便將牠的頭兒擱上桌子仔細地盯著那些小心翼翼的準備工作，還不時地打起呵欠，但直到這場美妙的展示結束前牠都未曾離開過[ab]。

一等獵槍重新裝妥，舅舅便將它遞給傑克；他必恭必敬地接下，手裡拿起一塊舊羊毛抹布，將槍筒仔細地擦亮。在這當會兒，舅舅則在準備獵槍的彈藥。他從布背包袋裡拿出一些底部鑲銅、顏色鮮明的紙板靶管放置在眼前；同時也拿出許多葫蘆形狀的金屬瓶子，裡頭裝著火藥粉、鉛砂，以及棕褐色氈絨的填彈塞。之後，他又拿出一個裝滿彈管的小機關，其中有個小操作桿子能放動雷管，彈到紙板靶管頂部填彈塞的位置。隨著彈藥裝製妥當，歐內斯特便一個接一個地傳給傑克，他便十分虔敬地將它們放在他眼前的彈藥夾裡。到了清晨，當歐內斯特將厚重的彈藥夾紮在腰間，使那件羊毛衫足足鼓起了一倍，便是到了出發的時刻。傑克幫他將那彈藥夾從背部扣住。至於布里揚，自醒來便默不作聲來來回回地踱著，這隻被訓練成會控制自身歡喜而不去騷擾人的狗，還是亢奮異常不停地嗅喘著牠所碰及的物件。此刻牠聳起身撲上主人身上，兩隻前足擱在主人的胸前，並伸展頸部及腰身，攀向前大方又熱烈地舔著牠所心愛的那張面孔。

夜色逐漸淡薄，空氣中飄著一股榕樹的清新香氣，舅甥倆急忙趕往阿格哈火車站。那隻狗更是全速趕在他們前頭，牠那般迂迴蛇形地奔跑著，結果就不時滑倒在被夜裡水氣所沾濕的人行道上。之後又以同等的高速折返，一副很明顯害怕將兩位主人給跟丟了。艾迪安扛起那管獵槍、槍口朝下裝進大帆布袋裡，背著一個布背包，還拎著一個裝獵物的袋子。至於傑克，則將雙手插在短褲的口袋裡，肩上斜背著一只大布背包。到了火車站，同行的夥伴都到齊了，而他們隨行的狗除了迅速地跑去嗅嗅狗伴們的屁股外便寸步也沒離開牠們的主人。在場的有歐內斯特舅舅製桶場的好友達尼埃爾和皮埃羅[c]兩兄弟；達尼埃爾永遠是笑口常開且一派樂觀，皮埃

a. 打獵？可刪掉。
b. 書本稱起來就得像個東西和肌肉那樣重。
c. 注意，得更換別的名字。

羅則比較不苟言笑，做起事來有條不紊且對於人和事總是滿腦子的看法和洞察力。此外，還有那位在瓦斯廠做工的喬治，他有時為了多掙幾個錢，還上場去打起拳擊賽。此外，經常還會有其他兩、三位好相處的哥兒們——至少在這種場合——一塊成行；他們這一行人因為能夠有這麼一整天遠離工地，又逃出那既狹窄且擁擠不堪的住所，有時還因此逃避女人們的干擾，內心就已經歡喜不已。況且又可以這樣無拘無束，外加處在一種男人之間才能有的一種寬容逗趣的氣氛，一塊去享受一場短暫又激烈的樂趣！大夥兒興高采烈地登上火車，其中每節車廂都有一階踏板，一夥兒人就這樣傳遞起布背包並把狗兒們接上車，然後各自坐定；而就這樣有了一種肩並肩的感覺，共享著一份熱情而高興得很。而就在這麼些星期假日裡，傑克才初識男人們聚在一塊是多麼可愛且它還可以增進彼此心靈的契合。火車開動了，然後發出短促的噴氣聲並馳出了速度，相隔一陣之後便又會發出一計沉睡般的鳴響。火車正越過薩黑勒的一角，而才剛進入田野，這些壯碩又聒噪的大男人居然個個緘默，一塊兒望著精心開墾出的土地上的日升情景。而在隔開耕地用大稈子乾蘆葦做的籬笆上方則斜曳著一帶清晨的薄霧。不時間，一排排的樹叢和受其庇護漆成灰白的農莊從窗外掠過，而外頭的這一切全都沉湎在睡夢之中。沿著路堤的壕溝一隻小鳥突然驚竄飛了出來，一下子突然飛到他們眼前的高度，然後朝火車行進的方向飛著，像是想和火車比賽速度似地，直到突然呈垂直方向飛起；這隻鳥兒便讓人有一種是從車窗飛起的感覺，接著又被行進的強風給拋到火車後頭。綠色的地平線逐漸泛出粉紅色澤，然後轉瞬間成了紅色，太陽露臉了，且在眾目睽睽之下爬升到天空。它汲盡田野四方的薄霧，然後又繼續爬升。一下子整個車廂便感受到一股熱氣，這些漢子們一個個脫下身上的粗毛線衫和其他厚重的衣物，又一面安撫身旁也開始煩躁不安的狗兒，要牠們繼續趴睡。而歐內斯特則已經開始以他特有的方式大吹大擂起一些有關食物、病痛的笑話，以及〔有關〕他永遠占上風的那些幹架。大夥兒當中不時會有人向傑克詢問起有關他舅舅的問題，然後又扯到別的事情，或者要他來猜歐內斯特的某個摹擬表演。「你舅舅不愧是一流的表演高手！」

窗外的景致變了，岩石多了起來，橡樹取代了橘子樹；這輛小火車噴起氣來愈來愈短促並釋放陣陣大股的蒸氣煙。突然間感覺更冷了些，因為此刻山已經赫然介於太陽和乘客之間，大夥兒也才發現此刻也只不過清晨七點鐘！最後，火車噴出了最後一口氣慢了下來，緩慢地行駛在一條曲折的彎道，並且終於開進了山谷一座荒僻的小火車站。這座火車站只是用來接運遠處的礦區，荒蕪而且僻靜，四周種植了一些大株的尤加利樹，那鐮刀狀的樹葉在清晨的微風中顫動著。下火車時大夥兒也是一樣亂烘烘的，狗兒一口氣便跳下那兩階陡峭的踏階，連滾帶爬地跳離車廂，那些漢子們也排成一線接力地傳遞布背包和獵槍。到了火車站出口，迎面出現的就是一片斜坡，原野裡的那股寂靜逐漸淹沒了眾人的驚嘆和叫囂。這小隊人馬最後終於開始靜靜地攀登走上坡，那群狗兒就在牠們主人的四周不停地打轉。傑克不敢跟丟了這群強健的同伴。雖然他百般不從，但他最喜歡的達尼埃爾還是替他背起布背包。而為了能與他們同行他就得加倍步伐才行，但清晨犀利的冷空氣著實令他喘都喘不過氣來。過了約莫一小時的光景，大夥兒終於來到一片地勢起伏不那麼明顯的大平台，上頭種滿了一些矮小的橡樹和一些杜松，上方敞出一片清爽且晨曦照耀的天際。這兒就是狩獵的場所。那群狗兒像行家那樣，自動回到牠們主人身邊聚成一團。大夥兒約好下午兩點鐘回到其中一排松樹叢下用午餐；那裡適巧位於平台邊處有一口小泉流過，其視野還可以全覽整個山谷並且延伸到遠處的平原地帶。大夥兒便一起對好手錶的時間。獵人們兩人成一伍，吹哨喚來各自的狗兒便朝不同的方向出發。歐內斯特和達尼埃爾同為一組，傑克與他們同行負責攜帶小獵物袋，他便小心翼翼地將它斜背在肩上。一行人走遠之後，歐內斯特向眾人宣布他打下的兔子和野山鶉將會是全隊最多的！大夥兒聽了笑個不停，揮手致意之後便消失無蹤了。

接下來便是那段令傑克內心一直讚嘆且充滿悔意如癡如醉的經歷；兩個大男人並肩而行，彼此保待兩公尺的距離，狗兒在前，而他則一直殿後。而他舅舅的眼神突然變得野性十足且攻於計謀，並不停盯住他是否保持一定的距離；就這樣永無止境靜靜地穿越荊棘叢前行，荊棘叢裡偶爾會竄出一隻不知好歹的鳥兒，發出一聲尖銳的叫響。他們繼續朝氣味熏天的壑溝底部前行，爬上坡時，滿天的光芒四射以及不斷升高的熱度；上升的熱氣快速烘乾了方才他們出發時還濕漉漉的土地。在壑溝的另一頭傳來幾聲槍響；狗兒逐起一群塵土色澤的野山鶉竄飛了起來，發出清脆的劈啦聲響。又是兩響槍聲，緊接著槍聲又響起，狗兒不等槍響停歇便趕急衝向前，折返時兩眼簡直瘋狂似地，滿嘴還淌著血和一團的羽毛。歐內斯特和達尼埃爾將牠取了下來。過後不久，傑克攙和著一股興奮和恐怖之情將那獵獲物接上手。接著便繼續尋找新的獵物，一旦瞧見牠被擊落，歐內斯特所發出的尖叫聲有時幾乎被誤以為是布里揚所發出的嗥叫聲。一行人又繼續向前走，傑克雖然頭上有一頂草帽，但這時已被太陽曬彎了身子，整個平台四處此刻開始沉悶地晃動著，像是太陽鐵錘下的那塊砧板。偶爾會傳來一、兩聲新的槍響聲——絕不會多出一聲——因為他們當中的一人先看到了一隻山兔或者大野兔逃竄——如果牠們落入歐內斯特的目標那就必死無疑！歐內斯特舅舅精明敏捷簡直如同猴子一般，這回他跑得幾乎和他的狗一樣快，和牠一般地狂吠著，為的就是前去攫住那隻被擊斃的獵物。然後從後腳跟將牠提起老遠地現給達尼埃爾及傑克看；衝回到他們兩人面前時，則是那麼欣喜若狂且幾乎快斷了氣似的。再繼續前行之前，傑克將那只裝獵物袋子打得大開口便裝下這頭新的獵獲物。就這樣在這個如神祇般的太陽底下，傑克早已搖搖欲墜；況且又有好幾個小時在這一大片綿亙不斷又漫無邊界的土地上，又處在這一團連續不斷的光芒以及無垠無涯的天際下，他的神智都開始不清了。總之，傑克感覺到此刻他才是世界上最富有的孩子。準備折返前往約好用午餐地點的路上，獵人們仍繼續伺機張望尋找機會，但他們的心可就不這樣想了。拖著沉重的腳步、擦拭額頭的汗水，他們早已飢腸轆轆。大夥兒陸續地抵達，老遠就展示到手的獵獲物，並挖苦那些雙手空空的同伴，而且就確信永遠都是那幾個人一無所獲。同時說出一段如何捕獲的故事，每個人都有一段精采的內容。不過，當中說唱最佳的還是非歐內斯特莫屬。眾人最後還是只得聽他娓娓道來，他做出的那般精準的模仿動作連傑克和達尼埃爾都頷首稱許；野山鶉如何竄飛、逃跑的山兔衝撞了兩個急轉彎弄得連滾帶爬的，就像帶球衝進對方球門線內獲得一個觸地球的橄欖球選手那樣……在這同時，那位做事一絲不苟的皮耶正將茴香酒倒進每個人拿到他眼前的那只大口杯子裡，並準備將它們拿到松樹林下那條涓涓的細流邊去加點兒清涼的溪水。大夥兒布置了一張臨時的餐桌，還帶來了擦拭用的乾毛巾布，然後每個人拿出各自帶來的食物。不過，那位廚藝超群的歐內斯特（夏季裡當他們一塊去釣魚時，他總是就地取材先做一道鮮魚濃湯讓大夥兒先行享用，而他總是不惜丟下許多香料，多到會將舌頭給燙麻了的程度）此刻正在準備一些經他削尖的細木棒，並將他帶來的辣味大香腸片串在上頭。然後將這些串子用慢火溫烤，直到它們熱脹炸開流出紅色的肉汁滴到火炭上頭，發出絲絲的聲響並且還燃起了火花。又將這些火燙又香味四溢的熱香腸夾在兩片麵包裡，然後遞給大夥兒品嘗；獲得全場一片歡呼並且立刻狼吞虎嚥一番。同時還一邊喝起方才拿到溪水中放涼的玫瑰紅葡萄酒。接下來的就是笑聲不斷，工場裡的故事、一些笑話故事等等。而此時傑克滿嘴以及滿手黏糊糊的，一身髒又一身累，只能恍恍惚惚地聽著，因為睡意已襲上身了。不過，實際上所有的人都睡意上身，不消片刻工夫都打起盹來了；目光呆滯地望著遠處平原上方的那團熱氣團，要不然就像歐內斯特那樣，用手帕遮住臉呼呼大睡起來。到了四點鐘，就得趕下山去搭五點半的那班火車。此刻，大夥兒已經上了車廂，眾人皆累成一團，狗兒也都累垮趴在板條椅下或者主人的腳下睡著了；在如此沉睡之中有著各式各樣血腥的夢境。平原的盡頭，天色開始暗了下來，緊接著便是非洲地區快速消逝的薄暮，然後便是一片漆黑；在這一大片景致底下黑夜總是來得教人不安，而且沒有任何跡象轉換已垂落下來。過後不久，回到了出發的火車站，為了明天的工作，眾人急著想趕回家、用餐，以及早早就寢；在夜色中大夥兒迅速地分手，幾乎沒多說上幾句話，不過卻極親密地拍打對方。傑克聽著眾人陸續走遠，聽見他們那種粗聲粗氣又熱情洋溢的嗓門，他可打從心底地喜歡他們。他緊跟著歐內斯特的步伐——總是那麼矯健有力；而他則步履蹣跚。快到家的那條昏暗的街道上，舅舅轉回身子問他：「你快樂嗎？」傑克並沒接腔，歐內斯特舅舅笑了起來，吹哨喚來了他的狗兒。不過，等再往前走了幾步，這孩子便將他的小手伸進他舅舅那隻堅實又長滿老繭的手心裡，舅舅很用力地握緊它。之後，他們倆就這樣一語不發地走進家門。

[a][b]不過，歐內斯特憤怒的時候也能像快樂那樣來得迅速又徹底。和他說理或者進行一場簡單的討論因毫無交集而令他憤慨，實在是件很自然的現象。人們因此

a. 托爾斯泰或高爾塞（I）父親——從適當中出現杜斯妥也夫斯基；（II）兒子——重新溯回源頭讓作者勾勒出時代；（III）母親。

b. 杰爾曼先生／高中／宗教／外祖母過世／在歐內斯特手中了結？

可以瞧見他的暴怒如何形成，而且就眼睜睜地等著它爆發出來。像許多天生耳聾的人，歐內斯特的嗅覺十分敏銳（除了針對他那隻狗的味道外）。這個長處給他帶來許多樂趣，譬如說：他會樂陶陶地聞起碾豆濃湯以及一些他所喜愛的菜餚：烏賊和著墨汁、臘腸煎蛋，還有那道由牛心及牛肺做成的內臟雜燴——這道外祖母最拿手的被稱為窮人家的燉牛脯，因為成本低廉還是餐桌上經常出現的菜餚。或者，他會在星期假日噴灑一些便宜的古龍水以及一種叫做「龐佩羅」的化妝劑（傑克的母親也使用它），這種以香檸檬味為底的香水清淡又持久，經常就在餐廳以及歐內斯特的髮梢間飄揚。此外，他也會盡情地拿起香水瓶猛力地嗅著，還流露出一副癡迷出神的模樣……不過，嗅覺敏銳到這種程度也給他帶來一些麻煩。他無法容忍於普通鼻子所無法嗅出來的味道。譬如，用餐前他習慣拿起餐盤大嗅一番，而如果聞出他所認定的有蛋的氣味他便會氣得滿臉脹紅。之後便輪到外祖母拿起那個有問題的餐盤仔細嗅了起來，然後宣布她沒聞出什麼氣味。然後便交給女兒好做個證人；卡特琳・柯爾梅里便將她那敏銳的鼻子在瓷盤上上下下地晃了一圈，甚至也沒去聞個仔細，然後輕聲地說：「沒有！上頭沒有什麼氣味呀！」母女倆又仔細地聞了其他的餐盤以便更加確定這項定論。不過，孩子們使用的那兩個鐵餐盤就沒去嗅了。（或許基於一種神秘的理由：可能是餐具不足，或者如外祖母曾經說過的那樣：為了避免摔破。然而不論是他或者哥哥都不是那種手腳笨拙的人！不過，家族代代相傳的傳統經常是沒有什麼十分可靠的根據。那些人種學學者卻不斷地去尋找這類神秘儀式的理由，確實令我發噱不已。在許多案例之中，真正神秘所在就是當中一點兒理由也沒有！）之後，外祖母便正式宣布她的評判：「上頭沒有什麼氣味！」說實在的，她也不可能作出其他不同的判決，尤其一旦昨夜是由她親手清洗餐具的情形之下。這事攸關她做為家庭主婦的清譽，她是一點兒也不會退讓的！這一下子就輪到歐內斯特大發雷霆了，尤其是他無法找到適當的詞兒來表達他的信念[a]！那麼就得任由他將這股怒氣給爆發出來了。要麼他就乾脆賭氣不吃晚餐或者就在那個外祖母已經替他新換過的餐盤上，露出嫌惡表情東挑西揀地吃著。不然就乾脆踏離餐桌、衝出家門並宣稱他要上館子去吃！雖然每回當餐桌上不滿的氣氛升高了，外祖母總少不了會說出那句必定會說出嘴的話：「滾到館子去吃吧！」然而歐內斯特舅舅和家裡的成員誰也沒涉足過這類的場所！而從這刻開始，上館子對全家人而言便彷彿是一個只會製造假誘惑且充滿罪惡的地方——只要你付得起鈔票一切便再容易不過的了。不過，一旦那兒提供了你方便又帶罪惡的樂趣之後，你的腸胃就得付出極昂貴的代價的！不管怎麼說，外祖母是從不會去理會她這個么兒的怒氣。一方面她知道那樣是無濟於事，另一方面，她經常會針對他流露出一份懦弱之情。待傑克稍長略微讀書識字後，他便認為這是因為歐內斯特身體有缺陷之故（和一般的成見不同

a. 小小的一場悲劇。

的是，的確有太多的例子顯示做父母的經常不會去理會那些有殘障的子女）。而稍後他便有了更清楚的認識；亦即，有一天他很驚訝地瞧見外祖母犀利的眼神突然間因愛意的流露而轉為溫柔，而她的這份愛意是他從未見過的。他轉過身子看到舅舅正穿起他那件假日盛裝的上衣。歐內斯特舅舅因一身深色布料的衣服而顯得十分清瘦，面龐細緻且年輕，鬍子剛刮乾淨，髮式也仔細梳理，而且很難得的還戴上新的夾領並打了領帶，一副穿著盛裝的希臘牧人的舉止神態。這些在傑克眼底就是舅舅的真實模樣，換言之，就是英俊瀟灑！就這樣他終於明白外祖母乃十分喜愛她兒子的外貌，而且就像所有的人一樣，愛極了他的優雅以及健美；而且也理解到她對他的那份特殊的懦弱之情是再平常不過了。而這份懦弱之情或多或少也能令我們有一份溫柔情懷，況且它還那麼賞心悅目，且它還有助於令這個世界更易於讓人承受。總之，就是因為美我們才有了這份懦弱。

傑克也想起了舅舅另一樁暴怒的事情，這回就來得嚴重些，因為它險些造成與約瑟棻——那個在鐵路局工作的舅舅之間的毆鬥。約瑟棻舅舅並沒有睡在家裡（實際上他到底會睡到哪去呢？），他在本街區另有一個房間（但他從未邀過家人，譬如傑克就從未見過），卻到母親這兒用餐並支付一筆小額的補貼。約瑟棻和他這位弟弟可說是徹底判若兩人，他年齡稍微多個十來歲，蓄著一口短鬚，理個大平頭。他個性較為遲鈍，且比較沉默寡言，尤其是更精打細算些。歐內斯特經常批評他吝嗇鬼。不過，說實在的，他也只是簡短地說：「他呀！姆札布人[1]！」對他來說，姆札布人就是街區上那批食品雜貨店商人，而他們的確來自姆札布這個地方。這些商人經年過著克勤克儉且沒有家眷的日子，而且就住在滿是食油和肉桂氣味的店鋪邊間裡，為的就是想省點兒錢養活家鄉的家人。他們來自四周沙漠環繞的姆札布五個鄉鎮，他們是被正統回教徒追殺，類似回教世界裡的清教徒那樣信奉異端的部族。幾百年前他們的祖先逃亡，選擇在那裡落腳，因為當初他們確信那個滿地礫石、遠離海岸的半蠻荒地帶，甚至就是地球表面一塊乾硬的地皮，且飛鳥絕跡的地方是不會有人與他們爭奪的。他們就這樣繞著五口寒磣的水源築起五個鄉鎮。我們可以想像這些姆札布人獨特的苦行：他們派遣一些年輕力壯的男子送到海岸邊的城鎮做生意，以便延續他們心靈的創見，而且僅僅只是心靈層面的而已；並且直到這批人能被另一批新派來的人取代，才重回由他們的信念所打造出來的王國——那五個由土塊和泥巴所興建的堡壘鄉鎮去安享天年！姆札布人所過的這種貧瘠且困頓的日子只能視其最終目標來論定。但街區的勞工大眾們根本不知伊斯蘭教背景以及其異端教派活動，所看到的就只有表面而已！而就像所有的人一樣，將他的哥哥比成姆札布人，對歐內斯特來說就是將他說成像「阿爾巴貢」[2]那樣。實際上，約瑟棻是相當視錢如命的；與歐內斯特相比可說是天壤之別——而像外祖母的說法，歐內

1. 阿爾及利亞南部綠洲的居民，有自己的方言，信奉改革式的回教。
2. 法國十七世紀著名劇作家莫里哀的作品《守財奴》（又譯《吝嗇鬼》）中男主角之名字。

斯特這個人是將自己的心捧在手心中，為人慷慨好施（這倒是有憑有據，當外祖母生他的氣的時候，反而會指責他那隻手「破洞百出」，留不住錢財！）。不過，除了性格上的差異外，還有個事實就是約瑟棻賺的稍稍比歐內斯特多些，而人在窮困時反而較容易揮霍！很少有窮人等到他們有錢時還肯繼續慷慨大方。由這些有錢人便搖身一變，成了生活裡的君王，眾人皆得在他跟前必恭必敬的。當然約瑟棻舅舅並不是那種在錢堆裡打滾的人，不過，除了他自己的那份薪水處理得有條有理外（他採取一種用不同信封分開裝錢的處理辦法；不過，他實在太精打細算不肯去購買真正的信封套，卻拿起舊報紙和雜貨店的包裝紙折來充數。），他也借助一些計畫周密的小方法來增加額外的收入。由於在鐵路局工作，他享有每隔十五天可免費搭車一次的優待。因此每個隔週的禮拜天，他便搭火車前往所謂的「內地」——亦即窮鄉僻壤地區，沿路向阿拉伯農莊收購低廉的蛋、瘦雞或者兔子等；然後再扛回這些貨品，以合理的利潤賣給街坊鄰居。他的日子在各個方面總是井然有序、有條不紊，沒有人見過他養女人。畢竟，一週工作下來，外加那個必須去做買賣的禮拜天，他必定少了那種官能享樂的娛樂。不過，他倒是經常宣稱，到了四十歲時會娶一個有財有勢的女人為妻。而此時他就只能待在家中積聚錢財，並繼續到母親家中搭伙過日子。令眾人訝異的是，大家皆認為他缺少魅力，他還是能夠依照他所說過的計畫進行，娶了一位長得還不算醜的鋼琴老師；帶來了一些好家具，至少也讓他有那份福氣過了幾年布爾喬亞式富裕的生活。而如眾所料，最後約瑟棻還是選擇留住那些家具，而不是他的老婆。不過，這是另一碼事。而唯一沒被約瑟菜舅舅料中的事就是在與艾迪安大吵一架之後，便無法再去母親家裡搭伙，必須上館子花大把鈔票去吃好東西！傑克一直記不起那樁事故的原因。一些不明就裡的紛爭時常令他的家人無法和睦相處，而事實上誰也沒辦法去理個清楚找出根源所在。同時，也更是因為大家身上本來就沒有什麼記憶，也就更不可能想起原因所在，只有陳陳相因，不聞不問地予以接受並一再地重複咀嚼。他只記得事發的那一天，還在用餐的當下，歐內斯特氣憤地起身，對著一直繼續在用餐的哥哥咆哮了一些詛咒的話，但當中除了「姆札布人」外皆沒聽懂內容為何。之後，歐內斯特摑了他哥哥一巴掌，後者站了起來退了幾步便朝他衝去。不過，此刻外祖母已經使勁地纏住歐內斯特；而傑克的母親一臉慘白將約瑟菜拉回頭，「讓讓他吧！讓讓他吧！」她嚷道。而兩個小男孩則一臉蒼白，嘴巴張得偌大、睜大眼、動也不敢動，耳裡則聽到當中的一人咆哮怒罵個不停；直到約瑟菜露出一臉惱怒說道：「簡直就像頭野獸！誰也拿他沒轍！」然後就繞著桌子踱步；而當時外祖母一直抓住拚命想追上去的歐內斯特。而緊接著門就砰地一聲關上了。

歐內斯特還一直拗著想衝上去。「放開我！放開我！」他對他母親說道。「否則我就揍妳！」

不過，她卻一把抓起他的頭髮扯住他，「你——你——你敢打你的母親？」

歐內斯特被甩坐到椅子上涕泗縱橫地說：「不！不！不敢打您！您就像是我的

仁慈上帝！」

傑克的母親餐也沒繼續用完便逕自回房睡覺。第二天，她頭痛如絞。也就打從那天開始約瑟棻便沒再回來過，除了偶爾他確定歐內斯特不在家才會回來探候一下他的母親。

另外還有一樁歐內斯特暴怒的往事，不過傑克不想去記起它，因為他根本不願意去弄清楚事情的原委。有一段時期裡，歐內斯特有個叫安托尼的朋友經常在晚餐前來到家裡。這個人是市場裡的魚販，原籍馬爾他島，穿著十分得體，長得高瘦，經常戴著一頂形狀古怪暗色的圓頂窄邊禮帽，同時將一條方格子手巾捲起並繞著頸子打個結，然後塞進他的襯衫裡。稍後仔細回想，傑克才想起當初沒注意到的一些事，亦即母親穿著得比平時俏麗些，身上的圍裙也換成比較鮮亮的顏色，甚至腮幫子上也會抹上一些淡淡的胭脂。也就是在那個時期婦女們才開始留起短髮，而之前她們一概蓄起長髮，傑克倒是很喜歡觀看母親或外祖母梳理頭髮的情形。肩上披著一條毛巾，嘴中啣著許多髮夾，她們會花上很長的一段時間梳理那頭發白或著棕褐色的長髮；然後向上梳起，將平貼的束髮帶緊緊地拉到頸背的髮髻上，之後便開始篩進髮夾；這些髮夾是一根根地從雙唇張開、用牙咬緊的嘴中取出，再一一地放進厚厚的一團髮髻裡。外祖母完全低估了時尚的真正影響力，那種短髮的新髮式在她看來是既滑稽又罪惡，也就根本不去管會有什麼邏輯關聯便宣稱，只有那些「阻街女人」才會將自己弄成那副德行。傑克的母親也就附和同意她的論調，然而一年之後，也就是安托尼經常到家裡造訪的那段時期，某天夜裡她帶著一頭年輕又輕爽的短髮回到家裡。她故作輕鬆狀但卻瞧得出內心那份不安地說，她想給大家一份驚喜。

這對外祖母來說也實在太出其不意了，她輕蔑地打量又仔細瞧著這個已經無力挽救的大災禍，就當著孩子們的面冷冷地說：「這下子她看起來就是一副妓女的模樣。」之後，她就逕自走回她的廚房裡。卡特琳・柯爾梅里收斂起笑容，整個世界的不幸與厭煩全都浮現在她的臉上。接著她觸目到孩子盯住她看的眼神，試著想再泛起笑靨，但兩片嘴唇卻戰慄了起來，卻哭出了聲。急忙地奔向房間，撲倒到那張當她想安靜時，唯一可以庇護她的床上，那張孤寂又抑鬱的床！傑克頓時茫然不知所措走向她，她已經將整個臉埋在枕頭裡；蓋住她背頸上的短鬈髮、清瘦的背部則因嗚咽而顫抖不停。

「媽媽！媽媽！」傑克喊著，用手怯怯地輕碰著她。「妳這樣子很美！」但是她並沒能聽見，並用手告訴他讓她靜靜。他便退到房門口靠著門框，他因自己束手無策又想傾訴愛意*也一塊哭了起來。

緊接著好幾天，外祖母不肯和她的女兒多說半句話。在這同時，安托尼來訪時

a. 歐內斯特的家務，外祖母過世之後由卡特琳接管。

* 無能為力的愛之淚水

也受到很冷漠地對待。歐內斯特更是緊繃著臉。雖然安托尼穿著講究且能言善道，但也清楚地感受到異樣。到底出了什麼事？傑克好幾次瞧見母親姣好的面龐上留有淚痕。歐內斯特更是終日閉口不言，甚至還會將他的愛犬布里揚推倒在旁。夏季的某個夜晚，傑克看見歐內斯特在陽台上探頭探腦的。

「達尼埃爾要來嗎？」孩子問道。

舅舅低聲咕噥了幾聲。突然傑克瞧見安托尼走了過來，已經有好幾天沒見著他了。歐內斯特急促地衝下去，幾秒鐘過後，樓梯間便傳來陣陣沉悶的聲響。傑克也趕忙衝下樓，就看見兩個男人一語不發地在黑暗中相互毆打。歐內斯特對於落在身上的拳擊絲毫不予理會，就只拚命用他硬得如鐵的拳頭攻擊對方；沒多久安托尼退到樓梯的下層，揚起血流不止的嘴巴，掏出手帕來擦拭血跡，眼睛則一直盯著如瘋子般的歐內斯特。當傑克折返時，發現母親動也不動，面孔僵硬地就坐在餐廳的椅子上。他自己也坐了下來一句話也沒多說[a]。接著，歐內斯特也進門了，嘴裡咕嚕咕嚕說著一些辱罵的話，怒目橫眉地望向他的姊姊。晚餐就像往常一樣進行著——除了他的母親沒動口吃外；「我不餓。」她只這樣簡短回了堅持她要吃些東西的外祖母。晚餐結束後，她便回房去了。夜裡傑克被吵醒，聽見他的母親在床上翻來覆去。從第二天起，她又穿回那些黑色或灰色的衣裙，且一副徹徹底底窮人家的裝扮。即使這樣，傑克也認為她很美，且由於更加疏遠和失神還讓她顯得更美些；就這樣整裝就緒，永遠永遠地待在貧窮堆裡、待在孤寂之中、待在老之將至的日子裡[b]。

為此，長久以來傑克就一直對他的舅舅懷恨在心，卻不知道到底要怪罪他些什麼。不過，在這同時，他也明白他實在不該怨恨他；也弄清楚他們一家人生活中所有的，且怎麼也不可能避開的那些貧窮、殘疾和那些基本需要，在任何情況下都不能因此拿來怪罪他們的——因為他們皆是這些情況的受害者！

他們在不情願下相互傷害，僅僅因為他們當中的每個人都是對方生活中殘酷且過分索求下的必需品的替代物。況且，不管如何，傑克也從未懷疑過他的舅舅先是對他外祖母，然後是他母親及他們兄弟的那種近乎動物式的依戀。而他自己的的確確就感受過，就在製桶廠[c]出意外的那一天；每逢週四，傑克都會前往製桶廠。如果有功課要做，他便迅速地完成，並飛快地像先前衝去街道和玩伴們聚會那種輕快的心情奔向工廠。製桶的工廠就在練兵廠的附近。它類似某個工地，堆滿了一些廢棄物、舊的鐵箍、煤渣以及灰燼。在當中的一側就築起一個有磚瓦覆蓋，下頭有等距的石柱支撐的工場。五、六名工人就在這屋頂下幹活兒。每個人都有一塊主要的工作檯，換言之，就是靠牆邊的工作檯，在它之前有個空曠的空

a. 置於前頭——打鬥沒有呂西安。

b. 因為老說降臨了——此刻傑克發現母親已老態龍鍾，而她此時的年紀也只不過是他現在的年紀。不過，要年輕就須先聚合一些可能性，而在他看來，那些年輕人生活都是很寬裕的……〔編按：這段被作者刪掉〕。

c. 將製桶廠置於發脾氣之前，甚至可能的話就放在歐內斯特的個人描繪之前。

間可供裝配木桶或者葡萄酒桶的。在這之後則放了一條沒有背靠的長板條，上頭還挖了一個大縫口用以塞進木桶的底盤，然後再用手拿起一種像極了鋤刀[a]的工具將桶子刨剉一番；而削尖的這一頭朝向工人，他則握住它的兩個把柄。坦白說，如此的布局乍看之下並不怎麼高明。當然原先可能就是這樣子設計的；不過，那些長板條之後便到處移動，鐵鐘也就在工作檯之間任意堆放，至於那些鉸釘盒子更是東一個西一個的。為此，非得經過長期的觀察，或者常常前去那兒的人（這不啻是相同的一碼事），才能察覺出每個工人的操作作業實際上都是在同一個工作點進行的。他帶著點心送去給舅舅，在抵達工廠之前，他便聽得出那些捶打在製箍器上的聲響，這個製箍器是用來嵌緊木桶的周緣的。工人先將桶板聚在一塊，然後敲打製箍器的末端，之後又迅速地敲打另一端——或者從那些比較響且間隔較大的聲音中猜出那是工人們正在利用工作檯上的大老虎鉗替桶子釘上鉸釘。在這樣嘈雜的捶打聲中來到了工廠，他便受到一陣興高采烈地歡迎。隨後捶打聲又此起彼落地響起。歐內斯特身穿一件打滿補靪的舊長褲，腳上的草底帆布鞋沾滿木屑，一件灰色無袖的法蘭絨襯衫，頭上戴著一頂用來遮住碎木屑和飛塵保護他一頭美髮的回民小圓帽，前來擁抱傑克並要他幫幫忙。偶爾，傑克協助將鐵箍放在固定住了的鐵砧上，一旁的舅舅便使勁地將鉸釘打了進去。那個鐵箍就在傑克的手中震動，而每捶打一下就像如在刺穿他的手掌心一下那樣。或者當歐內斯特跨坐在長板條的一端，傑克也同樣坐在另一端，幫著握緊隔開他們倆中間的那只木桶的底盤，好讓歐內斯特將木桶的另一頭刨剉一番。不過，他最喜歡的還是將一些桶板拿到工地的中央，再由歐內斯特用一個箍子先將它們粗略地固定住。在兩頭開的桶子當中歐內斯特堆了一些碎木屑，然後便由傑克負責將它點燃火。火的熱度使鐵箍膨脹得比桶板還快些，歐內斯特便趁勢拿起製箍器和錘子用力地捶打，使鐵箍嵌得更緊一點。就這樣在一團煙幕之中，嗆得他們的眼睛直落淚。等箍子揳緊後，傑克便跑去工地邊的抽水機旁汲了一桶水來，並隨即避到一側。這時歐內斯特狠狠地拿起水桶就向桶子潑去；很快地就竄起一陣煙霧，鐵箍便冷卻了下來，也變得窄小些，更牢牢地旋入到被水所浸軟了的桶板裡[b]。

大夥兒暫停一會兒，擱下手邊的活來吃些點心，冬天時工人便會繞著一堆木屑或木條的火堆，夏天則躲到屋頂下方。他們當中有個叫阿布得，是個阿拉伯小工，穿著一條臀部露出折疊的阿拉伯式長褲，褲筒就只落到腿肚的位置，一件破破爛爛的短上衣，頭上也戴著一頂回民小圓帽。他以一種很可笑的腔調稱傑克「同事」，因為他協助歐內斯特做工時，做的也就是傑克所做的那些活兒。製桶廠的老闆〔　〕[1]先生實際上也是幹製桶出身的；在身邊幾位助手的協助下，便專門接一

a. 查證這個工具的名稱。
b. 將桶子完成。
1. 無法辨識的字。

家比較大但不知其名的製桶廠的訂貨。當中還有一位義大利工人經常笑容滿面且害傷風，尤其是那一位樂天派的達尼埃爾，經常會將傑克拉到他身邊和他開玩笑或者愛撫他。傑克逃脫開便在工廠裡逛來逛去；他身上圍的那件工作圍裙沾滿木屑，如果天氣熱，就光著腳套進一雙破舊的涼鞋裡，上頭則覆著一層泥土和碎木屑，陶陶然到火堆旁，對著飄起的那股芬芳香氣咂舌作響個不停。或者，小心翼翼地在一塊固定在大老虎鉗上的木板上試著那把刨剉木桶底盤的工具，而一旦手腳靈巧同時博得工人們的稱許，他便喜孜孜的。

也就是在這樣的一次休息當中，他傻乎乎地將濕漉漉的鞋底踏上一塊長板條。突然，他向前傾倒，而長板條卻滑向後頭，整個身子便跌坐到長板條上，右手竟卡在長板條下。他的手立刻感到一陣麻痺般的疼痛，但卻立刻站起身，對著朝他奔過來的工人們笑著。不過，沒等他收起笑意，歐內斯特已經衝向他，將他抱進懷裡急促地衝出工廠外，上氣不接下氣地奔馳著、又結結巴巴地喊道：「去看醫生！去看醫生！」就在這一刻他才看見自己右手的中指頭的尖端已完全被壓扁了，像一大塊變了形的髒肉團，上頭還直淌著血！心臟就這樣頓了一下便昏厥了過去。五分鐘過後，他已經到了他們家對面那位阿拉伯醫生的家裡。「沒事吧！醫生，不會有事吧？」歐內斯特面色如土地問道。

「到隔壁房去等！」醫生說道。「他可得要勇敢點兒。」的確，當時要夠勇敢才行，直到今天傑克手上那根怪模怪樣、胡亂修補的中指頭就是個證明。不過，一等安裝好創口夾子、包紮好傷口，醫生還倒了一杯小酒給他並頒給他一張最佳勇氣獎狀。儘管如此，歐內斯特還是執意要背他穿過馬路，走進家裡的那道樓梯，傑克則哀嘆呻吟地將他抱住，抱得那麼緊以致於還弄痛了他。

「媽！有人在敲門。」傑克說道。

「是歐內斯特！快去開門。因為鬧土匪的關係現在我都關緊門。」

在門口一發現是傑克，歐內斯特吃驚地喊出聲，有點兒像英文裡的「嚎哦」（how）那樣，並站挺身子擁抱著他。雖然頭髮幾乎全白了，面孔卻異乎尋常的年輕，依舊是那樣勻稱及協調。不過，他那雙畸形的腳則更加彎拱，背脊幾乎穹了起來，走起路來就得搖擺起手臂和雙腿。

「近來好嗎？」傑克問道。

不怎好。他出現許多痛點，也得了風濕，而且情況並不很好；那傑克呢？很好呀！一切都很順利，身體也健壯得很，她呀（他用手指向卡特琳）看到你就很高興。自從外祖母過世以及孩子們都離開後，這兩位姊弟就相依為命地過日子，誰也不能沒有誰的，他需要有人照顧，從這個角度來看，她就成了他的女人；準備餐點、清洗衣物，偶爾需要時也可以照料他。而她雖不缺錢——兩個兒子支付了她的一切開支，不過卻要有個男人作伴，而從他們一塊這樣過生活的這幾年來，他就以他那種方式看顧著她。是的，他們真的就像是一對夫婦，不是肉體的配對而是血緣的。且由於彼此的殘障，日子過得並不輕鬆，彼此就這樣唇齒相依地過著；偶爾透過隻字片語彼此心照不宣地進行無言的對話。但比起一般的夫婦，這樣反而讓他們更契合更加瞭解對方。

「對呀！對呀！老是傑克長傑克短的，她總是這樣唸個不停！」歐內斯特說道。

「是呀！我不就在這兒！」傑克說道。的確他就在眼前。像過去那樣回到他們倆的身邊。雖然無法向他們傾訴一番，卻絕不會停止去喜愛他們；至少對他們倆是如此，反而因自己能愛他們而更加疼愛他們。而有許許多多值得他這樣去愛的人，他卻無法辦得到。

「達尼埃爾現在怎麼樣了？」

「他很好，現在和我一樣老了！他弟弟皮埃羅被關起來了！」

「為什麼？」

「人家說是搞工運。不過我相信是因為替阿拉伯人說話。」然後語氣突然變得憂慮：「喂，那批土匪行嗎？」

「不成！其餘的阿拉伯人可以接受，那批土匪不行！」傑克說道。

「就是嘛！我就跟你媽說過，做老闆的都太狠了；簡直瘋了，那批土匪實在太過分了！」

「就是這麼一回事！」傑克說道。「不過，該替皮埃羅想點兒辦法。」

「好的。我會去和達尼埃爾商量。」

「那個多納呢？」（那個在瓦斯公司上班的拳擊手）

「他死了，得了癌症。大夥兒都老了！」

是的，多納死了。母親的姊姊瑪格麗特姨媽也死了。每個週日下午外祖母總會拖著他到這位姨媽的家裡，而他則厭煩到了極點，除了那位馭馬車的姨丈米歇爾——他也受不了和那些女人們一塊待在昏暗的餐廳，圍著覆著漆布的桌子，喝碗濃咖啡說長道短的——會帶傑克到最近的馬廄去玩。那個馬廄十分昏暗，外頭的街道被午後的陽光還曬得溫熱。他先是聞到馬鬃、麥稭、馬糞的氣味，接著聽到馬頭上的籠頭的鍊條摩擦木製食槽的聲音，馬匹轉頭望向他們露出一隻長長睫毛的眼睛。這位長得高挑、乾癟、蓄著一大把八字鬍的姨丈先抓起一把麥稭聞了聞，然後將他抬坐上當中的一匹馬背上；那馬兒則平心靜氣地將頭埋到食槽裡繼續嚼起燕麥來。而姨丈會遞給孩子一些角豆莢，他則高高興興地嚼碎並吮吸著。在他的腦海裡，對於這位總是會將他和馬聯想在一起的姨丈滿懷好意。也就是在這位姨丈的安排下，復活節的假日裡他們會全家出動前往西迪——費呂須森林吃「慕那」野宴一番。米歇爾姨丈便會租下一輛來回於他們所住的街區和阿爾及爾市中心那條有軌由馬來拉的公車。那是一種前頭套上馬匹，後頭拉著一個鏤空的大籠子，裡面裝上背靠背的長板條椅的車廂。其中領頭的那一匹還是米歇爾姨丈親自在他的馬底裡挑選的。大清早大夥兒便抬了幾個大洗衣籃上車廂，裡頭裝滿了一種稱之為「慕那」的粗製奶油圓形蛋糕，以及另一種叫做「護耳」的鬆脆且輕的糕點。所有家族裡的女人二天前便會聚集到瑪格麗特姨媽家一起來做；在漆布桌巾上覆上一層麵粉，然後再將條狀的麵糰擺滿整張桌布，接著再用一條黃楊木製成的細棍兒將蛋糕一塊塊的切出。孩子們便將這些糕點一一擺到燒盤上，然後大人們再將它們丟進滾沸的油鍋裡。之後再小心翼翼地一條條排列在洗衣籃裡，籃子裡便會散發一股香草味的清香，直到目的地西迪—費呂須。一路上那四匹馱馬使勁地吞噬著這股香氣和著從海上飄向沿海道路那片霧天的氣味。米歇爾姨丈[a]則在馬匹的後上方拿起鞭子抽打著馬兒。偶爾他也會將馬鞭交給坐在一旁的傑克。四匹龐然的馬屁股在鈴鈴鐺鐺的巨聲中在他眼前搖擺；要麼就是馬兒撇開屁股並揚起尾巴，頗有滋味的馬糞便擠了出來，滾落地。同時馬兒不停地仰頭，馬蹄鐵因而迸出火光，鈴鐺聲也更加急促，這些都是令傑克著迷且望得目瞪口呆的。來到了森林，大夥兒忙著將那些大洗衣籃和乾抹布安置在樹與樹之間。傑克則前去幫忙米歇爾姨丈用草擦拭馬匹，並在牠們的頸子下掛起一只灰黃色的帆布飼料袋，馬兒就逕自將頭伸入咀嚼了起來，將牠們那雙友善的大眼睛一張一合的，或者不耐煩地用腳抖開蒼蠅。整個森林裡到處是人，大夥兒毗鄰的用著餐點，大夥兒隨著手風琴或其他的樂聲從這兒跳到那兒的。大海則在不遠低聲的嗥叫——海水還沒熱到可以下水游泳，不過卻能讓人赤腳行走在沙灘邊它的浪頭上——其餘的人則個個躺下來小憩。而此時光線在不知不覺中又變得更加柔和，使得整個天際又顯得更加開敞。這樣一片無垠無涯，讓孩子都為之噙著熱淚；而在同時面對著這麼一個美妙的生活，禁不住既快活又感激地大喊一聲。瑪格麗特姨媽終究還是過世了。她曾經是那麼美麗而且永遠一身盛裝——太愛打扮了！人們曾這樣說她——但是她並沒有錯呀！因為晚年時糖尿病一直讓她必須困坐在扶椅上；在她那間亂糟糟的公寓裡她不斷地腫脹著，最後變得巨大又浮腫不堪以致於都喘不過氣來，醜陋到令人望而生畏。她的女兒們和那個做鞋匠瘸了腿的兒子皆心情沉痛地看護著她，擔心她是否會喘不過氣來[b][c]。然而她還是繼續肥胖，胰島素令她塞得鼓鼓的，那口氣還是喘不過來就結束了生命[d]。

此外，外祖母的妹妹珍娜姨婆也過世了；就是那位週日下午會到他家聽他們兄弟演唱的那位，長期以來，她一直和三位因戰爭而守寡的女兒住在那棟白色的農莊苦撐著過日子，而且總是不斷提及她那位死去很久的丈夫[e]。約瑟夫姨公只會說馬霍港的方言，傑克則非常仰慕他，因為他有一個粉紅色姣好的面孔，還有一頭全白的頭髮，一頂黑色寬邊的氈帽，連用餐時都會戴在頭頂上。他有一股無人能仿效的貴族氣質、一副鄉紳長老的模樣。不過，他也免不了會在用餐之際輕率地動怒，脫

a. 將米歌爾帶進奧爾良維勒那場地震。
b. 第六冊第二部。
c. 弗朗西斯也死了——見最後一個註。
d. 德妮茲於十八歲時離開大家去自力更生——二十一歲發了財回來，然後，變賣珠寶，重新整修她父親的馬廄——感染上傳染病而身亡。
e. 還有她的女兒們？

口說出一些不適宜的話，然後在妻子無可奈何地責備下客客氣氣地致歉。外祖母生前的那些鄰居——馬頌一家人也都死了。先是那位年齡最大的，接著是大姊「大個兒」亞蕾桑達，以及〔 〕[1]還有「招風耳」弟弟，就是那位每天大清早會到亞爾卡札戲院唱歌的雜技演員。是的，所有的人都過世了，甚至連最年幼的小女孩瑪爾泰，他哥哥亨利曾向她獻過慇勤，而且還不止於獻慇勤而已！

沒有人會再提及他（她）們；他的母親和舅舅也不會談起那些死去的親戚——那位他正在查訪其足跡的父親或者其他任何一人！他們繼續過著清貧的日子。儘管已無此必要，不過卻因已經過慣了，況且也是出於對生活一種逆來順受的懷疑態度使然。他們像動物那般愛著生活，但透過經驗他們知道它會規律地降下一些不幸，卻不會提示帶有這份厄運的徵兆[a]。結果，他周遭的這兩位就是這樣，默不吭聲又自我退縮地過著日子，腦海裡不存任何記憶，只忠實地記下幾幅模模糊糊的影像。而此刻他們是活在一個行將就木的時刻裡——換言之，總是過一天算一天的。他絕不可能從他們這兒獲知他父親的一切！儘管如此，透過他們的存在他還是能從自己身上找到了一些源自貧困又幸福的童年的清澈源頭。不過，他卻不敢斷然肯定他身上這些豐富又源源不斷的記憶是否源源本本地忠於他們的童年。不過，相反地他卻對兩、三幅與他們在一塊且以他為中心的影像十分確定；然而它們卻也抹去一些幾年來他試圖保有的，並將它刪減成一個無特徵也看不透的模樣。透過這個家庭，有好幾年的時期他是活在這個模樣裡，而且高高在上地引以為傲。

這類的影像，譬如那些酷熱的夜晚，餐後全家人將椅子搬到家門口的人行道上。沾滿塵埃的熱空氣從積滿塵土的榕樹上吹拂下來，街區的行人在他們眼前來來往往；此時傑克[b]的椅子微仰，將頭靠在母親清瘦的肩上，透過榕樹的枝椏仰望著夏日裡的星辰；或者是那個耶誕夜的影像，子夜過後，在沒有歐內斯特陪同下從瑪格麗特姨媽家回來，發現他們家門口附近的那家餐廳前橫躺著一個男子，另一個男子則繞著他在跳著舞。這兩個男子喝了不少酒，還想再多喝些。那個金髮瘦弱的老闆便打發他們離開，他們倆竟踢了那位懷了身孕的老闆娘。老闆便掏出槍開火，子彈就打進當中一個男子的右太陽穴裡。此刻，他那顆頭就平躺在創口上；另一個男子不知是喝醉還是醉怕了，竟繞著這個躺著的同伴跳起舞。而在這同時，餐廳隨即關門打烊，所有的人都趁警察趕來之前逃竄無蹤。而他們一家人躲在街坊這個隱蔽的角落緊緊地靠在一起，兩個女人家將兩個小孩抱住。新雨泥濘的路面上光線稀微，濕漉漉的車陣大排長龍地移動著，間斷出現嘈雜又通明的電車，載來一廂廂歡樂又無視於此一另外世界的場景。但它卻牢牢烙印在傑克那顆驚恐萬分的心上，而這個影像在這之前卻又是另外一種景致：整個大白天他都是以天真又渴望的心情支

a. 他們簡直就是怪物？（不！他才是怪物。）
b. 夜的美色的謙遜且得意的支配者。
1. 無法辨識的字。

配著這個街坊上那種甜蜜且永不變化的影像。不過，臨近日落時分這個影像卻突然變得神秘且令人不安，尤其是當街道上罩〔起〕了黑影——或者僅僅是個偶爾突然冒出的沒啥特別之處的黑影，伴隨幾聲隱隱約約的腳步聲或者被藥房球形招牌紅光照射血紅的光團所籠罩；就這樣孩子頓時渾身焦慮，趕著奔向那間寒磣的屋子去和家人相聚。

# 6之1學校[1]

[a]這個人並不認得他的父親，但卻經常以帶幾分神話色彩的方式向他提及他的父親；而且總會在某個關鍵時刻取而代之。這也因此傑克從不會忘記這個人——他也從未真正感覺到自己是遺孤；先是在孩提時候，然後是他整個一生中，彷彿在下意識裡他從這個人身上認識了那慈父獨有關愛的動作——這個動作帶著沉穩和決心，出現在他的童年。因為這位他小學畢業班[2]時的老師貝爾納先生確實在某個決定性的一刻，以十足的大丈夫氣質徹底地影響他，因而改變了這個由他督導的孩子一生的命運；而事實上，他的確改變了他的一生。

此刻貝爾納先生就在他眼前，在他那間幾乎就位在羅維戈街角的小公寓裡；這個街區俯臨整個城市及海景，居住著來自各個不同民族、信奉著不同宗教的小生意人，而那裡的房舍飄溢著一股混合香料及貧窮的氣味。他就在眼前一副老態龍鍾模

a. 與第六章轉換？
1. 參見附錄【夾頁II】，作者將它夾在原手稿第六十八～六十九頁處。
2. 法國當時學制規定小學五年為義務教育，第五年為「修業證書班」。

樣，頭髮稀鬆，面頰和手背皮膚光滑，上頭布滿了老人斑點；行動也比先前遲緩了許多。一等他坐定在那張藤扶椅子上，都瞧得出那份滿意的神情。那張扶椅就放在臨商業街的窗几旁，有一隻金絲雀就在那兒啾啾叫著。由於上了年紀的關係神態上也變和藹了許多，情緒也任其流露——過去他可未曾這樣子過——此外，腰桿子仍舊打得挺直、嗓門依然那樣雄厚堅定——就像過去佇立在課堂裡那樣；他喊道：「兩人排成一列集合！兩人一列，我可沒說是五人呀！」亂糟糟的一團隨即停住了。學生們對他可是又敬又畏的，乖乖地在二樓教室外的走廊排列集合，直到隊伍排出靜止不動，孩子們也都鴉雀無聲；然後一聲：「這幫小鬼頭！好！現在可以進來了！」這才解散他們並發號准許他們移動及做出較節制的活動。而那時候的貝爾納先生可是結實硬朗得很，衣著雅致、面孔勻稱又堅毅，頭髮有點兒稀疏，不過十分光亮，渾身散發古龍香水氣味，神情愉快且嚴格地監督著他們。

學校位在這個老街區相對較新的這一頭，就坐落在一八七〇年那場戰爭[1]之後沒多久才興建的二層或三層的屋舍，以及新近才出現的倉庫之間；這些倉庫之後延伸接上了傑克他家所在，阿爾及爾內港煤礦碼頭這一區的那一條主要街道。傑克走路便可以上學，打從四歲起，每天兩趟到它附屬的幼稚園班上課。但他對當時並未留下任何記憶，除了那座位在頂棚操場角落的深暗色的石材盥洗台；有一天他倒栽到裡頭，頭先著地，站起身時已滿面淌血，眉毛上方被劃開了一道，惹得幼稚園班裡的女老師一陣恐慌。也就是在此刻他才見識到那些手術的創口夾子。然而，說實在的，他們才剛取下這些夾子沒多久，就得將它們放進另一邊的眉弓裡頭；原因是，在家裡他哥哥一時興起將一頂圓頂禮帽戴到他頭上，結果因視線給遮住，又被一件舊大衣給絆倒，遂撞上一堆已經開了封用來鋪地的砌石，結果又弄得血流滿面的。在這般小小年紀他就得和皮埃爾一塊結伴上學。皮埃爾大概比他大個一歲，和他因戰爭而守寡的母親以及兩個在鐵路局上班的舅舅一起住在鄰街上。他們兩家可說是點頭之交；就像大夥兒都住在同一個街坊，也就是說他們彼此尊重卻幾乎從未到對方家中造訪過；彼此很樂意互相幫忙，卻又苦於找不到適當的機會。反倒是孩子們成了真正的朋友，打從第一天當傑克還穿著嬰兒用的長罩衫託付給皮埃爾——而他自覺已能穿起褲子並負起大哥的責任，兩個孩子便這樣一塊結伴到幼稚園班上課。他們一塊在同一班上課，一直到傑克九歲那年一起進了畢業班，在這五年當中他們每天一塊走上四趟相同的路程。一個金髮，另一個褐髮；一個沉著冷靜，另一個急躁火爆；不過卻是一對相同出身、由命運所撮合的好兄弟，兩人都是品學兼優的好學生，同時也都酷愛玩耍。在若干領域傑克的表現稍微傑出，不過，由於他的舉止和輕率態度以及愛表現的性格，反而使他闖下許多蠢事，因而讓凡事深思熟慮且收斂鋒芒的皮埃爾更顯得優秀些。因此他們便輪流成了班上的前茅，但卻不像他

1. 指一八七〇年普法戰爭，法國戰敗，被迫割地阿爾薩斯和洛林兩省給普魯士。從此法國國際地位削弱，進而發生「巴黎公社」等國內革命事件。

們的家人那樣，覺得他倆光耀門楣。他們倆的樂趣可大大的不同；每天清晨，傑克會到皮埃爾家的樓下等候他，在道路清潔工出現前便出發——或者說得更明確些，在那輛由一名老阿拉伯人駕馭，由一匹馬——在牠的頭頂上還弄了個遮蓋——駕著的二輪馬車路過之前。此時，人行道上因夜裡的濕氣而依舊濕漉漉的，從海面吹拂過來的空氣還夾帶著一股鹽味。皮埃爾家的那條街是通往市場的，沿街矗立著許多垃圾桶；一些餓昏了的阿拉伯人或老摩爾人，或偶爾有個西班牙籍的老流浪漢會在天剛亮之際在那兒東挑西揀的，期待能在本區貧苦又克儉的人家再三斟酌才肯丟棄的垃圾當中找到一些可以餬口的東西。這些垃圾桶的蓋子通常都是被掀開著的，而大清早的這一刻，街坊那些機靈又瘦小的貓隻也扮演起撿破爛的角色。這兩個小孩的把戲便是悄悄地來到垃圾桶的後頭，然後突然將裡頭有貓的桶子蓋住。這樣的勾當可也不是來得容易，因為在這貧苦地區生長的貓隻個個都像那些慣於捍衛其生存權的野獸那般機警又敏捷。不過，偶爾如果被那美味的新發現所懾住，或者一時難以從垃圾堆中抽身逃出，貓兒就只得乖乖就逮。垃圾桶蓋合起時會發出巨響，貓則迸出恐懼的嗥叫，驚厥地拱起背來又張牙舞爪的；最後還是會頂起這鋅製牢籠的蓋子而逃之夭夭。牠們因驚嚇過度而毛髮豎起，並且像是被一群獵犬追捕那樣，在孩子的一陣爆笑聲中逃竄——而這兩名凌虐者則渾然不識殘暴為何物[a]。

而說實在的，這兩位凌虐者還真是前後矛盾，採取雙重標準，因為他們又會帶著憎恨，去纏住那位被孩子們取了個「加魯發」[1]諢名（在西班牙文的意思諢是……）的捕狗人不放。這位市政府的雇員差不多在同一個時間執行他的公務，不過，必要的話也會在下午出巡的。他是一個穿著西式服裝的阿拉伯人，通常會站在由兩匹馬駕著一台古怪的車輛的後方，而前方則由一名面無表情的阿拉伯老人駕駛。整個車體係由一個類似木製的積體造成，兩側改裝成雙排結實的棍條的籠子。總共能隔出十六個籠子，每個籠子便用來裝進一隻狗，而每隻狗便會被塞進籠子內部由棍棒卡住。捕狗人則高高地站在車廂後側小踏板的上方，鼻子的位置剛好碰到籠子的頂部，因此可以就此監視著他的獵捕場。馬車碾過濕潤的街道緩緩前行；街道上出門上學的孩子多了起來，家庭主婦們則前去採買麵包和奶油，身上披掛著有著俗麗花樣的絨布披肩。而一些阿拉伯商人也趕往市場，折起的貨攤擱在一邊的肩上，另一隻則提著一只草編的大筐子，裡頭裝著他們兜售的貨品。突然間，在捕狗人一聲呼喚下，那阿拉伯老人向後勒緊繮繩，馬車遂停了下來。捕狗人已經盯上了一頭可憐的獵物——牠正亢奮異常地扒掘著垃圾桶，並保持一定間距慌慌張張地回頭瞧望；或者沿著牆邊快速疾行，一副沒吃飽急躁又焦慮的狗模樣。「加魯發」便抓起車頂上那條牛筋鞭子，它的前端裝上一條鐵鏈，另有個環套可以使其與手把間來回滑動。他像個狩獵者那樣躡足前行，快速又靜悄悄地靠向那隻狗，靠近牠時，

1. a. 異國趣味一豌豆濃湯。
這個名字的起源乃是源用最早接受此項工作的人的名字，他的本名就叫「加魯發」（Galoufa）。

如果瞧見牠並沒有套上那個象徵系出名門的狗頭圈，便會拔地而起，以出其不意的速度奔向牠[1]，用他手中那條使起來像鐵絲及皮條套索的武器套住牠的脖子。那隻狗就這樣一下子被勒住，發出陣陣含糊不清的哀嚎又瘋狂地掙扎著。捕狗人則迅速地〔將牠〕拖向馬車，打開其中一個棍條門，將狗兒提起，因而將牠勒得更緊，然後將牠塞進籠子裡，並小心翼翼地將套索的把手伸出棍條之外。一等狗兒就逮，捕狗人便恢復鐵鏈的滑動並鬆開那隻已成了籠中物的狗兒的脖子。無論如何，那隻狗兒如果未能獲致街區小孩的聲援，事情大致也就這樣進行的。因為所有的人都會合起來對付「加魯發」的。大夥兒知道這些就逮的狗兒會被送至市政府的待領場，在那兒看管個三天，如果超過了這個期限還沒有人出面前去認領，就會將那些畜牲弄死。而就算他們不知道上述情事，就僅僅瞧見那輛死亡馬車經過一趟出巡，載滿著各式品種各樣大小的可憐畜牲，個個在棍條柵欄後頭膽戰心驚，在車後拖成一條邁向死亡的呻吟與嗥叫聲，單單如此悲慘的景象就足以讓他們義憤填膺。也就因此，一旦那輛囚車出現在這個街區，孩子們便會彼此奔走相告；自行分散到街區的各個巷弄，輪到由他們來圍捕狗兒，不過卻是設法將牠們趕往本市另一頭的街區，以逃開那致命的套索。而儘管有了這些預防做法，但也曾在皮埃爾和傑克身上發生過好幾起，那就是捕狗人當著他們的面發現了某隻遊蕩的狗兒，而他們倆的策略就是固定的那一招：亦即當獵人就要逼近到獵物身旁的剎那，傑克和皮埃爾便大聲吼叫：「加—魯—發！加—魯—發！」他們是叫得那麼尖銳又恐怖的，以致於那隻狗兒便以最快速度拔腿竄逃，於千鈞一髮之際逃出就逮範圍。而在這相同的一刻，這兩個孩子也要表現出他們快速賽跑的本事，因為那位依捕獲量計領額外獎金的捕狗人也就氣急敗壞到了極點，便會揮舞起他那條牛筋鞭子拿他們倆當獵物追打。大人們通常會協助他們逃跑，要麼就擋住「加魯發」的去路，要麼就直接愣愣地攔住他，要他去找狗兒的碴吧！本街區幹活的人個個都會打獵，通常都會喜歡狗兒，對於這種怪行業自然就不存敬意。就如同歐內斯特舅舅所言一般：「他呀！懶鬼一個！」至於那位駕馭馬車的老阿拉伯人，面對這般的蠢動卻是一副緘默且面無表情的掌控一切；或者，如果因爭論不休，乾脆就平平靜靜地捲起他的紙菸來。而不管他們倆是蓋住貓或者救了狗兒，孩子們便得加緊腳步趕去學校或去辦正經的活兒——如果是在冬天肩上的斗篷便隨風揚起，如果是在夏天，便會將腿下那雙叫做「沒哇司」的皮條涼鞋踏得喀喀作響。在穿過市場時瞥一眼攤架上的水果；依季節的不同，有堆積如山的枸杞果、柳橙、小柑橘、杏果、桃果、小柑橘[2]、甜瓜、西瓜等等在他們眼前一一展現，而他們就只能極少量的嚐了其中最廉價的水果。然後到了噴水池水光粼粼的大水池旁，他們以跳鞍馬方式跳了兩、三下卻沒震落書包；接著又沿著梯也爾大道旁的倉庫疾行，迎面就衝上從工廠裡飄溢而出的柳橙氣味，因為裡面的工

1. 原文即如此。
2. 原文即如此。

人們剝下它們的果皮，準備和著果皮一塊製作橙子酒。之後，登上一條有花園和別墅的小巷弄，最後便通到奧默哈街，在那裡早已有一群亂鑽亂動的小孩，個個你一句我一句地搭話，等待著有人將校門打開。

接著，便是上課的情形，上貝爾納的課一向都是那麼有趣，箇中原因極為簡單，因為他熱愛這份教學的工作。教室雖隱沒在黃白粗條紋遮棚後的陰影之中，然而熱氣卻已經在當中迸發出劈啪的聲響，而教室外酷陽更是在那幾道淺黃褐色的牆垣上大聲吼叫的威脅著。傾盆而下一洩不可收拾的大雨，就像它在阿爾及利亞各處的下法那樣，下得整條街道形同一口口昏暗又水汪汪的井；課堂也就因此稍微受到打擾。獨獨只有在下暴風雨的那一刻蒼蠅偶爾會分散了孩子們的注意力；那些被活逮到的蒼蠅會被塞進墨水瓶裡，去接受一項醜陋無比的死亡——在紫色的泥漿中慘遭滅頂。這些紫色的泥漿灌滿了嵌在課桌上凹洞的那些圓錐形小墨水瓷瓶。不過，貝爾納先生的方法一向嚴格要求學生的操行表現，也做到教學生動有趣；有時甚至也能擊敗蒼蠅的吸引力。他總會在最適當的時刻從他的百寶箱裡拿出那些琳琅滿目的收藏：有礦石標本、植物標本、蝴蝶及昆蟲標本、地圖等等，這些都能喚醒那些陷於委靡狀態的學生的興趣。他是全校唯一擁有幻燈機的人，每週兩次他會放映一些有關自然的歷史及地理的題材。上算術課時他則舉辦心算比賽，以迫使學生快速思考。他會在課堂上出一些除法、乘法和稍微複雜些的加法的考題，譬如：「1267加691等於多少？」此時所有的同學都必須將雙手在胸前交叉。看誰能夠最先說出正確答案，他就可以在每月的排名考核中記上一個好點數。此外，他在使用教材時也是既勝任又精準……這些教材都是與法國境內所使用的相同。然而此地的孩子只識得焚風、飛塵，和那些短促且狂暴的驟雨、海灘上的沙粒以及酷陽之下焚燒的大海；卻要專心一志地閱讀——甚至連標點符號都得要清清楚楚的讀出來——一些對他們而言簡直是神話的故事：頭戴軟帽，裹著毛料圍巾，腳套木鞋，那些孩子們走在覆滿落雪的路上拖曳著捆捆的乾柴，在如此天寒地凍裡邁步回家，直到發現被大雪所覆蓋的房子上方的煙囪炊煙裊裊，他們也就會明白家裡壁爐上正煮著熱騰騰的豆湯。對傑克而言，這類的故事也實在夠異國情調了。而他十分憧憬，在作文裡滿是對這個他從未見過的世界的描述，並且不斷地詢問外祖母：二十年前在阿爾及利亞地區下了一個小時的雪的情形。對他來說，這類的故事乃是學校裡那份強烈詩意的一部分，同時還外加丈尺與文具盒上的漆味，以及書包背袋上那股芬香，那是他在辛勞的做功課時最愛去慢慢品味咀嚼的；以及紫色墨汁時，那塊瓶塞底下是個彎成肘形的玻璃管子——而傑克便會湊在那管玻璃瓶口使勁地嗅著；還有某些書本那些光滑冰冷的書頁那種輕柔的觸感，而當中也會散發一股油墨及糨糊的香氣；最後，就是在下雨天的日子裡，從教室後方厚羊毛上衣所飄溢出那股沾濕了的羊毛氣味，而這股氣味意味著一個伊甸園世界，腳套木鞋、頭戴毛帽的孩子們正要越過積雪，奔向他們溫暖的家。

只有學校能賜給傑克及皮埃爾這種歡樂。這也就是何以他們倆會如此酷愛學校的一切，而這些是不可能存在於他們家中的。家中的貧困與淺薄無知就只有令他們的日子更加艱苦、更加淒涼，像生活在自我封閉的世界裡那樣；苦難是一座堡壘，上面缺了吊橋。

但情況並非僅止於此，尤其在度假當中，傑克更是覺得自己乃是所有孩童中最悲慘的一個。每當到了假期，外祖母為了擺脫他這位永遠精力旺盛的小鬼頭，便將他送去參加暑期育樂營；同行的還有其他五十餘個孩子及幾位輔導老師，地點則在扎卡耳山脈的密里亞納城。他們一行便住進一所有宿舍的學校，吃住舒適，一整天不是玩耍就是散步，並由幾位友善的護士來看管。不過，儘管如此，到了傍晚時分當夜色快速由山坡下爬升上來，以及在這座被遺忘在山區，周遭百里內也未見生人造訪的小鎮，在這一整片廣漠的寂靜裡，鄰近的兵營驀地吹起淒涼的熄火號，這孩子只覺得一股茫茫無垠的絕望湧上心頭，在與童年那一貧如洗的家相較，只得在默默中放聲吶喊[a]。

不！學校也並非只是個供他們逃避家庭生活的場所。至少在貝爾納先生的課堂就不是如此。這堂課提供給他們這群小孩子一種比起大人們來還基本的渴望，那就是去發現的渴望。在其他課堂上，老師們當然也讓他們學了些東西，不過，卻像填鴨餵鵝一樣，老師們準備好了飼料，之後，便要他們生吞活剝地吃下去。然而在杰爾曼先生[1]的課堂上，他們有生以來第一回覺得自己的存在，受到最高的敬重：終於有人認定他們夠資格去發現這個世界。而他們的這位老師卻不只是因為自己是受雇來教書而獻身工作，他可完全出於內心將他們接納到他的個人私生活裡；他和他們一塊過活，向他們敘述自己的童年以及他所知道的小孩子的故事；向他們闡述他的觀點，但卻非他的定見——因為譬如，他和學校裡的許多老師一樣是反對教會介入政治的，但他卻從未在課堂上說過宗教的任何壞處，從未反對過人選擇某個信仰或持守某個信念。反倒是竭其所能地去譴責那些顯而易見的錯謬，譬如：盜竊、告密、舞弊行為和卑鄙的行徑。

此外，他更向他們講述那場才結束沒多久，而他也在戰場待了四年的戰爭，提到士兵們的痛苦、他們的勇氣及耐心，以及停戰時的幸福感。到了學期末送走孩子們前去休假前，如果時間許可的話，他經常會選一長段多爾傑萊斯的作品《木十字架》[b]讓他們聽。對傑克而言，儘管他絕少——除了理論上外——將故事的內容與他從未謀面的父親相提並論，但讀到這些故事還是替他多開了扇異國情調之門，而當中卻瀰漫著恐懼與不幸。他只是傾心地聆聽著他的老師打從內心深處說出來的故事，而且再一次地跟他提及到雪和他內心所嚮往之的冬天。不過，也談到了另一種奇特的男人，他們一身因爛泥而僵硬的厚衣物，說著一種聽不懂的語言，而且就生

a. 延伸並讚揚通俗學校教育。
b. 參見原書。R. Dorgelès於一九一九年出版的小說，描述第一次世界大戰參戰士兵的死亡景物，並用傷感和消極的態度來看持戰爭。出版後獲重大迴響，他的名言：「能活過一天就是一場勝利。」
1. 作者放上他小學老師的真實姓名。

活在頂篷是炸彈、火箭及槍彈的地穴裡。他和皮埃爾每回都迫不及待地期待這種聽講課，而且一回比一回更耐不住性子。這場眾人依舊說個沒完的戰爭——（而傑克會靜靜的，不過卻把耳朵伸得挺長的，傾聽達尼埃爾依他的方式談起那場馬恩河戰役[1]；他親與那場戰爭但卻一直不明白何以能夠活著回來。他說道，他們這群是從北非趕往支援的朱阿夫軍團，人家要他們成散兵線地，然後向前衝鋒；又繼續衝進一條壕溝，但眼前並沒有半個人。他們又繼續往前衝，突然間一陣機槍掃射，而就在半斜坡上他們一個接一個地倒了下來，壕溝底部便血流如注，而當中有人嘶喊著：「媽媽呀！」實在恐怖極了。）——倖存的人亦是不可能忘掉它的；而這場戰爭的陰影就這樣罩住孩子們周遭一切可能的發展，並影響到他們對那段令人著迷的故事的想法，且比其他課堂上所聽到的那些童話故事更加離奇罕見。而如果貝爾納先生真的要停止講述這段小說而改換別的，他們必然大失所望且聽得索然無味。不過，他還是繼續講下去，某些有趣的場景搭配一些恐怖的描述。漸漸地，這些生長在非洲的孩子便熟知了那些來自各地的戰士。後者遂成了他們生活的一部分；談起他們就像是個活生生的老友那樣。而儘管就生活在戰火之中，傑克怎麼也不會去想到這些人會有罹難身亡的一天。到了年終的某天，已經到了故事的結尾*，貝爾納先生談到D戰士的身亡，聲音變得低沉，喚起自己的情緒和記憶，悄悄地將書合起；然後抬眼望向陷於一片驚愕與肅靜的課堂；他瞧見坐在前排的傑克正目不轉睛地盯著他望，滿臉淌著淚水，因不斷抽噎而抖動不已，似乎一時之間都不可能抑住。「得啦！得啦，小夥子。」貝爾納先生說著，聲音是勉強才聽得出的，然後站起身將書放進教室的書櫃裡，背則朝向課堂。

「等一下，小夥子。」貝爾納先生說道，他費力地站起身子，將中指的指甲伸進關著金絲雀的籠子的欄棍裡，而那金絲雀更加使勁地啾啾叫不停：「啊！卡西米，肚子餓了！是在叫爹地呀！」之後，他〔拖著身子〕走向房間裡頭壁爐旁那張小學生用的桌子。在其中的一個抽屜亂翻一陣，關了起來，又打開另一個取出個東西。「唷，這是給你的。」他說道。傑克收到一本用棕褐色雜貨店包裝紙包起來，外表並沒有任何文字的書。沒將它打開之前，他便已知道是《木十字架》那本書，而且就是貝爾納先生在課堂上朗讀的那一本。

「不！不！這太……」他說著。而他是想說「這太承當不起了」，但卻找不到適當的話。

貝爾納先生點了點他那年邁的頭。「那一天你哭了，你還記得吧？從那天起這本書就是你的啦！」然後，他轉過身子以便藏住突然泛紅的眼睛。他又走向桌子，之後，手放在背後地走向傑克，在他眼前揮動一把強硬的短紅尺[a]，笑著對他說：

a. 描述各種處罰。

1. 第一次大戰爆發初期，法軍初嘗敗績，退守巴黎東北的馬恩河，構築工事，進行長期陣地戰。德法雙方形成拉鋸戰，一九一六年凡爾登（Verdun）之役，雙方傷亡人數達三十萬餘人。

* 參見小說

「你還記得這根『甜棒子』嗎?」

「哎喲,貝爾納先生,您還留著它!您知道現在是不准用了!」傑克說道。

「呸!當初就已經不准用了。但是你可以作證我還是用了它!」

傑克是可以作證的,因為貝爾納先生是主張要有體罰的。的確,日常的處罰只限於記下一些壞點數,然後到了月底他再結算學生所得的分數,依分數調整他的總排名。不過,碰上了嚴重的犯錯,貝爾納先生也像大多數他的同事的做法一樣,不會將犯規的學生送到校長那兒,他便依著一種始終不變的慣例來處理。「可憐的羅貝爾!這回該嘗嘗『甜棒子』的滋味囉!」他平靜又語帶幽默的說著。全班上沒人敢有反應——(有的話也只敢暗自竊笑,根據人的常態心理,每個人都想從別人的受罰當中獲得一分樂趣[a]。)那位被點到名字的孩子臉色慘白地站起身子,不過大部分都盡可能做出從容不迫的模樣——(但有幾個人一走出座位就已經滿臉淌著淚,然後一直走到黑板前的那張桌子,而貝爾納先生就站在一旁。)經常就是這套儀式,當中難免多少帶點兒虐待情事。羅爾貝或者約瑟夫便前去辦公桌報到,受領「甜棒子」,並將它獻給那位祭司。

「甜棒子」是一根粗大木製的紅色短尺,沾滿墨汁,因有許多切痕及凹口而變了形,是許久以前一名學生遺忘的,貝爾納遂將它充公;受罰的學生便得向貝爾納先生奉上這把戒尺,而他慣常會以嘲弄的眼神收下它,然後又開自己的雙腿。孩子就得將頭伸進老師的雙膝之間,而他便拉緊大腿牢牢地夾住那顆頭。這樣屁股就翹了起來，貝爾納先生便依觸犯情節的輕重，在兩片屁股上平均打下幾記尺板。學生們對於這種處罰的反應則因人而異。一些學生在還沒挨打前就不斷呻吟，而我們這位無所畏懼的老師一眼便瞧出他們反應快了些；另有一些學生會天真地用雙手摀住屁股，想去保護它，但貝爾納先生必然視若無睹地揮下戒尺，支開那雙手。其他還有一些人因受不了挨打的灼熱，使勁地將腿往後踢。也有一些包括傑克在內的學生則可以忍受尺板而半句話也不吭，只是顫抖個不停，強忍住奪眶而出的大淚水回到座位。總括來說，這樣的處罰還是被大夥兒不帶悲痛地接受了。首先，因為幾乎所有的孩子在家裡都被打過，他們也認定體罰乃是教育的一種自然方式。其次，因為老師絕對做得到公正無私，而且學生們事先便可以知道是闖下了什麼會招致成為贖罪祭品的犯過——這些都是固定不變的。再者，對於那些因行為超出極限而僅被記上壞點數的同學，他們也心知肚明自己已經在危險邊緣。最後，這種判決也是大公無私得令人心悅誠服，因為不論你是班上第一名或者最後一名一律一體適用。貝爾納雖然很公然地表明他對傑克的喜愛，但他也得照樣接受體罰；而且甚至就在貝爾納先生公開稱許他的第二天就接受處罰。那一次是傑克被叫到黑板前，正確地答對一個問題，貝爾納先生就在他的面頰上輕撫著，此時課堂上卻有人低聲喊道：「心

a. 或者，處罰某人好讓其他的人快樂。

肝寶貝！」貝爾納先生乾脆將傑克抱住，神情嚴肅地說道：「是的，我很喜歡柯爾梅里，就像特別喜歡你們當中因戰爭而失去父親的同學那樣。我和他們的父親一塊打過戰，而我僥倖活下來。我試著在此地至少能替代一下我那些死去的戰友。現在，你們當中還有人認為在班上我會特別喜歡哪一個同學的，就站出來說話！」在這番訓話下，全教室鴉雀無聲。下課後，傑克便問：是誰叫他「心肝寶貝」的？的確，受到這種侮辱而不做出反應實在令人感到顏面盡失。

「是我。」米諾茲說道。一個高個子金髮男孩，肌肉鬆軟又無趣的傢伙，他很少表露自己，卻經常表現出他對傑克的反感。

「好！那麼你媽就是妓女[a]！」傑克說道。這也是一種立刻會導致毆鬥慣常的侮辱，因為在這個地中海沿岸地區侮辱對方的母親以及祖先向來都是最嚴重的。然而米諾茲反倒游移不決。畢竟規矩就是規矩，還是在旁的人替他說了：「行啦！到綠操場見！」綠操場就在學校不遠處的一塊空曠地，乾硬的地皮上長了些營養不足的草；上頭堆滿不少舊桶箍子、罐頭罐子及腐爛了的木桶。而就在這裡進行「奪拿得」。簡單地說，所謂「奪拿得」就是決鬥，是由拳頭來替代長劍，不過，在想法上至少還遵照著相似的儀式。事實上，它的作用在於解決一場關係到其中一名對手的名譽之爭端；要麼就是父母或者祖先受到侮辱，要麼就是他的國籍或者種族受到詆毀，要麼就是被人告發或被人指控去告發別人，竊取或者被竊，或者在小孩子的世界裡每天都可能滋生那些不明就裡的理由。當中的學生如果認定——尤其是別人替他作主（而他自己也這樣以為），已經受到這類的侮辱，那麼他就得去洗刷這項恥辱。而慣用的說法便是：「下午四點，綠操場見！」一旦說出這句話，激動的挑釁便緩了下來，議論也停止了。敵對雙方各領著同夥退了回去。在接下來的課堂裡，決鬥者的名字便一桌傳過一桌的，班上的同學便會用眼角瞟向他們，而他們倆就只得表現冷靜異常，以及男子氣概那樣毅然決然。但內心深處卻又是另一碼事。就算最勇氣十足的人也是無法再專心課業，擔憂著必須迎戰暴力時刻的來臨。但說什麼也不能讓對手的同夥冷笑，數落這位決鬥者——根據由來已久的說法——「夾緊屁股」[1]逃跑。

做出男子漢應有的作為向米諾茲挑釁之後，不管怎麼說，傑克心裡還是相當膽怯的，就像每回他得去迎戰和施加暴力那樣。不過，在腦海裡想著，既然已經下定了決心，便片刻也不容退縮。這乃是十分合乎情理的，而他也明白這種在採取行動前出現的輕微的厭惡感會在格鬥中消失殆盡，被他自己的暴力行徑消除得一乾二淨！而就策略而言，這種暴力傷害到他自己的成分還遠遠勝於有利於他……且還讓他博得〔……〕[2]

a. 而且你的祖宗八代都是妓女！
1. 法國民間俚語，即「害怕；膽怯」之意。
2. 此段在此便打住了。

那天傍晚與米諾茲的對決完全按照規矩進行。毆鬥者雙方各自跟隨著一群支持者——此刻已搖身變成照料運動選手的助手並且已背起他們倆的書包，他們一行最早抵達綠操場。隨後又緊跟著被這場幹架所能吸引到的觀眾，這一夥人到了決戰場之後便將兩名敵對手團團圍住，好讓他們之間能有個了斷。而他們隨即脫下斗篷及外套並放到各自的助手手中。這一回，急躁的性格使傑克率先發動攻擊，但並沒有十分的把握，結果迫使米諾茲步步後退；由於胡亂地倒退又笨手笨腳地閃避著對手的鉤拳，反而在傑克的面頰擊中一拳。這一拳令傑克十分疼痛火大，更因為在場圍觀者的叫喊、笑聲與打氣聲弄得更加失去理性。他便衝向米諾茲，拳頭如落雨般的擊向他，打得他招架不住，而且很幸運地在這個倒楣鬼的右眼上擊上一記鉤拳。此時米諾茲已完全失去了重心，很悽慘地跌坐在地上，一隻眼淚流不止，另一隻則隨即腫了起來。一眼青腫，這實在是巴不得的漂亮一擊，因為它將會有好幾天很顯眼地出現在哪兒——獲勝者出色的一擊，在場圍觀的人莫不發出一陣印第安人式的嗥叫。米諾茲並未能立刻站起身，傑克的好朋友皮埃爾隨即站出場，一副威信十足模樣宣布勝利者為傑克；並幫他穿上外套、披起斗篷，然後在一群崇拜者的簇擁下將他帶走。這時，米諾茲也站起身，還是淚流不止，在一小撮垂頭喪氣的支持者所圍成的圈子裡著衣。傑克被這場沒有預期得到會來得如此快速又徹底的勝利弄得飄飄然；耳際僅僅就聽到賀聲不斷以及那些就已經被說得天花亂墜的描述。他自覺得意洋洋，而在他的虛榮心作祟之下還真有點沾沾自喜。不過，就當他們踏出綠操場，他轉身回頭望向米諾茲之際，瞧見遭到他毆打的那個人臉上那副狼狽相，一陣沮喪悲泣之情突然扼緊他的心頭，就這樣，他明白了爭鬥並非是件好事，因為戰勝者也和戰敗者一樣難受。

為了好好教育他，有人便迫不及待讓他明白那座塔爾貝依亞巨岩離卡皮托利神殿並不太遠[1]。也就是在打完架的第二天，在一些同學們表示欽佩地拍打下，傑克還自以為要露出神氣活現及充好漢的模樣。上課沒多久，老師點到米諾茲，但並沒有人應答；坐在傑克鄰座的同學便扮起嘲弄的傻笑，並向勝利者擠眉弄眼地來詮釋他的缺席。傑克完全沒注意到貝爾納先生正注意到他，竟然笨到鼓起雙頰半瞇著眼去回應他們；然後又繼續專心一意地做出一個令人發噱的模仿動作，最後才在一記眨眼中結束。而就在這時老師的聲音突然在這間變得死寂了的教室響起：「唉！可憐的『心肝寶貝』，你也和別人一樣有權享受一頓『甜棒子』的滋味。」這位勝利者就只得站起身去取下那根道具，然後鑽進貝爾納先生渾身散發清新古龍香水的膝下，擺好那個屈辱到了極點的受刑姿態。

米諾茲的事件並沒有因為接受了這堂實用哲學的教訓而結束。這位同學已經連續缺了兩天的課，而儘管傑克還是一副神氣活現模樣，內心隱隱約約也擔憂了起

1. 卡皮托利（Capitole）為古羅馬主神朱庇特神殿所在；塔爾貝依亞（Tarpeia）巨岩在此西南方。古羅馬人將罪犯從岩石頂推下處死。

來。而就在第三天，課堂裡來了一位高年級的同學，向貝爾納先生報告說校長要找一個叫柯爾梅里的同學。只有在事態嚴重的情況下才會被叫到校長那兒。貝爾納老師皺起濃眉只說道：「快點！小鬼頭，希望你別闖下了什麼蠢事！」傑克跟在那位高年級同學的後頭，兩腳都發軟了，沿著水泥地上的走廊前進。那走廊放置了些裝飾用的假胡椒樹，它們那纖細的遮影根本擋不住酷熱；就這樣一直走到走廊的盡頭校長的辦公室裡。走進校長辦公室第一眼看到的就是米諾茲被一對板著臉的先生和女士架在中間。瞧見他還活著，而儘管這位同學的一雙眼睛被他打得腫脹又睜不開的，並且還因此使他的臉都變了樣，他的內心竟油然生起一股寬慰之情。但他卻沒有太多時間去享受那份心情。

「是你打了你這位同學嗎？」那位個子矮小又禿頭，滿臉紅潤，聲調後勁十足的校長問道。

「是的。」傑克語氣懦弱的回道。

「校長先生，我不就向您說過嘛！我們的安德烈不是個太保呀！」

「我們只是打打架而已！」

「我可不想知道那麼多！」校長說道，「你很清楚我規定不准打架，就算到了校外也一樣。你打傷了你的同學，甚至還可能傷得更嚴重！罰你一個禮拜內下課時間都必須到牆角罰站，做為你第一個警告。而如果你再犯，就將你退學！我會通知你的父母這項處罰。現在你可以回去上課了。」傑克聽了嚇得驚愕不已，動也不動的愣在那裡。「走呀！」校長說道。

「怎麼一回事呢？蕃朵瑪[1]。」傑克走進教室時貝爾納先生問道。傑克竟哭了起來。「得了！講給我聽聽呀！」那孩子抽抽噎噎地說著，先是校長規定的刑罰，然後是米諾茲父母告的狀，最後才提到那場毆鬥。「為什麼你們要打架呢？」

「因為他叫我『心肝寶貝』！」

「還又說了一次？」

「不！就在上課時說的。」

「喔，就是他說的！那麼你認為我當時還不夠護著你嗎？」

傑克打從內心地凝視著貝爾納先生。「有啊！有啊！您……」然後真的就嗚咽了起來。

「回去坐下吧！」貝爾納先生說道。

「這太不公平了！」那孩子淚眼汪汪地說著。

「這是很公平的！」很輕聲地對他說。[2]

第二天下課時間，傑克就背對著院子以及背著同學們快樂的叫喊聲，站到有

1. 「蕃朵瑪」（Fantomas）為一九一一年出版之通俗連載小說，故事的主角「蕃朵瑪」為戴有面具無惡不作又神勇無比的人。一九一三～一四年間還改編成連續單元影片。
2. 此段在此便打住了。

頂棚的操場的角落罰站。他把身體的重心輪流放在左右腿上[a]。他恨不得也能夠在院子裡盡情地奔跑。他不時向後望，瞧見貝爾納先生和他的同事在院子的另一頭一塊散步，但卻沒看著他。不過，隔天他並沒有瞧見他已經到了他的背後並輕拍一下他的頸背：「別這樣一副愁眉苦臉的模樣，小蘿蔔頭！米諾茲也在牆角罰站呀！瞧！我准你看一下。」在院子的另一頭，米諾茲的確就一個人悶悶不樂地佇立在那兒。「在你被罰站的這個禮拜當中，你的那群同夥拒絕和他一塊玩耍。」貝爾納先生笑著說道。「你看，這麼一來你們兩個不都受到處罰。這樣不就扯平哩！」他欠身朝向孩子，帶著關愛的笑靨說著：「天呀！你這小鬼頭，看你這副模樣，誰都不相信你竟然會擊出那樣的鉤拳！」這份笑靨讓那個被處罰的孩子內心湧現一股親切之情。

今天這位和他那隻金絲雀說著話，雖然都已經四十開外，還稱他「小夥子」的這個人，傑克是無時無刻不敬愛著他，甚至經年累月，兩地相隔，接著又是爆發第二次世界大戰，讓他們先是有段時間分離，最後完全音信杳然。然後在一九四五年，一個穿著軍用大衣，上了年紀的愛鄉後備軍人前來他巴黎的住所按門鈴，讓他快樂得有如小孩子一般。他就是那位再度從軍的貝爾納先生，他說著：「不是要去打戰，而是反對希特勒亂而小夥子你也參戰了！而我就知道你出身優良家庭！我想你總不至於忘了你母親吧！你媽媽呀，可是這世界上再好不過的人。現在我就要回阿爾及爾，記得回來看我喔！」而就這樣連續十五年，傑克每年都回去看他，每年都像今天這樣；他在離去時擁抱這位情緒激動的老人，在門檻前老人伸手握緊他的手。就是他，將傑克投入這個世界，並獨自負起迫使他離鄉背井的責任，好讓他去發現更寬廣的世界[b]。

學期快要接近尾聲之際，貝爾納先生召來傑克、皮埃爾、弗勒里——他是那種各科都表現很好的學生，而老師便常說他是「唸巴黎綜合工科學院[1]的料子」，以及山迪亞哥，他是個天資較遜、清秀的男孩，不過因用心勤學而表現不錯。當教室其他學生都走光了，貝爾納便說：「你們是我班上最好的學生，我決定推薦你們去爭取高中和初中的獎學金。如果你們通過甄試，便會有一份獎學金讓你們一直唸到中學畢業會考為止。小學是最好的學校，但它無法引導你。而中學卻能替你開啟所有的門。我很希望像你們這樣貧困家庭的小孩能通過這些門。不過，想要有這個機會，就得獲得你們父母的同意。還不快去問！」

他們聽了驚訝萬分，拔腿就跑；根本就來不及相互商議一番或話個別的。傑克見到外祖母獨自一人在家，在餐廳的那張鋪了漆布的桌上挑揀著小扁豆。他有些遲疑，最後還是決定等母親回來再說。她終於回到家了，一副疲憊的模樣，戴起廚房的圍巾便前去協助外祖母挑揀小扁豆。傑克也上前去幫忙，大人們便遞給他一個白

a. 老師，他將我絆倒了。
b. 獎學金。
1. L'ecole polytechnique，法國最有名望的大學府。

色的大盤子，好讓他在上頭輕易地挑出當中的小石子。他宣布了這項消息，頭抬也不抬。

「到底是怎麼一回事呀？要到幾歲才能通過中學畢業會考？」外祖母問道。

「再等六年。」傑克回道。

外祖母推開她的盤子，問卡特琳・柯爾梅里：「妳聽見了嗎？」

她並未聽見。傑克便慢慢地再宣布一次這項消息。「呀！那是因為你很聰明。」她說道。

「聽不聽明都無所謂，反正明年就得將他送去做學徒。妳很清楚家裡缺錢，他可以因此掙點錢回來。」

「真的嗎？」卡特琳問道。

屋外白晝和熱氣逐漸退了下去。此刻各處的工坊都正忙著，整個街區也空無一人寂靜異常。傑克就只是盯著街道望。除了要遵從貝爾納先生的意思外，他並不知道他到底要去要求些什麼。然而，僅僅九歲這樣的年齡，他實在不能，也不知道如何去違背外祖母的旨意。不過，她看起來似乎有些動搖。「那麼之後，你要做什麼呢？」

「我不知道。或許像貝爾納先生那樣當老師吧！」

「是呀！還得再等上六年！」她慢慢地挑揀著小扁豆。「唉！不成。我們太窮了，你去告訴貝爾納先生說我們不能去。」

第二天，其他三個同學告訴傑克說他們的家人都答應了。「那你呢！」「我不知道。」他回道，突然感覺到自己比起這三個同學還窮，心裡更加難過。

下了課之後，四個人都留了下來，皮埃爾、弗勒里、山迪亞哥都說完了他們家人的答覆。「那你呢？小鬼頭。」

「我不知道。」

貝爾納先生看了他並對其他三人說：「很好，以後每天晚上下了課還要留下來跟我一塊準備考試。我自會做好安排，你們可以走了。」

他們走後，貝爾納先生坐上扶椅，並將傑克拉到身邊。「到底怎麼一回事？」

「我外祖母說我們家太窮了，而且我明年起就得去做工。」

「那你母親呢？」

「是我外祖母當家作主的。」

「這我知道。」貝爾納先生說著。他凝思片刻，然後將傑克拉進手臂裡。「聽著，你應該體諒她。對她來說生活實在太艱辛了，她們倆只是個女人家。她們將你哥哥和你拉拔長大，讓你們兄弟個個都是成材的好孩子。她們必然會有所擔憂的。儘管會有一份獎學金，但也總得要再給你一些錢的。況且在未來六年當中你都將不會給家裡帶進一分錢。這樣你能體諒她嗎？」傑克並沒望向老師只一味上下點著頭。「好吧！或許我們可以向她解釋一番。背起你的書包，我們一塊走吧！」

「去我們家？」傑克問道。

「當然呀！能再見見你母親，這是件令人高興的事呀！」

沒多久，在傑克目瞪口呆下，貝爾納敲了他家的門。外祖母前來開門一邊擦拭著身上的圍裙，那條繫帶因綁得太緊讓她那顆老婦人慣有的大肚子更加凸起。見到是老師的那一刻，她舉起手梳理了一下頭髮。「吔！老太夫人您好呀！和平常一樣正忙著？您實在太令人欽佩了啦！」貝爾納先生寒暄道。外祖母邀了客人進門，越過客廳來到餐廳，並在餐桌前坐定，然後拿出杯子及茴香酒。「別太張羅！我只是前來和您小談個片刻而已。」一開頭，他便詢問外祖母的孩子近況、她先前在農場的日子、她的丈夫等等，然後他也聊起自己的小孩。在這一刻，卡特琳・柯爾梅里進了門，見狀驚惶異常，稱貝爾納先生「老師先生」，立刻進了自己的房間梳理一番，並繫上一條新的圍裙，然後出來在餐桌稍遠處正襟危坐地坐在一張椅子上。「我就在這兒，你呀，你到外頭街上逛逛！」貝爾納說著，然後對外祖母說：「您知道嗎，我要說一些他的好話，他的確相信我說的話並不假……」傑克走了出來，連滾帶跑地下了樓梯，然後就守在大門口。而他就這樣在那兒待了一個小時光景。此刻街道也熱鬧了起來，透過榕樹枝椏天空泛呈綠色。此刻貝爾納先生兀自從樓梯間冒出，突然出現在他的背後，用手摸了摸他的頭：「行啦！說定了。你外祖母是個好人家。至於你母親呀！絕不可以忘記她喔！」

「老師！」外祖母突然從走道上冒了出來喊道；一手拉起圍裙一面擦著眼睛。

「我忘了……你說要替傑克上一些額外的輔導課？」

「是呀！但相信我，他絕不會是去玩玩的而已！」

「但是，我們付不起這筆錢呀！」

貝爾納先生仔細地凝視著她，並環抱住傑克的肩膀。「您用不著擔憂了啦！」他搖了搖傑克，「他都已付給我了！」

然後他就離去了。外祖母則握起傑克的手登上了公寓，而這是她頭一遭握住傑克的手，用一種不帶絲毫期待的愛意那樣將它握得緊緊的。「我的寶貝孫子！寶貝孫子呀！」她不停地說著。

就這樣一個月當中，每天下課後兩個小時，貝爾納先生將這四個學生留了下來，並指導他們做功課。晚上傑克回到家時是既疲憊又振奮，然而還繼續做功課。外祖母用一種摻糅著憂愁與驕傲之情望著他。

「他有一顆好腦袋！」歐內斯特舅舅深信不疑地說著，一邊還用拳頭擊打著自己的腦袋瓜。

「是呀！那麼以後我們會有什麼樣的下場？」外祖母回道。某天夜裡她突然驚叫了起來：「咦！他的初領聖體[1]怎麼辦？」說實在的，宗教在這個家庭裡並未具有

1. 天主教教規中七件「聖事」的一項，領受基督耶穌的身體和血的一種儀式，現為受其寵愛與保佑的象徵。

任何重要性[1]。從沒有人去望過彌撒，也從沒有人提及或者教導過神的誡命，而且也根本沒有人暗示過死後彼世的獎賞或者懲罰的。當有人在外祖母面前提及某某人過世了，她就會說：「喔，他再也放不出屁了！」如果是針對那個她稍微有點兒好感的人，而即使這個人年紀已經拖上一大把了，她也會說上：「唉！夠可憐的。還挺年輕嘛！」她的內心並非無動於衷，而是因為她的周遭讓她見過太多的死亡：兩個孩子、丈夫、以及在戰爭中死去的女婿和侄兒們。相反的，正是因為她對死亡就如同勞動或者貧困那樣再熟稔不過了；她並沒去想著它，而就某個層面來說她就活在那當中。再者，現實的急迫性對她而育更遠遠高過一般住在阿爾及利亞的人；這些人因為日常忙的活兒和共同的命運早就不去理會那套對往生者的一份虔敬之意——而這些只有在文明的上層社會裡才會盛行[a]。對於這些活在阿爾及利亞的人來說，就像那些活在他們之前的人一樣，面對死亡本身就已經是個要正視的煉獄；也就因此他們根本就不提及它。在這當中他們也就試著顯露出做為男子漢重要德行的那份勇氣；而在等待當中，就只有將它給忘了以及將它擱在一旁。（這也就是何以莫里斯表舅公那場葬禮會弄得那麼啼笑皆非？）如果拿這種普遍的心態，外加上艱苦的奮鬥、日常辛勤的勞動，即使不將因貧困所導致的那種極度的耗損算計在內——傑克的家庭便是這樣的情況——這就很難將宗教放進這些家庭之中！對於那位活在感官世界的歐內斯特舅舅而言，宗教就是他所能見著的那一切，換言之，也就是教士和那套排場。利用他那份滑稽模仿的天分，他絕不會錯過去模仿望彌撒的那套儀式，外加（一長串的）擬聲來比喻那段拉丁文祝禱。最後，還會一會兒扮成隨著敲鐘低頭行禮的信友，一會兒演起那個趁機偷偷吸飲彌撒祭酒的神甫。至於卡特琳•柯爾梅里，她那份溫順是唯一會讓人聯想到信仰。她的那份溫順正是她的信仰所在。她既不否認亦不贊同，對於她弟弟的那種玩笑也只是淡淡一笑置之。不過，當她碰到神甫時會必恭必敬地稱他們：「神父先生」。她從未提過「上帝」。坦白說，傑克在他孩提時代從未聽她說出過這個字眼；而他自己也未曾因此而擔憂過什麼心的。這樣神秘莫測又光彩奪目的生命就足夠充滿他整個人。

儘管有了這些心態，在他們家裡如果有人提起某個世俗的葬禮時，頗為矛盾的是，外祖母甚至歐內斯特舅舅都會哀嘆當中少了個神甫，還說道：「簡直就像在埋狗一樣！」也就是說，宗教對於他們而言——同時也是對大多數住在阿爾及利亞的人來說，乃是屬於世俗生活當中的一部分，而且就僅此而已。生來就是天主教徒就像生來就是法國人一樣，總免不了會有一些規矩。而說實在些，這些規矩就只有四項：出生時的受洗、懂事後的初領聖體、婚配的誓盟（如果要結婚的話），以及臨終的聖事。這些免不了的儀式彼此間相隔甚遠，人們就會忙著別的事兒，而最重要的便是活著。

1. a.《阿爾及利亞之死》。
頁邊空白處有三行字，但字跡不明。

因此，傑克也得去接受初領聖體便是理所當然的事。就像當初他哥哥亨利也做了那樣。那一場初領聖體令他哥哥留下極惡劣的記憶，並非是因為那個儀式本身，而是那些世俗的後果，尤其是在之後的數天內，必須在手臂上紮起一個臂章，然後挨家挨戶地去拜訪親朋好友，而他們會執意要施捨一筆小錢給他當禮物。那孩子便很不自在的收下，結果全數又被外祖母收回，只還給他一小部分，而扣下剩餘的贈金——因為做個領聖體還「挺花錢的」！不過，這套儀式大致選在孩子長到十二歲時才進行，而在這之後的兩年便得接受基督教教義講授的課程。照理，傑克應在高中[1]二年級或三年級時才要去接受他的初領聖體。而正是想到這裡才讓外祖母驚叫了起來。她對於高中是啥玩意渾然不知，而且還帶有幾分畏懼，像是個必須比社區小學多花十倍努力用功的地方——因為它將會帶來更佳的發展空間；而在她的腦海裡，任何物質上的改善如果沒有加重工作量根本就是辦不到的事。此外，由於不久前她才做出的犧牲，她便由衷地期望傑克能順利完成學業，以為花在教義課的時間必然會占去他做功課的時間。「不成！你不可能一邊唸高中又一邊上教義課！」她說道。

「好呀！那我就不要去做初領聖體！」傑克回道。內心尤其想去避開那樣挨家挨戶拜訪的苦活兒，以及讓他去收錢那種無法忍受的羞辱。

外祖母盯了他一眼。「為什麼呢？這事可安排一下呀！去穿衣服，我們就去見神父。」她站起身，一副已經下定決心的模樣走進她的房間。再出現時，她已經脫下那件鄉下老婦人穿的短上衣及工作裙，穿上她那唯一的一件外出服（　）[2]，鈕釦扣到頸上頭，黑絲頭巾纏住頭打了個結。中分的白長髮緊貼於兩鬢，垂露在頭巾外沿，眼睛炯炯有神，雙唇緊閉，這就給人一副毅然決然的神態！

在聖夏勒教堂——一座現代哥德式醜陋的教堂——的聖器室裡，她坐在神父對面，一手握住站在一旁傑克的手。那位神父是個六十開外的胖子，面孔圓且有點兒軟，有個大鼻子，頂頭剃光留成環形的銀髮下方，厚實的雙唇露出和善的笑靨；他兩手環握擱在由雙膝撐開的長袍上。「我要這孩子做初領聖體。」外祖母說道。

「很好呀！夫人，我們將會將他教導成一位善良的基督信徒。他幾歲啦？」

「九歲。」

「您是對的，讓他早點兒接受基督教義講授。有了三年的工夫，那麼他將可以充分做好準備去迎接這個大日子。」

「不！」外祖母直截了當地回道。「他得立刻就去做！」

「立刻！但初領聖體的儀式再過一個月就要舉行了！而非得上滿兩年的教義課，否則是不能站到祭壇前的！」

外祖母便向他解釋情況，不過，這位神父壓根兒就無法信服不能一邊在中學上

1. 若依年齡推算，此時應為「初中」（College）二年級或三年級。
2. 有一個字看不清楚。

課，一邊接受教義課這個理由。他便極有耐心和善地提到自己當初的情況……外祖母站起身。「既然是這樣，那麼他就不必去做初領聖體啦！走吧！傑克。」然後她便拉著小孩走向門口。

不過，神父趕緊跟在後頭。「等一等，夫人，等等呀！」他和和氣氣地將她帶回座位，試著跟她說個清楚。

但，外祖母就一味地搖著頭，像頭固執的老母騾。「要嘛就立刻做，不然就免了。」

最後，神父讓了步。雙方同意傑克在接受密集的教義課之後，可以在一個月後去接受初領聖體。之後，那位神父搖著頭，伴隨著他們倆走到門口，輕撫一下那孩子的面頰。「你得仔細聽好人家講解的東西呀！」他說著。然後幾分愁悶地看著傑克。

傑克便同時上了杰爾曼先生的輔導課以及每週四和週六晚上的教義課。獎學金的考試和初領聖體的時間同時逼近，而每天的課業也都排得滿滿的，根本就不容他有玩耍的時刻。尤其到了星期天，他才將作業簿擱到一旁，外祖母便又差遣他做些家務的活兒或者外出採買；同時還一邊提醒他，在往後的幾年內這個家為了他的教育所作出的犧牲，而當中他均將無法做出任何貢獻。

「可是，我可能會考不過喔！考試是很難的。」傑克頂話道。而且就某個層面而言，想起這份年少的驕傲，實在承受不起旁人不斷在他耳際提及那份犧牲的負擔，他心裡還真想考不過呢！

外祖母滿臉驚愕地盯著他。她倒是沒想到有此可能。顧不得是否自相矛盾，她聳了聳肩說道：「你就讓它過不了吧！也讓你的屁股準備挨一頓揍。」教義課是由本堂區的助理神父負責，他長得挺高，且因一襲黑長袍讓人更是仰望不及，乾癟、鷹鉤鼻、雙頰深陷，與那位客氣隨和的神父相形之下顯得格外嚴峻。他的教育方式就是背誦，儘管它來得有點兒幼稚，但對於交由他負責心靈開導的這群粗野頑固的小老百姓而言，可能是唯一真正適用的教法。大夥兒便得熟記一些問題和答案：「神是什麼……？[a]」那些教義對於初學教義課程的人來說實在是不知所云；而傑克因記性佳，可以泰然自若地一一背誦，卻渾然不解其意。當輪到別的小孩背誦時，他經常作起白日夢、張口呆望或者對著其他的同學扮起鬼臉。有一天他的怪相被高個子助理神父逮個正著，而這位神甫以為那副怪相就是衝著他而來的；便認定有必要在他這堂聖事課裡要求學生們尊重它的神聖性，遂當著眾人面前傳喚傑克，不給予多加解釋下當場舉起他那隻瘦骨嶙峋的長手，使勁地打了他一巴掌。傑克在這樣重擊下險些站不穩腳。「現在，回去座位上坐好！」助理神父說道。傑克看了他一眼，沒有流下眼淚（在他一生當中，只有因為善心及愛意才會讓他落淚；絕不會肇因於痛楚或者迫害；相反地，後者反而更加凝結他的心意、更加強化他的決

a. 參見教義講授內容。

心。）回到長板條座位上。左邊的面頰因此而灼傷，口中嚐到一股血腥味。用舌尖舔了舔，發現在這一重擊下面頰內側都為之裂開，而且還流著血。他就和著血吞了下去。

之後，剩下的教義裡，他全然是心不在焉；而當神甫跟他說話時，他只是靜靜地望著他，既不怪罪他也不向他示好。背誦起那些涉及到《聖經》人物或基督的犧牲事蹟的問答時更是一字不差的。然而，在他背誦這些問答的百里外，他正夢想著那兩場考試——此刻它已只剩下一場而已。他就這樣全神投入他的準備工作，如同沉醉在發展中的美夢裡，隱隱約約觸動他的，是在冰冷、醜陋教堂中第一次聽見的管風琴音樂。教堂中的晚間彌撒一堂加上一堂，在這之前，他所聽見的只是那些不斷被重複、歌詞愚昧的曲調，於是在他夢中看見的，是堂內物品及聖職人員的衣袍，在半暗半明中，使他的美夢厚厚的、深深地鋪蓋著金黃，最後與奧秘相遇。不過，這奧秘沒有名諱，在教義課程中被一板一眼界定的聖人完全不在其中，他們只是延伸了傑克的赤貧生活；那令人溫暖的奧秘，屬於內心，也無法具體成形，他沉浸在其中，僅使日常生活中的奧秘擴大，是那份屬於他母親的淺笑，或是靜默，當傍晚時分，他的母親獨自在餐廳裡，並沒有點燃煤油燈，任由夜色一點一滴地襲據整個室內；而她自己便成了一尊更加昏暗、更加厚實的造型；若有所思地望向窗外街道的熱鬧情景——不過，對她而言乃是寂靜的。而他就站在門檻前，心情沉痛，對母親和對那些不屬於或者不再屬於她的那個世界以及那些日常瑣碎事物，油然而生一份無比絕望的愛意……接著下來的便是初領聖體，然而傑克除了前夜的告解那件事外並未留下任何記憶。在那場告解當中，他承認曾犯下若干別人認定那是逾矩的行為；換言之，也就是極少的事。然後是「難道你沒有過什麼應受到譴責的念頭嗎？」「有的，神父。」儘管他完全不明白何以念頭應受到譴責，還是碰碰運氣的這樣答道。就這樣一直到了第二天他都擔憂著會不會不經意間洩漏了什麼應受到譴責的念頭；或者那些對他說來比較明確的東西，亦即說漏了一、兩句不堪入耳的話——在小學生的用語裡滿是這類的話兒；而他總算勉強謹言慎行一直撐到第二天進行儀式的當會兒。他穿著一身水手裝、綁了一條臂章，手裡拿著一小本的彌撒經本和一串小白珠子串成的念珠；這些都是由那些家境不那麼窮困的親戚（瑪格麗特姨媽等等）所提供。在教堂中央的走道上一排各自拿著一根細長蠟燭的孩子隊伍當中，搖晃著手中的蠟燭；兩旁長排凳前則站滿了欣喜若狂的親友。然後，奏起如雷鳴般的音樂令他為之懾住，渾身一股恐懼和異常亢奮之情；就這麼第一次讓他感覺自身的力量和一股去致勝以及去生存的無限量能力。在整個儀式中這股激昂的情緒一直占據他的身體，以致於他並未去注意到過程當中發生了什麼事情，甚至還包括那個領聖體的那一刻！那份情緒一直持續到他回到家以及用餐時間。一些親朋好友們都應邀到家中享用一頓比平素更加（豐盛的）餐點；好吃的菜餚慢慢激起平時少吃少喝的賓客的食慾，直到歡愉的氣氛逐漸占滿整個餐廳，就這樣才平息了傑克那份亢奮之情。最後，到了餐後用甜點時全場一片歡騰之際，突然令他張皇失措，竟給抽泣了起來。「你怎麼搞得了啦？」外祖母問道。

「我不知道，我——不——……」

外祖母怒火中燒當下給了他一巴掌。「這下子，你就會知道你為什麼會哭。」她說著。

不過，他的確是知道的；一邊望著母親，她則從餐桌的另一頭對他露出一個淺淺憂鬱的笑靨。

「一切進行得都很順利吧？」貝爾納先生問道。「很好，那麼現在就該專心工作了吧！」接著，又再辛勤地準備幾天功課，最後幾次的課就移到貝爾納先生的家裡去上（描述一下那間公寓？）。就這樣某個清晨，在離傑克家不遠的電車站上，四名學生各自攜帶著墊板、一把尺和一個文具盒，就站在杰爾曼先生四周；而在這同時傑克瞧見母親和外祖母正探身在他們家陽台外，使勁地與他們揮手。

舉辦考試的那所高中正好就位在環繞海灣形成這座圓弧形城市的另一頭；這裡原本是個富有但單調的街區，而之後多虧那些西班牙裔移民的努力，使它成了阿爾及爾市最令人喜歡前往、最熱鬧的一區。這座高俯臨街道，本身就是一個極龐大的方形建築物。從正面兩側高大且壯觀的階梯扶搖而上，階梯的兩邊各自有細狹的小花園，種植著香蕉樹以及[1]，並用鐵柵欄圍住以避免學生們的破壞。中央的階梯通向一個走廊，並可接通兩側的階梯；當中有個大門，只在重要的場合才會開啟使用。大門的一旁有個非常小的側門，當作一般進出之用，它剛好面向門房那個玻璃房間。

就在這個走廊上，在一群提前抵達的學生當中——他們大多數為了隱藏緊張情緒都裝成一副無所謂的模樣，但也有少數人掩飾不住那份焦慮，一臉的慘白且靜默不語的——貝爾納先生和他的四名學生就在那扇依然深鎖的大門前等著。此刻仍飄浮著清晨的寒意，街道依然濕潤，而不久之後太陽就會沾滿塵埃地綻露出來。他們都提前至少半個鐘頭，個個靜默不語，緊緊地靠住他們的老師；而此刻也不再有什麼好交代的，他卻突然離開他們，說一會兒就回來。的確，不消片刻鐘就瞧見他走回來；永遠就是那麼優雅，頭上一頂帽簷捲起的氈帽，腳上還特別穿上鞋罩，兩手各提著兩個用薄紙包住上方紮成螺旋形方便提拿的袋子。而一等他走近，他們便發現那些薄紙上已滲出了油漬。「喏，這些是牛角麵包！現在先吃一個，十點鐘再吃另一個。」貝爾納先生說著。他們道了聲謝便吃了起來；不過，咀嚼過且又難以消化的麵糰實在很難下嚥。「不要慌慌張張的。」老師又不斷提醒道。「要仔細閱讀問題的內容和作文的題目。而且仔細地讀它幾遍，你們有得是時間！」是的。他們都仔細地讀了好幾遍。他們完全遵從他的旨意，遵從這位無所不知的老師，生活也就不會有任何阻礙。反正只要依著他的指示就對了。就在這一刻，側門旁傳來一陣

1. 手稿中此處並未出現其他字眼。

喧譁。六十來個應考的學生此刻全朝這個方向集聚。一名工作人員打開那扇門且唱起了名字。傑克的姓名是當中較早被喊到的。然而他卻去握住老師的手，有點兒遲疑不決。「去吧！孩子。」貝爾納先生說道。傑克渾身抖個不停，朝那門走去，正要跨進的那當會兒，又轉身回頭望向他的老師。他就佇立在那兒，高大且穩重，靜靜對傑克露出微笑並十分肯定地點了點頭[a]。

中午時分，貝爾納先生已經在出口處等候著他們。四個人拿出草稿讓他看，當中只有山迪亞哥看錯題目作答。「你的作文寫得不錯。」他簡短地對傑克這樣說著。一點鐘時，他又陪著送他們進考場。到了四點鐘，他又在那兒，仔細地核對他們的答案。「走吧！現在就等結果啦！」兩天過後，早上十點鐘，他們一行五個人又一起等在那扇側門前。門打開了，工作人員又唱了一份名單，這次少了許多人，就只有那些入選的姓名。在那一片喧譁聲中，傑克並沒能聽見他的名字。不過，背頸上卻挨了一記歡歡喜喜的巴掌，並聽見貝爾納先生對他說：「好！小鬼頭，你過了！」

只有那位乖巧的山迪亞哥沒能入選，大夥兒以一種事不關己的憂鬱神情看著他。「沒關係，沒關係。」他說道。

然而，此刻傑克卻不知道身在何處，也不知道又發生了什麼事。他們四個人一起搭電車回來，「我去看看你們的父母，柯爾梅里家最近，我先過去他家。」貝爾納先生說著。此時，在那間寒磣的餐廳裡早已擠滿了一群婦道人家；有外祖母、母親——她趁機請了一天的假（？），鄰居馬頌家的女人家。他靠緊老師身體的臀部，最後一次嗅著那道古龍水的香味，緊貼在他那座穩重、熱情且溫熱的軀體；而外祖母在眾家女人們面前則是笑逐顏開的。「謝謝您，貝爾納先生！謝謝！」她說著，而貝爾納先生則輕撫著那孩子的頭。

「你再也不需要我了，你將會碰上更有學問的老師。不過，你知道如何找到我，需要我幫忙的時候就儘管來找我！」他說道。他就這樣走了，獨自留下傑克，在一群女人群中不知所措；然後，他衝向窗台前，望著最後一次向他揮手示意的老師，這位老師從今爾後就放下他孤獨一個人。沒有成功的歡樂，反而是一股孩子偌大的痛楚令他心痛如絞，像是他已能預先知道，透過這項成功他已經被人從貧窮人家那個天真又熱情的世界給攆走——這個自我封閉的世界恍如社會裡的一個小島，而在那當中貧困完全替代了家庭和互助應有的角色——並將他扔進一個不可知而且也不隸屬於他的世界。而在那個世界裡，他不相信那裡的老師會比他這位能夠心領神會的老師更加有學問！從今爾後，他就只得用心學習，自求理解，去成為一個不再有人援助的人，而這份援助是來自一位唯一對他伸過援手的人；最後，還必須以極高的代價去獨自長大成年。

a. 核對獎學金辦法。

# 7 蒙多維鎮：殖民與父親

[a]此時他已長大成年……在博恩港前往蒙多維鎮[1]的路上，傑克・柯爾梅里搭乘的這輛汽車沿路和許多緩慢前行、車上還豎了起長槍的吉普車錯身而過……

「韋亞爾先生嗎？」

「正是。」

整個人就站在小農場的門框內，這個正盯著傑克・柯爾梅里看的男子，個子矮壯、圓肩。左手將門撐開，右手緊抓住門的側柱；以致於雖說是敞開了房子的出入口，卻又牢牢地將它堵住。如果從他那一副古羅馬人模樣、稀鬆又花白的頭髮來判斷，這個人該已四十開外的年齡。不過，眼睛清澈，面龐勻稱，曬成棕褐色；軀幹有些僵硬，那一件卡其褲上並未見到油脂及凸起的肚子。腳履涼鞋，一襲有口袋的藍色襯衫，這樣子的裝扮讓他看起來年輕了許多。他就佇立在那兒動也不動地聆聽傑克說明來意。隨後說道：「請進。」並閃到一側讓出通道。傑克便走進一道漆得粉白的小走廊，上頭只擺了一只箱子和一個頂端彎曲的木製傘架。身後還聽到那位農場主人笑道：「這麼說是來朝聖的啦！這也好，坦白說來得還正是時候！」

「這怎麼說？」傑克問道。

「到餐廳裡去吧！那兒是最涼快的。」農場的主人回道。

餐廳實則有一半是個印度式的遊廊，四周細草稈編成的窗簾，除了當中的一片外，其餘全部拉下。室內除了一張現代風格淺色木製的餐桌和餐具櫥外，椅子全部是藤製以及帆布的躺椅。傑克環顧一下四處，發覺他是一個人獨居在這兒。他向前走到遊廊那一頭，從窗簾的間縫瞧見有個院子，擺了些假胡椒樹，當中兩輛鮮紅色的拖曳機相當耀眼。頭頂早上十一時的陽光還教人可以承受，除此之外便是一排排的葡萄園。過後沒多久，農場的主人走了進來，手中還托著一個大盤子，上頭擺上一瓶茴香酒、幾個杯子和一罐冰水。

農場主人將乳白色的酒液倒滿杯，舉杯說道：「如果您來遲了，您可能在這兒啥事都找不到！總而言之，絕不可能有任何法國人會回答您的詢問。」

「是那位老醫生告訴我說，您們家的農場即是我出生的地方。」

「是呀！這個農場屬於聖達波特領地的一部分。不過，我的父母親是在戰後才買下的！」傑克四下張望著。「您肯定不會在這兒出生的！這裡的一切都是我父母親建成的。」

「戰前的時候他們認不認得我父親？」

1. a. 馬車／火車／輪船／飛機。
Mondovi，卡繆出生的地方。在博恩港西南，有單軌火車及合路連接，西距阿爾及爾市四百二十公里。

「我想不會吧！他們原是待在突尼西亞邊界地區，以後，他們想接近點兒文明地區，索非里諾鎮對他們倆來說便是個文明地區！」

「他們是否聽人提起過先前的那位經理？」

「沒有吧！您也是這兒的人，所以您會知道是怎麼一回事。這裡的人是不會留下任何東西的，他們拆掉一切，之後又重新建造一切。人們只想著將來，並且忘掉過去的一切！」

「嗯！沒事情，打擾了您大半天！」傑克說道。

「不會的！」對方說道，「我喜歡！」然後對傑克露出微笑。

「您父母是否還留在邊界呢？」傑克喝完杯中的酒。

「沒有！那裡成了禁區，靠近水庫的關係。顯然您並不認識我父親。」他也一口喝乾杯裡的酒，像是找到新的樂事似地放聲大笑，「他是個老殖民者；老派作風的那種——這是巴黎罵人的話，您知道吧！他的的確確是個硬漢。一個六十來歲的人，又高又瘦像個清教徒，還長得一副馬臉，您可以想像，簡直活像個大長老。他令那些阿拉伯工人挨盡了苦頭，而為了公平起見，他的兒子們也一塊來。甚至就在去年，到了撤離那一刻，簡直就是一團大混戰。整個地區變得很難再生活下去，必須和著長槍睡覺。拉斯基勒農場遭到攻擊那樁事您還記得吧？」

「不記得了！」傑克回道。

「是啊！那個做父親的和兩個兒子被利刃封喉。那個母親和女兒被一再地強暴，然後給弄死……總而言之，那位省長實在很糟糕，竟然當著法國墾殖農人聚會上說著什麼得重新考慮〈殖民〉的問題，以及對待阿拉伯人的方式，還說歷史新的一頁就此展開之類的話。而他自己就親耳聽到老人家告訴他，此後在這世上誰都別想在他所持有的土地上發號施令！不過，打從那天開始他便一言不發。夜裡，他會兀自起身，走出家門口。我母親從百葉窗觀察他的動靜，就看見他在所墾殖的土地上來來去去地走著。發出撤離的命令之際，他也是二話不說的。此時葡萄都已收成完畢，葡萄酒也都已經裝進釀酒槽裡；他便前去打開釀酒槽，然後走向他先前已經先轉移流向的鹹水源並朝著他的耕地放水。此外，他還準備了一輛深耕用的拖曳機。之後整整三天內，他未戴帽子一言不發地開著那輛拖曳機，將他領地範圍之內所有的葡萄藤全部給連根鏟起。您可以想像那樣的光景；一個又瘦又乾的老頭兒在拖曳機上被震得不停跳動，碰上犁刀無法鏟起那些粗大得不得了的葡萄株時，那樣狠勁地推動著加速操縱桿的模樣。他甚至到了不吃不喝的地步。我母親帶來麵包、乳酪以及〈辣味大香腸〉的，他則靜靜地吞食一番；然後像已經做完了該做的事那樣，將最後一大塊麵包丟得老遠，又趕緊幹他的活兒。就這樣從日升忙到日落，而且正眼也不去瞧瞧地平線上的那群山巒，以及很快就相互去走告前來的阿拉伯人——他們和他保持一段距離，也和他一樣閉口無言，眼睜睜地看著他做這種事。之後，不知道誰去傳了話，來了一位年輕上尉軍官想明白個究竟。老頭兒便對他說：『年輕人，既然我們在這裡的所作所為是一項罪行，那麼就應該將這些事兒給清除掉！』等到他的活兒全部幹完了，他便走回他的農場，穿過院子，那兒早已被釀酒槽流出的葡萄酒汁浸濕了，然後便開始打包行李。阿拉伯工人就在院子裡等候著他（外頭也來了一支巡邏隊，是上尉軍官派來的，卻不知道是基於什麼原因，帶隊的那位和氣的中尉就在那兒等候吩咐）。

「『老闆呀！我們該怎麼做呀？』

「『如果我是您的話，我就會跑去參加游擊隊！他們準會贏的，法國已經沒有漢子啦！』老頭兒就這樣回他話。

「農場主人韋亞爾笑了起來：『哼！說得夠直率了吧！』

「『他們和您住在一塊嗎？』

「『沒有！他再也不想聽到有關阿爾及利亞的一切。他現在人在馬賽，住在一間現代化的公寓裡頭……我媽媽寫信告訴我說他整天都在房裡踱來踱去。』

「『那您自己呢？』

「『我嘛，我留了下來。堅持到底！管他會怎麼樣，我會一直留在這兒。我已把家人送到阿爾及爾，而我就會死在這裡。在巴黎沒有人會懂得這些的！除了我們以外，您想誰是唯一能明白這些的呢？』

「『那些阿拉伯人。』

「『對極了！我們生來就是要相互瞭解！儘管我們彼此都很愚蠢且野蠻，但流著都是同樣人類的血。我們還得再彼此廝殺一陣，彼此割掉對方的睪丸，又彼此略加凌虐一下對方的。之後，我們便可以像人一樣重新過日子。這個地方就是要這樣才行啊！』再添點兒茴香酒？」

「淡一點的。」傑克說道。

之後沒多久。他們便走到屋外。傑克問說在這個地方是否還有人可能認得他的父母。根據韋亞爾的看法是沒有，當中除了接他來到這個人世間的那位老醫生外就沒有別的人了！而他已經退休了！就住在索非里諾鎮上。聖達波特放領地已經換過兩手，許多阿拉伯的雇工在兩次大戰中戰死了，當中許多也都是後來才出生的。「這裡所有的一切都在變！」韋亞爾再次強調：「這變化來得快，而且飛快，然後大夥兒又將它給忘了！」不過，老達姆扎勒說不定有可能……他曾經幹過聖達波特其中一個農場的守衛。一九一三年時，他應有個二十來歲吧！不管怎樣，傑克會看到他出生的地方。

這個地區除了北部外，其餘的地方皆被遠處的山巒所環繞；正午的熱氣將這些山嶺的輪廓弄得模模糊糊的，像一大塊一大塊發亮的石頭以及霧團那樣。群山中間便是塞布河平原——這裡原先是片沼澤地——它一直延伸到海的那一頭去。在熱氣騰騰的白色天際底下，葡萄園阡陌分明筆直地陳列著，葡萄藤葉因使用硫酸銅殺菌而泛成青藍，果實纍纍都變成黑色。這一整片的葡萄園只有在相隔甚遠處被一排排的柏樹或一團團尤加利樹所切割，而在這些樹的庇護下錯落著一些屋舍。他們倆沿著農場的小徑前行，每踏出一步皆揚起紅咚咚的塵埃。打從他們的眼前直到山嶺的那一頭，這一整片的空間都在顫動著，陽光發出嗡嗡的聲響。當他們來到一叢法國梧桐樹堆後的小屋舍前，早已渾身汗流浹背。一隻未見身影的狗發癲式地吠著來迎接他們。

這幢小屋舍十分破損不堪，桑木做成的門小心翼翼地合上。韋亞爾上前敲響門。狗吠得加倍兇勁。聲音似乎來自屋舍的另一頭一個封閉式的天井。不過，卻未聽聞到任何人聲動靜。「得先有個信心！」韋亞爾說道，「他們就在裡頭，卻這樣伺機行事。」

「達姆扎勒！是我韋亞爾呀！」他喊道。

「六個月前，有人前來查訪他的女婿，想弄清楚他是否提供游擊隊軍需。之後便不再有人提及這個人！一個月前，有人向達姆扎勒說他這位女婿可能因想潛逃而被殺害了。」

「喔，他提供游擊隊軍需？」傑克問道。

「或許有，或許沒有。既然在打戰，又如何是好？這就何以在這個好客之鄉，這道門要等上這麼久才會打開的原因所在。」

正巧，門打開了。達姆扎勒個子不高，（ ）[1]頭髮，頭戴一頂木闊邊的草帽，身穿一件打滿補靪藍色的連身褲裝，對著韋亞爾直微笑，並望了望傑克。

「是位朋友，他在這兒出生的。」

「請進！你喝茶吧。」達姆扎勒說道。

達姆扎勒什麼也沒記得。或許，就有吧。他曾聽到一位叔叔跟他提及有過那麼一個經理，在這兒待了幾個月，就在大戰之後吧。

「在大戰之前。」傑克更正道。

「或者大戰之前，這是有可能的，而那時他相當年輕。至於傑克的父親後來怎麼樣了？他在戰場上戰死了。『謨可讀卜』[2]唉！戰爭實在壞透了！」達姆扎勒說道。

「總是會有戰爭的！」韋亞爾說道，「而且人們很快就會習慣於和平的日子，因此便有人認為這乃天經地義的事。不，真正正常之事乃是戰爭[a]！」

「打戰的時候人都變瘋了。」達姆扎勒說著，一邊走到另一個房間，從一名女子手中接過一個喝茶的托盤。三人便喝起滾燙的熱茶，而他們致了謝，又再踏上那條穿越葡萄園熱騰騰的道路。

「我要搭原先的計程車回索非里諾鎮去，醫生請我用午餐。」

「我也要請我自己一番！等等我，我去採買一些食物。」

之後沒多久，在將他帶回阿爾及爾市的飛機上，傑克試著將他所採集到的資料整理一番。坦白說，那些資料只不過是一丁點兒而已，而且沒有一項直接與他的父親相關聯。令人訝異的是，從地面上升的夜色快到都可以丈量得出，然後突然將整

a. 加以發揮。
1. 有兩個字無法辨識。
2. Mektroub，阿拉伯字的拼音，為「命中注定」之意。

架飛機吞噬進去。飛機筆直疾行，卻沒做出任何運動，像一根螺絲釘直愣愣地轉進厚厚的夜色裡。不過，這樣一片昏暗外加傑克自身的不適，讓他覺得受到雙重的禁錮——一則由於飛機，一則由於夜色；皆令他喘都喘不過氣來。他又翻了翻戶籍簿和兩位證人的姓氏——兩個非常法國的姓氏，就像〈我們〉可以在巴黎街道上招牌看得見的那種。那位老醫生在向他述說了他父親的到來以及他的出生後，又說這兩名最先移民到索非里諾鎮的商人曾幫過他父親的忙。而他們兩人的姓氏正是當時巴黎郊區居民的通姓。是的！這又有什麼好訝異的呢？因為整座索非里諾鎮不都是由那些「四八年代的人」[1]所開闢興建的！

「啊喲！這的確千真萬確！」韋亞勒說道，「我的曾祖父母就是當中的那批人，也就是因此，我那位老爹就是個革命胚子！」他還詳加細說一番，他的曾祖父當時是聖德尼部區[2]的工匠，曾祖母是專門清洗小件日常衣物的女工。當時巴黎遍地有人失業且挺騷動不安的，制憲會議遂投票通過提撥五千萬法郎去派遣一支殖民隊伍[a]。每個人還可以分配到一個住所及二至十公頃的土地。「您可以想像當時有多少人前去報到？超過一千人！每個人都夢想著那塊想像中的幸福之地。尤其是那些農人們。女人家們就是畏懼那些未知的事物。但是那些男人可沒白搞了一場革命，他們是一群相信確實有耶誕老人充滿幻想的人。對他們來說，耶誕老人就是那個穿著一襲阿拉伯呢斗篷的人！就這樣，他們拿到了一份小小的耶誕禮物。一八四九年出發，第一棟房子完工於一八五四年，在這段時間當中……」

此時，傑克呼吸得順暢些。最早的那片昏暗已轉為清晰，像潮水退去那般，之後留下一大片星辰，結果此刻的天際已經一片繁星點綴。獨獨只剩下身體下方飛機的引擎聲音令人頭昏腦脹。他試著回想起那位認得他父親、賣角豆菜和草料的老店家——他隱隱約約憶起且喃喃地說道：「話不多！一點兒都不多話！」不過，引擎的聲音教人昏頭昏腦，令他彷彿深陷在一種不甚舒適的昏沉當中；在這當中他曾試著——但卻徒勞無功——去喚起、去想像那位消逝在這一片廣漠又充滿敵意的土地，並消失在那座村莊、那片平原、籍籍無名的故事裡的父親。與老醫生一席話的細節浮現在腦海，根據老醫生所言，相同的這群移動的人口是由那些平底駁船將巴黎的殖民者運抵索非里諾鎮的。這樣的人群移動，然而當時卻還沒有火車，沒有！真的沒有！有的，但卻只通到里昂而已。於是，六艘駁船就由馱馬拖著，高唱著〈馬賽曲〉和〈出征曲〉——當然是和著市政府派出的管樂隊演奏，沿著塞納河岸還受到神職人員祝禱，船頭還豎起一根旗幟，上面繡著一個尚未存在的村莊的名字——它正等待著這批乘客利用神奇妙法去開闢！駁船自行漂移了起來，巴黎開始滑脫了，然後變得漂浮不定，接著就要消逝而去。就算你這番大事業已受到上帝的

a. 作者將此數字圈了起來。

1. 指參加法國一八四八年反對路易・菲利浦王室的革命人士。二月推翻王室、六月再度起義反對新共和政權，遭血腥鎮壓、十一月召開制憲會議、十二月路易・拿破崙被推選為總統。

2. 該區目前位於巴黎市內東站附近，十九世紀時因位居舊城之外，被視為郊區。

祝福，甚至當中意志堅定的人、強悍的街頭造反份子，個個皆閉口不語心情沉重；至於婦道人家們則不顧一切硬撐著，卻是驚恐萬分。在船的底艙大夥兒皆得和著草蓆席地而眠，伴隨著的是沙沙的聲響以及淹至頭部混濁的河水。而在這之前，婦人們得相互拉起床單圍住，以好更換身上的衣服。他的父親曾身處其間嗎？不會的；然而在百年前在某個秋末的季節在運河上搖曳著。這些駁船，比起他先前設法去查訪的那些老頭兒雜亂無章的記憶，反而讓他知道更多有關那位英年便死在聖布里厄市的人的種種——在昏灰的天空底下，整整一個月的光景，駁船就航行在各個大河小川上，河面上淨是新近飄落的枯葉，護送在兩旁的則是那些光禿禿的榛樹及柳樹；沿途所經過的市鎮皆受到官方管樂隊的歡迎，同時又納進了新登船的漂泊者，然後又開動，一起駛向一個陌生的國度……此時飛機引擎換了速度。那幾片昏暗的夜塊，下方那一塊塊鬆散開來又對比鮮明的夜塊，便是卡比利亞高原[1]——它是這個國度裡野蠻且血腥的一部分，長久以來便如此！而就在百年之前，那群四八年代的工人便擠在一艘蹼輪推進式的艦艇上，往此前行。「『拉布拉多』[2]號！」老醫生說道，「這正是那艘軍船的名字！你可以想像一下，用這艘北大洋的軍艦將他們載往蚊蠅以及陽光曝曬的地方！」儘管如此，「拉布拉多」號還是冒著強勁西北季風[3]所掀起的暴風雨，發動全部的螺旋槳葉片，攪著冰冷的海水加速前行。在冷冽的北風吹襲下，船隻搖搖擺擺了五天五夜，使得待在艙底下的征服者個個病得奄奄一息、嘔吐成一團，而且恨不得就此死去算了。就這樣直到抵達博恩港為止。全港區的人都聚到碼頭，演奏著音樂來迎接這批一臉青綠的冒險家；這批人大老遠離開全歐洲的首善之地，攜家帶眷的，還有隨行的家具，經過足足五個星期的漂泊，然後才這樣踉踉蹌蹌地登陸，登上這塊青藍色遙遠的陸塊上！結果對於那種夾雜著肥料、香料以及（　）[4]的陌生氣體感到憂慮不安。

傑克回坐到機上的座位，半寐了起來。睡夢中他瞧見那位從未謀過面的父親，連他到底有多高也弄不清楚。見到他就出現在博恩港碼頭移民人潮當中；而此時滑車板正卸下倖免於長程旅行那些破舊的家具，而找不著家具的人則在一旁爭吵著。他就佇立在那兒，毅然決然的，模樣不甚清楚，牙關咬緊；而那條由博恩港通往索非里諾鎮的馬路，不就是四十年前在同樣秋季的天空底下，坐在一輛破舊馬車，他所走過相同的路嗎？然而，對當時的移民而言，這條馬路並未暢通。在碰上得越過沼澤平原或者荊棘多刺的樹叢時，便隨意抓個方向抄近路走。婦孺們就全都擠坐到軍用的砲架拖車上，男人們則步行。沿途相隔一段距離便受到聚在一旁，保持相當距離的阿拉伯人敵視眼神的監視，以及不斷聽到當地卡比利亞狗群死命的叫鳴聲。直到黃昏之際，他們一行才抵達四十年前他父親到過的這個地方：平坦、遠山環

1. Kabyle，指阿爾及爾和博恩港之間的山區高原，居民以柏柏爾人（Berdere）為主，該族為阿國境內少數方言原住民。
2. Le Labrador，原為「可耕作之地」之意，亦為加拿大東北一個半島的名稱。
3. Mistral，亦稱「密史脫拉風」，為地中海西部冬季吹起之乾寒強勁之西北風或北風。
4. 有一個字無法辨識。

繞、沒有任何住家、無半塊耕作過的土地。上頭只錯落幾個土黃色軍用的帳篷，僅僅就是這麼一塊光禿禿，人煙絕跡的空地。在這片空曠的天穹與危機四伏的*土地之間，對這批移民來說簡直彷彿世界之邊陲。夜裡婦道人家們哭著，是因為疲憊、因為恐懼，也是因為失望透頂！

同樣在夜裡抵達這塊悲慘又充滿敵意的國度，同樣的一批人、然後又然後……唉！傑克對於他父親的情況知道的並不多，但對於其他的那些人，就完全是相同的那一回事；個個皆得在一旁訕笑的士兵前打起精神，並安頓到帳篷裡。房子等稍後再說，會先去將它們蓋好，之後會分配土地，工作——那神聖得不得了的工作將會拯救一切。「但並非立刻就有，那工作……」韋亞爾就這樣說好了。那種雨，那種阿爾及利亞的雨，既粗大又急劇又沒完沒了的，就這樣下了八天八夜，塞布斯河因而氾濫起來。河水就淹到帳篷邊，因此大夥兒根本無法踏出一步。管他是冤家摯友的全都擠在那一大張污穢雜陳的大帳篷裡，而上頭未曾停歇的驟雨則劈哩啪啦地下著。結果為了排除惡臭，他們截下了空心蘆竹稈，小便時便可以從裡頭流到外頭去。之後，一等雨停，大夥兒真的就在木匠的指導下幹起活兒來，蓋成了許多棟臨時輕便的木棚屋。

「啊！這些善良的老百姓！」韋亞爾笑著說道，「到了春天，等他們蓋成木寮就該輪到挨霍亂的苦。如果我那老爹所言無誤的話，我那做工匠的祖父就為此而失去了女兒和老婆；她們當初猶豫不肯出門還是有道理的！」

「的確，就是如此！」老醫生接腔道，腳踝上綁著護脛既筆直又雄赳赳的，就那樣前後左右走來走去而坐不定，「當時每天總會死個十來個人。熱天來得過早，人們就在木棚內挨烤。因為衛生保健出了問題是不是？總之，每天就會死上十來個。」那些當兵的弟兄也都給整垮了，這實在是一群很奇特的弟兄。他們用盡了所有的藥劑。最後終於想出一個點子，就是用跳舞來暢通血脈。就這樣，每個夜晚收工之後，在埋妥兩個死人之間，就跟著小提琴聲跳起舞。的確，這還是個挺不錯的點子；跳得渾身發熱，這批善良的老百姓就盡其所能地淌著汗，結果傳染病就這樣給控制住了。「這是個頗值得研究的點子！」是的，當時的確是個很好的點子！在那種既熱又濕的夜裡，簡陋的木屋之間還躺著睡著了的染病的人，那位蹩腳的小提琴手就坐在一只木箱上，身旁放了盞燈，四周蚊子和昆蟲繞著它嗡嗡作響。那些穿長裙、著呢絨裝的征服者正跳著舞，圍繞著燃燒著荊棘枝椏的大火大量地流著汗水。同時，營地四周皆派了警衛以保護圍在這當中的人，去防範那些黑鬣的獅群、那些牲口的竊賊、那些阿拉伯的土匪，以及偶爾那些其他法國移民的進犯——他們是為了娛樂或者儲糧而來。之後，他們終於分配到土地，全都分散在離木棚屋甚遠的地方。之後，他們也築起土牆、建成了村莊。不過，為數三分之二的移民全都罹難了——其他在阿爾及利亞各處的情況也都相似——連鏟子和犁刀都沒有碰到！倖存的人繼續一副巴黎人裝扮待在

* 陌生的

田裡耕作；頭戴高頂黑禮帽、肩扛長槍、牙齒叼著煙斗——只准使用那種有頂蓋的煙斗，因為怕失火所以不准抽捲菸——奎寧則放在口袋裡，這種頂防瘧疾的藥就像日常的消費品那樣，在博恩港的咖啡館以及蒙多維鎮上的食堂均有出售——這是為了健康起見的！陪在一旁的是他們一身絲綢的妻子。不過，總是會有士兵和長槍環伺著，甚至連到塞布斯河邊洗衣服也一樣，要有護衛隊隨行。這樣才能像過去在巴黎檔案街那裡的清洗衣服那樣，天南地北自在地聊著天。而這個村莊本身就經常在夜裡遭到攻擊，譬如一八五一年的那一場暴動，一支百餘名穿著阿拉伯呢斗篷的騎兵將村莊團團圍住，在圍牆外來回奔馳。最後因為瞧見偽裝成加農炮管的爐灶管子瞄準他們，才作罷揚長而去。待在這麼一個敵對的國度大搞建設又奮力勞動，而當地人又不接受你的占領，自然會使盡所有的方法來報復。這就是何以傑克在飛機起飛以及此時降落之際想起他的母親的緣故。腦海裡又泛起在博恩港的路上，一輛四輪陷入泥坑的畜力車的那一幕；車上的移民暫且留下一名懷了身孕的女子跑去尋求援助，等回來時看見那女子肚子被人剖開、兩顆乳房被人切下！

「這簡直在挑起戰爭！」韋亞爾說道。

「我們可要公道點兒！」老醫生回道：「我們的人將他們一家人大小全都關進去洞裡。是的，就這樣將當地柏柏爾人一家子老的全部給閹了！而這些受害的人自己還不是……那麼大家來追究到底是誰先幹下罪行?!——你知道那個叫該隱的人吧！——結果，從此以後便是戰爭！人類可說惡劣可憎極了，尤其在酷陽底下！」

用過午餐之後，他們一塊走過村子——這個村子和這個國度裡上百個村莊沒有什麼兩樣；百來棟十九世紀末布爾喬亞風格的屋舍錯落在幾條街衢上。在它們正拐角交會之處便是一些龐大的建築物，譬如：合作社、農業銀行或者活動中心等。所有的街衢皆朝向一座金屬架搭成的露天音樂台。這座音樂台很像一個旋轉木馬台或者一座大型的地鐵站出入口。而幾年來每逢節慶時，在政府的鼓號樂隊或者軍方的軍樂隊便會在此演奏，而一隊隊盛裝的男女便會繞著它，在熱氣騰騰和塵土飛揚底下婆娑起舞，或者剝食著落花生。今天適巧也是週日假期，不過軍方的心戰處卻在音樂台上安置了擴音喇叭。在場的群眾多數為阿拉伯人，但他們並沒有圍繞它跳舞，就只是動也不動地佇立著，聆聽著阿拉伯音樂，間或一段演說。至於法國人則全都給淹沒在人群當中，個個都是相同一張憂鬱又張望著未來的面孔。就像那批早期搭乘「拉布拉多」號或者其他有著相同的處境——遭逢同樣的痛苦、逃避貧窮或者迫害，以及碰上了痛楚及挫敗——的那群移民那樣。這正是馬霍港西班牙人、傑克母親的先人的寫照、或者就是一八七一年拒絕德國人統治，而選擇了法國的阿爾薩斯人那樣。法國政府將當年違反的阿爾及利亞人——那些人不是被殺死就是被關進牢裡[2]——手中沒收的土地

1. Cain，希伯來之 qayin，《聖經》故事裡人類始祖亞當之長子，從事耕作，因嫉妒上帝稱許牧羊為業的親弟弟亞伯，將其刺死於田間。西方文學裡常將此引喻為彼此間之骨肉相殘。
2. 一九七一年三月，以柏柏爾人為首的阿爾及利亞人因不滿法國的殖民，大舉利用普法戰爭法國戰敗之際起義造反，有十五萬人投入抗法行列。最後還是遭法軍強列鎮壓，並賠款且充公其耕地達五十萬公頃！

分配給他們。就這樣，頑劣份子侵占了反抗者溫暖的窩巢；遭逢迫害的人搖身變成了迫害他人的人！而他的父親便是這一代遷移者的後人，四十年過後，他的父親也來到這裡，一樣是那副憂鬱且毅然決然的模樣，徹徹底底寄望於未來；就像那些厭倦了自己的過去，並且否定了這個過去的人那樣。而他也是一介移民，就像是以前那些曾經在此過活，或者曾經活在這塊土地卻沒留下任何痕跡的人一樣；有的話也只是在那些小小的移民墓園裡破損且泛綠的墓板——就像當天結束行程前——韋亞爾已先行離去，他和老醫生一塊參觀過的那座小墓園一模一樣。墓園裡的一邊是一些新近流行的墓園裝飾的新式且醜陋的墳墓；點飾著有如舊貨市集以及珠飾市場那樣，因而完全喪失了那份同代人的虔誠之情。在另一邊，老柏樹底下，在覆滿針葉及柏果的走道上，或者潮濕的牆角下所長出的酢漿草以及它們黃色的花朵；一些幾乎與塵土混合為一的老舊墓板上頭的字跡早已無法辨識！

一大群人來到此地已超過半世紀之久，他們開鑿出一條條的犁溝；在某些地方是愈挖愈深，在其他地方則愈挖愈顫動，直到一塊疏鬆的土壤將它全部覆蓋，整個地區遂因此恢復到原先的蔓草叢生。而他們也就生兒育女的，然後消逝無蹤。他們的子女也是如此脈脈相傳；而他們之後的子女以及孫兒女也和他自己一樣就生長在這塊土地上；一塊沒有過去記載、沒有道德規範、沒人指引開導、沒有宗教信仰的地方。不過，卻是一塊令人覺得適得其所，及在陽光底下快活自在、在黑夜和死亡之前焦慮不安的地方。在這個令人激賞不已卻已顯露其黃昏徵兆的天穹底下，所有來自許許多多不同國家的移民的各個世代都一一消逝、自我合起，且未曾留下任何痕跡。有一大團的遺忘加諸在他們身上，而事實上這正是這塊土地所施與的；這也是他們三人趁著夜色的逼臨走在朝往村子的路上，從來自頭頂上漆黑的天空所感觸到的。

他們內心所充滿的這份焦慮[a]也正是懾住所有非洲地區生民的那份焦慮；就是當夜色快速地從海上湧來，籠罩住他們四周起伏不定的山巒和高原。這份神聖的焦慮同樣也會在夜晚籠罩住特耳菲山丘[1]，在那兒也會出現相同的效果，因而湧現無數的神殿和祭壇。然而，在這塊非洲的土地上，那些神殿皆已被摧毀了，只在內心留下一份難以承受，但卻溫馨的重量。是的，他們都這樣死亡，且將繼續死亡下去！那樣靜靜地又徹底置身度外地死去，就彷彿他父親那種遠離親生的祖國，在那樣難以理解的悲劇下的死法那樣。他的那一生完完全全身不由己，從孤兒院到醫院，中途免不了有一場婚姻，然後由不得他的在他的周遭建立起了一種生活，直到戰爭置他於死地並將他給埋了。從此，永永遠遠地，他的親友以及他的親生兒子皆不知其為何許人物；讓他自己也成了那一大團的遺忘，而它正是他們這群人最終的祖國，一種開始時即漂泊無根的生活的最終目的地！當時的圖書館有著許多有關利

a. 憂慮。
1. Delphes，希臘文 Delphoi，古希臘都城，此山丘為西方神話裡阿波羅等諸神之神殿所在。

用被遺棄的孤兒送到此地來殖民的報導，是的，所有遭人捨棄或者走失的孤兒在此建造起一些稍縱即逝的城邦，然後自己便永遠的消逝無蹤，或者與其他人一塊死去。彷彿就像人類的歷史一般──這段歷史從未在這塊最古老的土地上停止緩緩前行，同時也只留下一些丁點兒的痕跡──在從未停歇的陽光底下煙消雲散，當中還帶著一份那些曾經締造過這份歷史的人的記憶；這些記憶也都化為一樁樁在陽光底下被蒸發的暴力或者謀殺、一團團的怨火、一條條的血河──它們迅速汎升又很快地被吸乾，就像此地乾涸的河川那樣。此時，在一直都高掛著的姣好的天空底下，黑夜兀自從地表湧現，並開始吞噬一切，活著的和死去的。不！他絕不可能認識他父親！他就繼續沉睡在那兒，面孔已永遠消逝在黃土堆裡。在這個人身上有一份謎團，而他就是設法想識破它。然而，這當中卻只有貧窮這個謎團；而它令這些人無名無姓、沒有過去的記載，並將他們一個個送進那一群黑壓壓又無名無姓的逝者群裡──而正是這群逝者締造了這個世界又永遠地將它擺脫到一旁。這便是他的父親和「拉布拉多」號的那群人共同之處。不論是薩黑勒區的馬霍港移民或者高原區的阿爾薩斯移民，處在由這個海洋與沙漠間的巨大島嶼之上，便會有一個龐大無比的寂靜將它給覆蓋住；而這份寂靜即是沒沒無聞，而它既殘忍又教人憐憫，無論在血源、勇氣、工作，乃至本性上皆名不見經傳……他就曾設法逃離這塊無名的國度、逃離這裡的群眾和他那個無名的家庭；但當中卻有某個人頑強地又不停地要求那份默默無息和沒沒無聞──而他自己就屬於他們這幫子人！此時，他正行走在伸手不見五指的黑夜裡，右側並行的老醫生正喘著氣，耳際聽到廣場傳來的陣陣音樂聲響；回憶起繞在音樂台四周那些阿拉伯人冷酷又難於理解的面孔，以及韋亞爾的嘻笑和他那副篤定的面龐；同時也帶著溫馨和傷感，心痛如絞地回想起街頭發生爆炸時母親那副垂垂老矣的面孔。就這樣年復一年在黑暗裡緩緩行走在這塊被遺忘的土地上，而在這上頭每個人皆成了第一人！至於他自己則只能在沒有父親庇護下自行成長，且從未有過那種時刻的經歷；也就是做父親的在等到他年齡懂事時喚他前來，告訴他一些家族的秘辛，或者某個塵封的痛楚，或者生活經驗；甚至連那個荒謬可憎的父親普隆涅斯[1]在對著兒子勒替斯說話之際，突然覺得自己十分偉大的時刻都沒有過！一直到了十六歲，然後二十歲，都沒有人告訴過他些什麼，他就得獨自去學習、拚命又奮力地獨自長大成年、獨自去尋找自己的道德規範以及自己的道理，最後才活得像個男子漢那般，為的就是再去生育某個更艱苦的生產，亦即如何與別人——女人——展開一種新的生活！就像出生在此地的所有男人那樣，一個接一個地去學習如何在漂泊無根以及失去信仰的情形底下過活。今天他們全都聚集一起，卻極可能因此且永遠籍籍無名，並還會失去他們在這地球上那道唯一僅有的停留痕跡——字跡模糊的墓碑；而此刻黑夜早已經將那墓園給團團罩住！這些人就得去學習如何與別人開始某種新生活，如何去與那些先於他們來到這個地球，而此時

1. Polonius 為莎士比亞悲劇《哈姆雷特》中那位饒舌自負的老廷臣，其子名叫 Laertes。

已被排擠出去的征服者建立起新的關係。而此時此刻，這些人就得誠心誠意地去接受世代之間與命運底下的那份友愛之情。

飛機此刻正往阿爾及爾下降。傑克想起了聖布里厄市那個小小的墓園，那裡士兵的墓園可保存得比蒙多維鎮a的要好得多。地中海將我分割成兩個世界；其中一個，某些記憶和姓名在適切的範圍內保存了下來；另外一處，人類的痕跡卻在寬廣的空間下遭到風沙洗刷殆盡。他曾經試圖逃避這種沒沒無聞、那種貧窮又頑固無知的生活；他也曾無法去過那種逆來順受、語不成章、只顧眼前事的日子。他曾經行遍世界各地、去建設、去創造，及熱切地與人交往；而所過的日子可說忙到難以抽身。然而，此時他已明白，在他的內心深處聖布里厄以及那些它所代表的一切對他而言並非是無足輕重的。他想起方才踏離的那些破損泛綠了的墳墓，以一份奇特的歡喜去接受死亡；因為這個死亡將會帶他到真正的祖國，且輪到他去接下那一大團的遺忘，並將對那個行徑怪誕且〔平平凡凡〕的人的記憶給掩住了。而這個人曾經貧苦交加、無依無靠地成長、建設。並且在地球某個晨曦照耀下、某個幸運的彼岸，他不存記憶、不具信仰、獨自一人登上了與他同代的人的世界，並走進他們那段既惡劣可憎又令人激奮的歷史裡……

# 第二部

Le Fils Ou
Le Premier Homme

# 兒子或者
第一人

# 1 中學

[a]到了那一年的十月一日，傑克．柯爾梅里[b]腳上一雙偌大的新鞋站得極不穩當，身上那件漿料仍未褪去的襯衫弄得他渾身不對勁，披掛在肩上的書包還散發陣陣釉漆和皮革的氣味；他看著電動火車司機。皮埃爾和他就站在司機身旁火車頭的前方，司機將變速桿放進一檔，沉重的車子便逕自開離了貝勒古爾站。他轉回身子試著張望幾公尺外一直都憑靠在車窗外的外祖母和母親，她們倆仍舊在那兒送他前往那所神秘的中學。但身旁的乘客正一頭栽進《阿爾及利亞快報》的內頁，使他無法再瞧見她們倆。於是他轉身看向前方，火車頭正規律地吞噬其前方的鋼軌，上方的電纜則在清涼的早晨裡顫動著。他感到有點兒難過轉回了身，除了少有的幾回遠行外，他很少離開家以及他們的舊街區（在他們那兒，如果要去市中心會說成「上阿爾及爾去」）。電動火車終於愈開愈快；儘管有著皮埃爾充滿友情的肩膀緊緊地貼靠著，他對於那個不知如何去應對自處的陌生世界，油然產生一份落寞且憂心忡忡。

事實上，沒人能夠給他們倆出意見。皮埃爾和他很快就感受到他們是相當孤零零的。貝爾納先生自己對於中學所知不多，自然無法向他們說個所以然，況且他們倆也不敢去打擾他。他們倆的家裡對於中學的事可說是聞所未聞。以傑克的家為例，拉丁字根本就不會具有任何實意之可能。曾經也有過家裡的人根本不說上一句法文（除了大發脾氣的時候，這倒是可以想像得到的）；至於文明教化（這個字眼對他們而言也是毫無意義的）可就完全依著不同的習俗和語言傳遞下來——它們箇中的真諦就不見得能夠傳至他身上。沒有任何圖像、任何形之於文字的東西、任何口頭傳播的內容，甚至沒有那種日常對話的薄淺文化能夠傳達到他們身邊。沒有報紙、沒有書籍——直到傑克後來從外頭帶了進來——也沒有收音機的家庭，有的只是那些立刻派用得上的事物。這個家庭只有自家的親戚會前來探訪，出門造訪本來就少之又少，有的話就是去和同樣這麼渾渾噩噩的家族成員碰碰頭而已。因此，傑克從中學裡帶回的那一套根本無法被接受認同。甚至在學校裡他也不能提及他的家人，在於他們的特殊性，他又難以表達個清楚，而且就算他戰勝那份難以克制的羞恥心，在這個問題上他還是閉緊嘴。

並非由於出身階級的不同而令他們受到孤立。在這個移民的國家、這個可以迅速致富又轟轟烈烈破產的國度，社會階級較不明顯，種族差異可就界線分明！如果是阿拉伯人的小孩，那麼他們的感受可就來得更痛楚且苦澀！此外，雖然在小學裡有不少阿拉伯同學，但唸中學的阿拉伯人可就少得可憐，有的只是那些有錢的顯貴子弟。不，真正隔離他們的，乃是根本無從將那些傳統的價值觀念和既定典範與那

a. 先從上中學和順序發展開始，或者先介紹成年後的畸形怪狀，再回到初上中學，直到生病為止。
b. 描述孩子的身體狀況。

種家庭的特殊性連結在一起；而他家的這份特殊性比起皮埃爾家的更見突出，因此隔離也就拉得更開。在剛開學有人問起之際，他皆能落落大方地回答對方說他的父親死於戰場，這樣多少也表明一種社會地位。又說自己就是受國家撫養的遺孤，大夥兒一聽也就明白個所以然。不過，後頭的詢問才是難題的開始。在之後學校裡發下的表格，他實在不知道如何填寫「父母職業」這一欄。他先是寫上「家庭主婦」，而皮埃爾則寫了「郵電局女雇員」。不過，皮埃爾提醒他說，「家庭主婦」並不能稱之為一種職業，因為她只是指負責看管房子及整理家務的女子。

「不是這樣的！」傑克辯駁道！「她是替別人整理家務，尤其是我家對街那間服裝店的家務！」

「既然是這樣的話，我想應該寫『女傭』這個詞。」皮埃爾有些遲疑地回道。

這樣的想法倒是從未在傑克的腦海裡出現過，理由是這個字眼太罕見且在他家裡從未有人說過它——另一個原因是，在他家裡也從未有人覺得他母親是在替別人做工！她是徹頭徹尾為了孩子們才工作的。傑克便這樣填上那個字眼，然後就愣住在那兒，頓時感到頓時[1]羞愧不已，且因羞愧而羞愧萬分。

孩子本身是極渺小的，而是由其父母來代表他。是透過他們他才得以自我確立，且是在世人的眼光下才得以確立。正是經由父母他才真正感受到被判定了，亦即被判決了但卻無法申訴。而傑克才剛發現的就是這種世人的判定，況且，也正是因為有了這種論定，遂使他的觀點帶有不良心眼。他真的不知道一旦長大成年，若不承認自己有了這種惡毒的感受，是否就算是少了一些好的人品？因為人的好壞應是從他個人的所作所為加以判定，較少是透過他的家庭；然而卻也有過會依這個孩子將來的成就來論定這個家庭。不過，如果傑克不想去承受發現這項事實的痛楚，那他就得有一顆異乎尋常英雄氣概式的純潔心底。同樣地，如果他不想以暴怒及羞愧來承當這份從他本性中發掘出來的痛楚的話，那他就得具有一份根本就辦不到的謙遜之心。當然他是不可能接受這些品質的；不過，在此情況下，一份狠勁十足且惡劣的驕氣至少還助了他一臂之力，讓他得以毅然決然地在印刷表格上寫上「女傭」這個字眼。然後，面無表情地將它交給輔導老師；而這位導師根本就未曾注意到這些。經過這事之後，傑克壓根兒便就不再去想改變他的身分以及他的家庭狀況；而他的母親依舊還是她的老樣子——依然是他在這人世間最喜愛的人，即使就算得帶著一份絕望之情去愛她亦無妨。然而，到底要如何才能讓世人瞭解到一個窮苦人家的孩子，偶爾是會覺得自慚形穢，卻又可以一無所求的？

在另一個場合，像是人家問起他信仰什麼宗教，他回說「天主教」。而人們問他是否該去選宗教教義課上時，他一想起外祖母的那份恐懼便回答說不必了。「總而言之，你就是那種不遵守教規的天主教徒。」那位繃著臉說笑話的導師說道。傑克實在不知如何解釋他家的情況，以及說明他的家對於宗教所持的那種奇特的方

1. 原文即如此。

式。他就只得斬釘截鐵地回道：「是的。」如此令眾人笑了起來也給他帶來頑固份子的聲譽，而就在這一刻他感到再茫然不知所措了！

某天，那位教文學的老師發下一份有關學校校內規定的表格，要求學生們帶回家請家長簽字後再交回學校。那份表格列舉了禁止學生攜帶到學校裡的各個項目，從兇器到圖畫書，還包括紙牌等等；由於用字遣詞是那麼文雅，以致於傑克還得將內容概括地用淺顯的字眼陳述一遍。他的母親是家裡唯一懂得如何在表格下方簽上一個大字的人[a]。因為自從她的丈夫過世後，每一季她都可以領取*一份戰爭遺孀的撫卹金；而那個類似國庫局的行政機關——但卡特琳·柯爾梅里卻簡簡單單地只說她要去寶庫[1]，對她來說那個字眼只不過是個專有名詞，不帶任何意義。然而對於孩子們來說卻是一個源源不斷取之不竭的場所，而只有他們的母親可以在相隔一段時間後前去汲取一份微薄的金錢——每回都要求她要簽下姓名。經過頭幾次的困難後，一位鄰居（？）便教她模仿「卡繆遺孀」[2]的標準簽名格式，她或多或少學出個樣子，辦事員也就接受了。第二天早上，傑克發覺母親已經早他一步出門，前去清洗一家大清早就要開門營業的商店，遂忘了在表格上簽名。而外祖母是不懂如何簽名的。她倒懂得如何利用標識圓圈來計算，根據上頭畫上一個或二個圓圈來代表「一」、「十」或者「百」。傑克就只得帶著那張沒有簽名的表格回到學校，稱說他母親忘了簽；老師當下便問家裡難道沒有其他的人可以代簽？他回說「沒有。」結果發現老師一臉錯愕，這種不尋常的例子是他先前聞所未聞的。

那些法國本土來的同學更是令他張皇失措。這些年輕人是隨著其父親工作的調動碰巧來到阿爾及爾。當中最教他反覆思索的就數喬治・迪第耶[b]。因為在法文課和閱讀課時有了共同的興趣，讓他們倆成了極親密的朋友，如此還引起皮埃爾的嫉妒。迪第耶是一位軍官的小孩，這位父親信奉天主教且十分遵守教規。他的母親「搞音樂的」，姊姊（傑克從未見過她，不過卻對她充滿綺思）做刺繡工藝，而這位迪第耶根據他自己的說法準備將來當教士。他非常聰明，在關於宗教和道德方面的問題一向不妥協，而他的信念更是堅決果斷。從他的嘴裡絕不會說出任何一個髒話，或者任何影射到人體自然或者生殖機能的話兒。這些都是其他的小孩所樂此不疲的，然而在他們的腦海裡，對於他們說出口的事卻往往不知其所以然。他與傑克之間的友誼牢固之後，他想從傑克身上獲得的第一件事，就是要求他不可以再說髒話。和他在一塊時不說髒話對傑克來說並不困難。不過，一旦和其他的小孩在一起，他很快地就滿口髒話。（這也就很清楚地表露傑克性格的多重性，並使他在各方面得心應手，且善於隨風轉舵見什麼人說什麼話；在不同的圈子裡隨機應變，扮演許許多多不同的角色，除了……）和迪第耶在一起才讓傑克明白一般典型的法國

a. 記得再予提醒。
b. 他死時再寫回到他身上。
1. 法文裡國庫局或者財政部為「Trésor public」，而只說一個「Trésor」單字，則為「寶庫」或「寶藏」之意。
2. 原文即如此。
* 收到

家庭為何。這位好友在法國有一棟祖傳的房舍，他會回去那兒度假，經常跟傑克提起或者從那兒寫信給他。那棟房子有間閣樓裡頭堆滿許多大箱子，箱子內滿是家人的信箋、紀念品以及照片。迪第耶因此而十分熟知他祖父母及曾祖父母的生平事蹟，他的一位祖先還曾經在特拉法加[1]幹過水兵；這段淵遠流長的歷史在他的想像裡更是生動活潑，也提供他做為日常生活舉止的楷模以及訓示。「我的祖父說過……我父親希望……」而且他也替當中的嚴峻作風和專橫式的完美主義作辯解。當他提到法國時，他會說「我們的祖國」，而且在這個祖國尚未要求他之前，便願意接受任何犧牲。（「你的父親是為了祖國而捐軀。」他曾經這樣對傑克說過……）然而這個祖國的概念對傑克而言乃是空洞無物的；他知道自己是法國人，而這樣他就得負起若干責任。不過，對於那些宣稱法國乃是個不存在的抽象概念的人，這個法國還是會要求你做出某些事。這就有點兒像在他家之外，他聽到人們提及的那位神所做的那樣。表面上看來，這位神是善與惡至高無上的施與者，然而你休想影響到他，相反地他卻可以主宰生靈的命運。在與他一起共同生活的女性身上這種感覺更是強烈。「媽媽，祖國是什麼？[a]」有一天他這樣問道。

她一臉驚慌失措，就像每回碰上她所不解的事物時那樣。「我不知道！」她說著，「不！」

「就是法國嘛！」

「啊！是呀！」然後一副如釋重負的模樣。

然而迪第耶卻很清楚祖國為何物，幾代以來代代相傳的家庭對他來說就是一項強而有力的存在，還有他所生長的國度它那段綿延不斷的歷史——提到聖女貞德時，他可以直呼她的小名[2]。同樣地，不論是善或惡，在他現時以及未來的命運裡都能確定無疑。至於傑克——皮埃爾的情況也是一樣，雖然程度上沒那麼強烈，但還是覺得自己就是另一類的人；沒有歷歷往事、沒有祖厝、沒有堆滿家書和照片的閣樓，他們只不過是一個模糊不清的國家理論上的公民；在那裡皚皚白雪覆蓋遍地的屋瓦，而他們卻只能在恆久不變又狂烈的酷陽下成長。身上只備有一份最起碼的道德規範，亦即譬如不可偷竊，以及應保護母親和女性；不過，一旦涉及到許多有關女性以及與上級相處的關係（等等）問題卻又三緘其口。最後，這兩個孩子對於神也就渾然不識也一無所知；既然每天都能受到太陽、海洋，以及貧窮諸多神祇的庇護，現實的生活在他們眼底便是取之不竭用之不盡，根本也就不必去構思那個未來的生活。事實上，傑克十分愛慕迪第耶，其原因必然是由於這個孩子徹底鍾情於絕對、又全然投入忠誠的熱忱之中（傑克第一次聽到「忠誠」這個字眼——之前他已經在書本上看了百來遍——便是從迪第耶口中所說出）；且又能夠流露出其楚楚

a. 一九四〇年發現祖國。

1. Trafalgar，特拉法加角，西班牙之南，直布羅陀海峽西北，一八〇五年英國海軍在尼爾遜統領下在此大敗拿破崙的法西聯軍。

2. Jeanne d'Are（1412-1431）英法百年戰爭期間法國民族女英雄；其唯一的小名為「Jeanne」（貞）。法文裡稱呼小名為親密之意，不過，法文稱 Jeanne d'Are 一向都連名帶姓稱呼之。

可愛之處。不過，也是基於他的確與眾不同，在傑克眼底，他的可愛之處對他而言可說是再異國情調不過了！而這種可愛實在太吸引他了，以致於到了後來傑克長大成年，自覺得實在無法克制住自己去喜愛外國女子。那位出身好家庭、好禮教，以及有著虔誠宗教信仰的孩子對傑克而言便是一種誘惑，像自熱帶國度歸來渾身曬得黑壓壓的冒險家，身上保有一份奇特的又無從理解的秘密那樣。

倒是山上那位柏柏爾的牧羊人——那山嶺早已被酷陽所吞噬且曬得光禿——望著飛越過境的群群鸛鳥，夢想著牠們從大老遠飛來的北國——他是可以這樣終日遐思夢想的；然而夜晚時分，他還是得回到遍地乳香黃蓮木的高原，走進他所生長貧寒的茅屋裡，和穿著長袍的家人相聚。因此，雖然傑克被布爾喬亞式（？）傳統那種奇特的春藥所迷惑而陶陶然，實則他還是與和他最相近的一切牢牢緊聚在一起，亦即皮埃爾。每天清晨六點一刻（週日和週四除外），傑克便飛快地踏下他家的樓梯；如果在熱天裡就頂著濕氣，如果在冬季裡就冒著傾盆驟雨——這雨將他的身上的斗篷淋得像海綿團那樣——奔馳著。在皮埃爾家那條街的噴水池處拐個彎，然後又繼續奔跑，爬上兩層的樓梯去輕輕地敲門。皮埃爾的母親是一位風度翩翩的美麗女子，替他開了門。迎面直接就走進只有幾張寒磣家具的餐廳。餐廳的內部兩側各有一個門直通兩個房間。其中一間便是皮埃爾的，但和他的母親共用；另一間則是兩位舅舅的，他們倆皆是鐵路工人，粗獷、笑臉迎人卻不愛說話。走進餐廳，右側有間沒有採光的小房間當作廚房和盥洗室之用。皮埃爾經常姍姍晨起；坐在鋪了漆布的餐桌前雙手捧著一只上了釉棕褐色的陶土大碗，如果在冬季還會點上一盞煤油燈，正試圖在不燙痛自己的情況下，大口喝下他母親端給他的熱滾滾的牛奶咖啡。「在上頭吹一吹！」她會這樣說道。他照著吹，然後發出陣陣咂嘴聲的啜飲著，傑克則滿臉不耐地望著他，忽而右腳，忽而左腳地撐住身體[a]。等皮埃爾用完早餐，他還得走進點了蠟燭的廚房，在那兒，鋅製的洗碗槽前已擺上了一杯水，上頭放著一根已擠上一小段特別牙膏的牙刷——因為他患了牙齦腫痛症。他快速披掛起斗篷、背起書包、戴上便帽，而且就這副稀奇古怪的裝扮，帶勁又久久地刷著牙，然後粗聲粗氣地吐在洗碗槽裡。這種藥用牙膏的氣味就和著牛奶咖啡的味道令傑克略微感到作嘔，同時也不耐了起來，而且就故意做給他看。難免賭氣也就隨之而言，不過，這種賭氣乃是友誼的黏劑！他們倆就這樣不吭聲、沒有半點笑靨地走到電車站。另一回的情況則完全相反，他們嘻笑地追逐著，或者將其中的一只書包當成橄欖球那樣前後傳遞奔馳著。到了電車站就等候在那兒，注意察看所搭乘的紅色電車是由這條線上二、三位司機中的哪一位所駕駛。

因為他們倆一向不肯坐上後頭加掛的車廂，便登上有火車頭那一節並奮力地往前擠。但實在困難重重，因為此刻電車上早已擠滿前往市中心幹活兒的工人，況且他們身上背的書包也阻礙了前行。於是，他們倆趁勢抓緊車頭車廂上下客人的扶梯，然

a. 中學生的便帽。

後擠了進去並緊貼著隔開駕駛艙的鐵條和玻璃板，還有那個又高且窄的速控器。在這個速控器上方有個圓弧形的凹凸大鋼槽，那支手控式的操縱桿被壓得貼平，表示是處在空檔；其他另有三支表示加速檔、第五支則是倒退檔。只有那些駕駛員有權操縱這些桿子，在他們的座位上方還掛著一個告示牌：「不准與司機交談」。而在小孩子眼底，這些司機簡直就如同半神半人的英雄人物。他們幾乎都是一身軍服，頭上戴著一頂帽簷是煮硬的牛皮做成的鴨舌帽，至於阿拉伯籍的司機則戴著一頂回民的小圓帽。孩子們就依著他們的外貌加以辨識。當中有一個「年輕的小好人」——他有一副男主角的模樣，雙肩卻弱不禁風。一個叫「棕熊」的——他是個塊頭壯健、相貌顯著的阿拉伯人，眼睛永遠盯著前方。一個叫「愛狗的人」——他是一個面色灰暗、雙眼炯炯有神、身體駝到幾乎彎到操縱桿子上的義大利人。而他之所以擁有這個綽號乃是因為他幾乎都會避開去壓死一隻漫不經心的狗，而將電車緊急煞住，有一回他還讓一隻狗大大方方地在鐵軌上拉屎。另外還有一位「佐羅」——一個高個子的大笨伯，他的樣子和臉上的小八字鬍像極了那位電影演員范朋克[a]。此外，「愛狗的人」一直都是孩子們所最愛的；不過，他們所最瘋狂崇拜的還是那位叫「棕熊」的司機。他駕駛起電車來沉著冷靜，不動如山，重心穩穩當當地放在雙腿上，以極快的速度操控著電車；巨大的左手緊緊握住那支木製的操縱桿，而一等交通情況許可便將電車推向最高速。右手則戰戰兢兢地放在速控器右側那個大煞車輪上，隨時可以配合左手將速度扳回空檔，同時又帶勁地將煞車輪轉上好幾轉，然後整輛電車便打起空轉沉重地停在鐵軌上。只當「棕熊」駕駛的時候，在轉彎處以及在岔道的地方，那個用大彈簧固著在電車頭頂上的觸輪桿便經常會跳離電纜。由於它是被框在一個中空的滑輪裡，拉緊豎直時便發出電線震動與火花迸射的巨大聲響；這時列車車掌便會跳下車，攫住固定在觸輪桿末端的長線——它會自動捲進電車後方那只生鐵裡；並用力扯緊以抑止鋼彈簧的抗力，然後將觸輪桿拉向後方，再慢慢讓它升起，在一片煙火彌漫之中將電纜重新框進那個中空的滑輪裡頭。孩子們將身子伸到車廂外，如果在冬季則將鼻子壓扁在車窗上，觀看著整個作業；如果操作順利成功，便像舞台上故意對著幕後說話的演員那樣大聲嚷叫，如此一來便可以避開不准與司機直接交談的禁令。不過，「棕熊」依舊不為所動；根據規定他必須等候著車掌傳來的訊號才能發車。此時車掌會拉扯一下車後的那根短繩頭，車頭的那個鈴便會發出聲響。於是他便不再那樣小心翼翼地發動電車。聚在車頭的孩子便又可以望著電車上下方的鐵軌在雨中、在耀眼的陽光底下奔馳著。一旦電車快速超越某輛三輪馬車，或者與一輛喘不過氣馬力不足的汽車競賽之際，孩子們便樂不可支。隨著市中心的接近，電車一站站地放下一部分阿拉伯籍或法國籍的工人，然後換上另一批衣著較為講究的乘客；然後在鈴鐺聲的提示下又重新發動，沿著這座長條形城市的所在，從圓弧形的這一頭跑到另一端，直到兀然之間開進港口；然後是一片廣闊的海灣，一直接到地平線上那群微微泛藍的高山峻嶺。再過三

a. 繩子和鈴。

站便是電車的終點站──「總督府廣場」，孩子們便在此下了車。這個廣場三面是由街樹和排排的騎樓所圍起，開口朝向一座白色清真寺，更遠處便是遼闊的港口。中央則豎立著一座奧爾良公爵騎躍馬的塑像；在陽光的日子這座塑像渾身是銅綠色，如果碰上壞天氣淌著雨水便變得一身黑（而且必定有些傳言說道，那位雕塑家因忘了塑上馬嘴上的銜索而自殺了），且此刻從馬尾處便有一條水注沒完沒了地流出，滴進由欄杆圍住用來保護這座紀念性塑像的小小花園。廣場的其餘部分全都鋪上一塊塊閃閃發亮砌石；孩子一等跳下電車之後，便會以滑步的方式衝向巴卜．阿組街，然後五分鐘的光景便可以抵達中學校。

巴卜．阿組街是條狹窄的街衢，兩旁的騎樓上有許多根巨大的方形柱子，因而使得街道更顯得窄小，只足夠騰出空間讓電車行駛；這條電車線是由另一家公司所經營，連接本街區和城裡地勢較高的其他街區。熱天裡，頂上厚厚的藍天就像個火熱的蓋子擱在街頂上；不過，騎樓底下卻涼爽無比。雨天裡，整條街就像一條濕答答且亮晶晶的石坦深溝。騎樓下各式商店鱗次櫛比；有布料批發店，其商面漆成灰暗色，鮮麗布料的捲軸在昏暗中微微發出光亮；有飄溢著丁香和咖啡香氣的食品雜貨店；還有不少小攤鋪，阿拉伯籍的商人出售著淌著油及流著蜜汁的糕點；還有好幾家幽暗又深長的咖啡店，此刻咖啡壺上正燒滲著咖啡（夜裡則有耀眼的燈光照明，人聲和雜音沸騰到了極點；一大群男人踩在鋪撒在地板上的木屑，擁向吧台讓杯子酌滿乳白色的酒液，並端走一碟碟的蠶豆、鯷魚、切塊的大芹菜、橄欖、油炸薯條以及落花生），以及專為觀光客開設的百貨店，裡頭賣些奇醜無比的東方式彩色玻璃飾品，它們全擱在一些平放的玻璃櫃裡，四周豎著擺滿風景名信片的旋轉攤架，以及顏色俗麗的摩爾人[1]方圍巾。

騎樓當中有一家百貨店，老闆是個肥胖的男人。不管昏暗或電燈底下總是坐在這些玻璃櫃的後方，塊頭龐大、膚色微白、雙眼凸出，活像那些舉著大石塊或者老樹幹的野獸，尤其是他那頭徹底光禿的頭。由於他這副光禿模樣，中學校的學生們就替他取了個綽號「蒼蠅的溜冰場」及「蚊子的賽車場」；並將它說成一旦這些昆蟲若在他那一毛不長的腦袋瓜上奔跑，一定轉不成彎且無法保持平衡。尤其到了夜晚，他們便像一群無頭殼的冒失鬼跑過店面來觀賞他，口中還大聲嚷著他的綽號並且發出「滋—滋—滋」的聲音來，模仿蒼蠅滑倒的情形。胖老闆也報以一頓斥罵；偶爾有一兩回還想起身來追打他們，不過，最後還是放棄了。突然間，面對著中學生們的嚷叫和嘲笑，他變得默不作聲；且連續好幾個夜晚他就這樣讓孩子們更加壯膽，甚至都敢跑到他面前吼叫。直到某個夜晚，一群由這個老闆所雇用的阿拉伯年輕人一下子從騎樓柱子後方跳了出來，一路追打起他們。這一夜，多虧他們倆身手矯捷，傑克和皮埃爾才能逃過一頓懲罰。傑克只有在出其不意的那會兒頭上挨了個巴掌，然後出乎自己意料之外的竟然能夠將對方遠遠拋在腦後。不幸的是，當中兩

1. Maure，地中海西部住民，十一至十七世紀曾占據今西班牙，開創阿拉伯安達魯西亞文化，後被趕回北非，淪為難民。

三個同學卻狠狠地挨了一頓揍。這些學生便策劃準備好好地洗劫一下這家店並將老闆打個稀爛，但這項不光彩的行動卻再沒有下文。之後，他們也就不再去糾纏那位可憐的胖老闆，並且還養成習慣規規矩矩地從店門口對街的人行道上走過。

「我們就這樣沒膽子？」傑克十分悲傷地說道。

「畢竟，錯在我們！」皮埃爾回道。

「錯在我們而且我也怕挨揍！」

之後，當他（真正）瞭解到人們表面上做出恪守正義卻只會在暴力下屈從時[a]，便會記起這段故事。

巴卜．阿組街到了中央那一段變得寬廣，街道的一側不再有騎樓，而騰出空間成了聖維克托安教堂的所在。這座小教堂的位置先前為一座清真寺。教堂的正面刷得粉白，鑿成一個類似奉獻祭品的凹洞，上頭永遠擺上鮮花。前方開闊的人行道旁開了好幾家花店；孩子上學經過時已經擺好的貨架，上頭陳列各式的束花，有鳶尾花、康乃馨、玫瑰、銀蓮花等等依不同季節的花材。這些束花全都插放在一些高筒罐裡，由於店家不斷在花朵上灑水使得罐緣上方都生了鏽。在同一段人行道上也開設了一家專賣阿拉伯油炸餅的小店，它十足就是一間小陋室且僅僅只能容納下三個人迴轉。在小陋室的一側挖了一個火爐，其四周飾上一些藍白的陶土釉片，上方放著一個大油鍋，滾熱的油潑潑發響。火爐前方有一號奇特的人物，他穿著一件阿拉伯式燈籠褲盤腿坐著，熱天和燠熱的日子幾乎是半裸著上身，其餘的日子則穿著一件西式的上衣，在翻領的上方用一把安全別針扣緊。他的面龐清瘦、嘴裡無牙，加上一個大光頭，像極了那位沒戴上眼鏡的甘地。他一手握起一把紅色的漏勺，兩眼直盯著油鍋內炸成黃褐色的圓形油炸餅。一等餅兒炸熟之後，亦即圓餅的四周泛成金黃色，中央包住餡兒極為細薄的皮變成半透明狀且酥脆（像炸成透明狀的薯條），他便小心翼翼地將漏勺放到油炸餅的下方，迅速地將它掏出，然後在油鍋上甩了個三、四下以瀝乾油漬。之後，再將它放進一個用玻璃櫃保護著的貨攤上，裡頭放置一些鑿了洞的擱板。擱板上一邊放了一些已經做好的和著蜜汁的小油炸條，另一邊則放置一些扁圓形的油炸餅[b]。皮埃爾和傑克愛死了這種糕點。兩人當中難得有那麼一回身上有了一些零錢，他們便從容不迫地等著接下那塊油炸餅，那張包住它的紙立刻就被油漬給沾成透明。或者等著接下蜜汁油炸條，而老闆在遞給他們之前會將它浸到一罐蜂蜜甕裡，這個甕子就擱在爐灶旁老闆的側邊，裡頭深暗色蜜汁上布滿了炸餅的碎片兒。孩子們接下這個華麗的東西便一口咬了上去，一邊將上半身及頭部伸向前以免弄髒了衣服，一邊繼續跑著趕去上學。

　　每年開學後不久在聖維克托安教堂廣場前便會上演一場燕子離境的場景。事實上整條街到了此處便轉為開闊，而街道的上方拉有許多電線，甚至還有一些過去用

a. 他和別人一樣。
b. Zlabias, Makroub.

來操作電車的高壓電纜；雖然如今已不再用它了卻沒將它拆除。燕子[a]經常會出現在向海的大馬路、中學校的廣場或者貧窮街區的上方飛翔，啄食榕樹的果子、海上漂浮的垃圾或者牲畜剛拉下來的糞便，一邊還發出尖銳的叫聲。天剛冷下來——只是比較略微有點兒寒意，因為此地根本不會結凍；也是由於經過幾個月酷熱的煎熬，變得明顯罷了——這些燕子先是單獨一隻接一隻地出現在巴卜·阿組街的通道上，朝電車方向飛行，之後突然在屋舍上空高飛了起來而消逝無蹤。突然間，某個清晨千百隻燕子就棲息在聖維克托安小廣場前的電線上以及鄰近屋舍上方，一隻靠著一隻地擠在一起，搖擺著牠們頸子前那片黑白相交的小羽毛上方的頭兒，輕輕地移動牠們的爪兒，一邊還拍打著尾羽，以便讓出位子給新到的夥伴。結果，整個人行道上淨是牠們灰白色的拉屎，而牠們聚了這麼一大群，就夠發出一片沉悶的嘰叫聲，當中也會冒出簡短的咯咯叫聲。從清晨開始，在整條街道的上方交頭接耳地密談個不停，直到夜晚，直到孩子們放學奔去趕搭回家的電車，聲音可說到了震耳欲聾的程度。然後，在一道不知來自何方的命令下，成千上萬個小頭和黑白相間的尾羽突然垂了下來，這一大群鳥兒就這樣全都給睡著了。在接下來的兩、三天，來自撒哈拉沙漠，偶爾甚至還更遠的燕子一小群一小群地抵達，試著在先到的燕群中安插進自己。漸漸地，晚到的燕子也占滿了沿街屋舍的飛檐，和先前燕群聚集的各個角落；慢慢地，在路人的頭頂增高了拍翅的聲響和一整片的吱喳聲，大到把耳朵都震聾了。然後，在某個清晨，也是出乎眾人意料的，這一大群鳥一塊兒往南方飛去了。對孩子們而言，冬天就這樣開始了，甚至比日曆上的日子更早些；因為，他們從未見識過有哪個夏天燠熱的夜空會聽不見燕子刺耳的叫聲。

巴卜．阿組街最後通向一個大廣場，左右邊面對面矗立著中學校和兵營。中學校背向著阿拉伯人居住的市區，其街道陡峭且潮濕，沿著山坡攀登而上。兵營的後方則是海。中學校的另一頭便是馬倫戈公園；兵營的那邊是貧窮區以及泰半是西班牙裔居住的巴卜埃威得區[1]。七點一刻不到，皮埃爾和傑克快速地爬完階梯正和一群孩子從大禮門旁門房的小側門踏進學校。他們直接登上那道禮賓大梯，樓梯的兩側貼著榮譽榜；他們又快速地攀登上了平台。平台的左側是通往各層樓的樓梯，它和大中庭之間有道玻璃走廊隔開。就在這兒，在平台的一根樑柱後方，他們瞧見「犀牛」正在那兒守候遲到的同學（「犀牛」是學校裡的總督察，原籍科西嘉島，個子矮小且神經十分緊張，因為蓄了一把兩端向上翹起的鬍子而博得這個綽號）。另一種生活便這樣展開了。

由於「家庭狀況」的原因，皮埃爾和傑克皆獲有一份半寄宿生的助學金。因此，他們一整天都待在學校，並且可以在學校的食堂裡進餐。學校裡的課依日子不同從八點或九點鐘開始上，但寄宿生的早餐於七點一刻便開桌，而半寄宿生也有權享用。他們這兩個孩子的家庭從不會去想像如何能夠放棄哪個權利；而他們本來就

a. 參見由格勒尼埃（Grenier）所提供的阿爾及利亞的麻雀。

1. Bab-el-Oued，阿拉伯文裡「bab」為「門」之意，「oued」為「河川」之意。

罕有這種權利。因此，傑克和皮埃爾是少有在七點一刻便到那間白色圓形的大食堂報到的半寄宿生。此時，那些依舊睡眼惺忪的寄宿生早已坐在鋪上鋅皮的長條桌前，人人眼前一只大碗，還有一個堆滿切成厚塊的硬麵包。食堂裡的服務生——大部分都是阿拉伯人——全身裹在一件長工作裙裡便會走到餐桌排，手裡提著一只先前是光亮無比有個彎曲壺嘴的咖啡壺，將熱燙燙的液體倒進每個學生前的大碗裡，那液體所含的菊苣根茶[1]多過咖啡。享用過這份權利後，再過一刻鐘光景，這兩名孩子便得走進教室，在一名輔導老師——他本身也是個寄宿生——的督導下復習功課，直到正式上課為止。

與社區小學不同之處，在於此地的老師甚多。貝爾納先生熟知一切並以同一種方式教導他所知道的一切。在中學校裡，不同的課程由不同的老師來教，且因人不同教法也就各自迥異[a]。在這兒同學們可以作出比較，換言之，就是在你所喜歡的和一點兒都不喜歡的老師當中作出選擇。從這個角度看，小學老師比較像個父親——他幾乎完全取代了父親的角色，他是怎麼也少不了的，且他就是一個人生活中的一部分，而問題的核心往往不在於喜不喜歡他；孩子們經常會喜歡他的，因為小學生只能完全依賴他。不過，也有可能孩子們不喜歡或不甚喜歡這個老師，但對他的依賴和需要依舊存在，這就與愛情的情況相去不遠矣！相反地，在中學校裡的老師反倒有點兒像叔叔伯伯的，孩子們可以從中加以選擇。最特別的莫過於孩子們可以不去喜歡他們；而他們當中就有某個教物理的老師，穿著是優雅到了極點，但說起話來是既專橫又粗魯的；雖然幾年當中免不少有二、三回會碰上他的課，但不論傑克或者皮埃爾皆無法「消受」得了他。而當中最有可能受到愛戴，也是孩子們最常碰得到面的老師，就得數那位教文學的老師。而事實上在所有課程當中，傑克和皮埃爾就是最喜愛他[b]，然而卻怎麼也無法去依靠他——因為這位老師根本就不認識他們。一旦下了課，這位老師便走向一個陌生的生活。而他們也是，邁向那個遙遠的街區，那個不可能有哪一位老師會去居住的區。因而他們也絕無可能在所搭乘的電車上碰過任何老師或者同學。他們所搭乘的這條電車線是開往低處街區的紅線電車（即C．F．R．A．線），至於開往高處以市容雅致出了名的街區，則是由另一家公司經營的綠線電車，即T．A．線。此外，T．A．線直接開到中學校門口，而C．F．R．A．線則停靠在「總督府廣場」，而他們從低處（　）[2]到學校。因此，一等放了學，這兩個孩子甚至就在校門口便感受到那份隔閡；或者，再稍微遠些，到了總督府廣場，就在他們揮別班上那群歡樂的同學，去搭乘那列開往最是貧窮街區的紅色電車之際。總而言之，他們倆所感受到的正是那份隔閡，而非他們的不如人；感覺到自己真的與眾不同，僅此而已！

a. 貝爾納先生既受愛戴且受仰慕。從最好的方面看，中學裡的老師只會受到學生的仰慕，而沒有人敢去愛他們。
b. 言明哪些方面？並加以發揮？
1. chicoré，一種由菊苣的根所提煉出咖啡的替代品，味道頗類似我國的「決明子」茶。
2. 有一個字無法辨識。

相反地，在一整天上課之際那份隔閡根本是不存在。他們身上的罩衫可能不盡全然亮麗，但全都長得一個模樣。唯一的競爭就來自課堂上比聰明、運動上看誰敏捷。在這兩項競賽當中，他們倆並非敬陪末座。在社區小學裡所受到的扎實訓練，打從初中一年級[1]開始便讓他們倆占盡優勢且名列前茅，兩人在拼寫上一絲不苟、做起算術來準確無誤、他們在記憶力的訓練以及對〔　〕[2]的尊重——這些都是在唸小學時在各個學科中一再被反覆教導的；而初進中學之際，這些至少都成了他們倆的最大資產。傑克若不是因為那般心浮氣躁，因而經常影響到他登上榮譽榜；皮埃爾若能再精通些拉丁文，必定能囊括一切勝利。總之，他們倆是既受老師的鼓勵又受到同學們的敬重。至於在體育運動方面，尤其是足球；在最初幾次的下課時間裡，傑克便發覺自己對它的那份熱愛，而這份熱愛在他身上可持續了數年之久。玩足球的時間都在食堂用過午餐後的下課休息時間裡，以及下午四點鐘最後一節下課後留給寄宿生、半寄宿生和留校自修的通勤生的一小時休息時間。這一個小時的休息時間乃是為了讓那些留校生能在接下來的兩小時晚自習準備隔天功課前，吃些點心及放鬆一下自己[a]。對傑克來說，吃點心這事兒就不必提了。他那樣一頭熱愛著足球，便迫不及待地衝向那片水泥地的中庭——四周由數根大柱子支撐的走廊圍成（那些死愛讀書和乖巧的學生便在走廊上散步並七嘴八舌地聊著），四側擺了四、五張綠色的長條椅，及種了幾株大榕樹，並用鐵欄杆圍住來保護它們。兩隊人馬就這樣瓜分這個中庭，守球員就站在兩側邊陲的兩根柱子當中，一顆由泡沫橡膠質材製成的大球就擺在庭院正中央。不需要有裁判員，在踢出第一腳之後，叫喊和奔跑便隨之而起。傑克在能與班上的好學生平起平坐之後，在這個球場上也同樣受到功課最差的同學的敬愛；後者因為頭腦不夠清醒，通常天生就是一副腳勁十足且肺活量極佳的料子。也就在這球場上他才頭一遭與皮埃爾拆夥；雖然皮埃爾天生就很敏捷，但他並不喜歡踢球；他的身高長得比傑克快，頭髮也變得更加金黃，身體遂變得比較虛弱，就好比移植的效果在他身上並不十分成功似的[b]！至於傑克則遲遲不肯長高，結果為他換來了一些親切的綽號：「小蘿蔔頭」、「矮屁股」的，但他並不以為意，只是用腳發狂式地盤著球，接二連三地閃過榕樹或者對手，他覺得自己乃是這球場之王、生活中最厲害的人。當鼓聲響起，表示休息時間結束晚自習開始，這可真像是由天而降，他整個人兀然佇立在水泥地上，喘個不停又一身是汗，因時間過得飛快而滿肚子怒氣。然後才慢慢恢復理智，又再次奔向同學，排進隊伍裡，並舉起衣袖使勁地擦拭臉上的汗珠。腦海裡卻突然想起鞋底釘子的磨損情況而驚嚇不已。晚自習一開始他便憂心忡忡地檢查一番，試著去分辨發亮著的鞋釘子與舊的鞋釘子之間的差異，並且因發現當中實在難以區分而稍感寬心。除非出現一些

a. 晚自習課學生人數較少，原因是通勤生都離去了。
b. 加以發揮。
1. aixième，意為「第六年」，亦即初中一年級。法國學制裡小學唸五年、初中（或高中）得唸四年，高中三年。
2. 有一個字無法辨識。

無法修護的破損，譬如：鞋底裂得大開、鞋面斷裂、鞋跟扭歪等，這樣的情況回到家時必定會有一頓「款待」；於是他嚇得猛吞口水又勒緊肚皮，在這兩個小時的自習中試著更加緊用功來彌補所犯下的過錯；或者，儘管他盡了最大努力，那種害怕挨揍的心情反而讓他怎麼也無法專心一志。這堂最後的晚自習課似乎是最漫長不過的了。首先它長達兩個小時，再者它安排在夜晚或者夜色降臨之際。教室的高窗面向著馬倫戈公園。傑克和皮埃爾並排而坐，四周的同學個個都比平時安靜；被功課和運動給弄累了以及全神貫注地寫完最後的作業。到了年底，情況尤其明顯，夜色就落在大樹上、落在花圃和花園裡的香蕉樹上。當城裡傳來的聲音變得更加遙遠且低沉之際，愈變愈綠的天色便逐漸膨脹了起來。若碰到大熱天，當中一面高大的窗子便會半開著，從那兒便可以聽到小花園上方傳進來的幾聲遲歸燕子的啼叫聲；以及山梅花和高大玉蘭樹的香味，它們的香味足以蓋過墨汁和尺板上相當酸且澀的氣味。傑克作起白日夢，心情不明就裡地難過起來；直到那名自己也在準備大學入學會考的年輕輔導老師喚醒他，要他得遵守上課的秩序。就這樣，等著最後下課的鼓聲打響。

[a]七點鐘打響，便一窩蜂地衝出校門；一群群喧譁的學生沿著巴卜·阿組街奔馳著。兩旁的商店皆已燈火通明，騎樓下的人行道更擠滿著人潮；以致於還得衝上路面電車軌道上奔跑，直到乍見電車迎面開來才又跳進騎樓底下。這樣一直得到總督府廣場豁然敞開在他們眼前；那廣場被四周阿拉伯商販用電石氣燈所點燃的售亭

和貨攤給照得通明；而孩子們則陶陶然聞起那電石氣燈所散發出來的氣味。紅線電車就等在那兒，乘客塞得都快爆了出來——而早晨的列車就沒有來得這麼擁擠；乘客偶爾還得站到加掛列車的車門踏板上，這樣原先是被禁止的，但也同樣被通融了。一直要等到其他的乘客到站下了車，孩子們才有可能擠進人堆裡；然後各自分開，怎麼也不可能彼此交談，只能慢慢地利用手肘和身體的移動擠到車廂一側的欄杆處，從那兒便可以一覽燈光昏暗的港區。在海天一片黑暗當中，停泊在港灣上的幾艘大客輪所點綴的燈火，彷彿遭大火燒盡的建築物之骨架上頭殘留的餘燼那般。一長列燈火通明的電車從海面上方呼嘯而過，然後略略開進內陸、掠過一棟比一棟還寒磣的屋舍，直到駛進貝勒古爾區。他們倆便在這兒分手，然後爬上那道從未照明過的樓梯間，朝向那盞照成圓形燈火的煤油燈走去。煤油燈照亮那塊桌上的漆布和四周的椅子，室內沒照著的地方仍舊一片昏暗，而卡特琳．柯爾梅里就站在餐具櫥前忙著準備餐具；在這同時，外祖母正在廚房裡將中午吃剩的燉肉雜燴重新加熱；他的大哥則坐在餐桌的一角讀著一本冒險小說。偶爾，也會因最後一刻的急需，他會下樓到姆札布人開設的那家食品雜貨店買包食鹽或者一塊四分之一公斤重的奶油；或者，前去珈比開的那家咖啡店喚回在那兒高談闊論的舅舅。八點鐘，一家人一起共進晚餐；要麼靜悄悄的，要麼就是舅舅講起某個無頭無尾的豔史，弄得

a. 同性戀者的攻擊。

一家人縱聲大笑。不過，無論如何都是絕口不提中學校的事；要麼就只是外祖母問起傑克是否在學校裡拿到好成績，若他回說有，之後便沒有人會再接腔。他的母親從不會問他些什麼的，就只當他說拿到好成績之後，頷首用溫柔的眼神望向他；不過，總是靜靜的且有點兒置身事外的。「坐著吧！我去拿乾乳酪。」她對她的母親說道。然後一直到用完晚餐都靜靜的，最後她站起身來準備收拾餐桌。「去幫你媽媽忙！」外祖母對他說道，因為他正拿起那本故事書《巴達揚》迫不及待地想好好地讀一番。幫完忙回到煤油燈下，將那本內容滿是決鬥和勇氣的大書擱在光滑空無一物的漆布上，在這同時，他的母親則將一把椅子拉出燈光外，冬天裡便坐在窗台旁，夏天時則坐到陽台上；望著川流不息的電車和汽車，以及此刻已經逐漸稀少的行人[a]。此回，還是由外祖母喚他該去睡覺了，因為第二天他五點半就得起床；於是他先上前向外祖母吻頰道晚安，接著吻了舅舅，最後才去吻他的母親。她則回以一個溫柔同時又漫不經心的吻，然後又回復到原先那個一動也不動的姿態；在半明半暗之中，她的凝視失落在街道上；在她座位下，馬路護坡的下方，生命的流程從未停歇地消逝著；她就那樣不停歇地端坐著，而她的兒子則喉嚨咽哽，不停歇地在暗處注視著她，看著她那副佝僂消瘦的背脊；面對著一種他所無法理解的不幸，內心充滿一份莫名的焦慮。

## 雞籠與割喉宰雞

從中學校回家的途中他總會有那份對未知事物和死亡的焦慮，且在日落之際就已塞滿心頭；它會以黑暗快速吞噬光亮和大地那樣的速度出現，還一直會持續到外祖母點燃那盞煤油掛燈為止。她取下那個玻璃罩子並將它置於漆布上，將〔重心〕略微放在腳尖上，大腿靠在餐桌的側緣，身子側向前，扭轉著脖子以便看清楚燈罩下的火燈嘴；一手握起一根調整燈芯的銅起子，另一手拿著一根擦亮的火柴且擦拭著那朵燈芯，直到它停止燜燒並放出光亮姣好的火焰。外祖母於是將玻璃底罩掛回銅檐槽裡，碰到上頭鑿刻的齒緣時還發出輕微的嘶聲，之後，又在餐桌前站個挺直，高高舉起一隻手臂，再次將燈芯調整一番直到光線變成既黃且熱，又均等地照射在餐桌上形成一個圓咚咚的亮圈，並將那婦人和孩子的面龐照得柔和無比，就像漆布上所映射出的那樣；而那孩子就佇立在餐桌的另一頭，觀賞著這場點燈的儀式，且隨著燈光的亮起，心情也慢慢地跟著放鬆開來。

a. 呂西安／14EPS／16擔保。

偶爾，他試著利用驕傲或者虛榮來克服那份相同的焦慮；就是在某個特別的日子裡，外祖母喚他去院子抓隻母雞回來之際。通常它都發生在夜裡；就是像復活節或者耶誕節這類大日子的前夕，或者是在哪個比較富裕的親戚來訪之際，基於禮數，外祖母一方面想讓客人風光些，另一方面想瞞騙一下家中的實際經濟情況。實際上，在他初上中學的那幾年，外祖母便已要求約瑟棻舅舅利用他週日做買賣旅行之際，替她帶回幾隻小雞，並調動歐內斯特舅舅替她在院子裡深處，就在黏糊糊又濕答答的泥土地上蓋一個大雞籠。在那裡頭她飼養了五、六隻家禽，讓她有蛋可吃，不時還可以吃吃牠們的肉。當外祖母頭一回決定宰殺母雞時，一家人都還在餐桌上，於是她便喚孩子裡的老大前去替她抓一隻犧牲品回來。不過，路易[1]卻拒不肯從，乾脆說他害怕。外祖母發出冷笑並叱斥他們這些過慣好日子的孩子；哪像她們當時在偏遠內地的最盡頭，什麼也都不怕！「傑克他最勇敢了，這我很清楚，你就去吧！」坦白說，傑克內心一點兒也不覺得自己最勇敢。不過，既然有人這麼說了就不能退縮，結果由這個頭一夜就由他出馬了！於是，就得摸黑走下樓，再左轉到永遠都黑漆漆的通道，找到院子的門並將它打開。外頭的夜色反而沒通道那麼漆黑，遂還能分辨得出通向院子的那四個既滑且泛綠了的階梯。右側住了理髮師和阿拉伯人兩家人的小房子的百葉窗透出一丁點兒的光亮。眼前，他發現身上有著許多灰白[a]斑點的母雞正伏地而眠，或者停歇在沾滿糞便的橫桿子上。一等走近並碰到這個搖搖晃晃的雞籠，蹲下身子，將手指高舉過頭並伸進鐵籠子裡的大網孔裡；低聲的咯咯叫隨之揚起，伴隨著溫熱又令人作嘔的雞糞氣味。打開貼近地面的小柵門，傾身向前以便伸進手和整隻手臂，卻碰到令人噁心的泥巴地或者髒兮兮的橫桿子，隨即迅速地抽回手。籠子裡便迸出一陣拍翅和踹爪的嘈雜聲，還有雞隻四處亂飛亂竄，害得他怕得難過不已。既然他被認定是最勇敢的，總得要有個交代！然而，雞隻在黑暗中以及在既昏暗又骯髒的角落這樣竄動，令他內心塞滿焦慮，肚皮都為之勒緊。他就等得著，望著頭頂上清澈的夜空，天際掛滿明亮又靜謐的繁星；於是他衝向前一把抓住伸手所及的一根雞腳，將那隻啼叫不休又恐懼萬分的母雞拉到小柵門口，之後，伸出另一隻手握住牠的第二根腳，然後奮力地將牠拉出雞籠外；由於撞擊到門柱，早已扯下一部分的雞毛。而此刻整座雞籠早已發出一整簍既尖銳又發瘋式的咯咯叫聲，以致於那位機警的老阿拉伯人走了出來，就站在一道突然變得清晰的長方形光線裡。「是我呀！塔赫爾先生。」孩子說著，聲音卻為之失真了，「我替外祖母抓一隻雞！」

「喔，是你呀！我還以為是小偷哩！」然後他便走了進去，讓院子又恢復到一片黑暗。傑克拔腿就跑，而手中的雞卻瘋狂地掙扎，結果又將牠給撞上了通道的牆或者是樓梯的欄杆；手掌心感覺到那兩根粗厚、冰冷及長滿了鱗片的雞腳，可說噁

1. a. 變了形的。
傑克的大哥時而叫「亨利」時而叫「路易」。

心又害怕到極點了；接著又加快步伐衝上樓梯平台、衝進家裡的通道，然後以一副勝利者的姿態出現在餐廳門口前。勝利者就這樣披頭散髮地出現在入口處，雙膝因碰到院子裡的鮮苔而沾綠了，雙手盡可能地將母雞提離身體，而面孔因懼怕的關係給弄得慘白。「你瞧！他比你還小，卻讓你丟盡了臉！」外祖母這樣對大哥說道。傑克就等在那兒去膨脹起自己那份理所當然的驕傲，直到外祖母牢牢地用單手提住兩根雞腳；而那隻雞突然靜了下來，像是已明白自己已經落入那雙再也不可能有所改變的手中。他的大哥只一味吃著餐後甜點而沒正眼瞧他，要麼就只是對他做出一個瞧不起的鬼臉，而如此更加增強傑克的滿足感。而這份滿足感也實在持續不久。外祖母很高興能有這麼一位有男子氣概的孫子，便當下邀請他到廚房去觀賞她如何割喉殺雞以做為送給他的獎勵。此時她身上已經繫上一條藍色的大圍裙，那隻手一直提著那兩根雞腳，並在地上放了個白色釉陶的深盤子以及一把細長的廚刀。歐內斯特經常在一塊長條黑色的石頭上磨利這把刀，而讓它看起來就像一把劍那樣，且由於磨損的關係讓它變得又細又利，結果簡直就像一條發亮的絲線一樣。「你就待在那兒。」傑克就站在指定的位置上，亦即廚房的內側；而外祖母則選在廚房的入口，就這樣將母雞和孩子全都堵住了。腰背靠著洗碗槽，（左）肩頂向牆，他恐怖萬分地觀看著那位祭司乾淨俐落的動作。外祖母事實上先將那只盤子推到那盞擱在入口左側那張木桌上的小煤油燈下。將母雞平放在地上，然後跪起她的右膝，卡住雞腳並用兩手壓住牠使其無法掙扎，之後再用左手抓起雞頭，將頭往後拉到盤子的上方。用那把鋒利一如剃刀的廚刀，在大概是男人喉結的位置慢慢地割上一刀；撐開創口的同時扭轉一下雞頭，那把利刃就割進軟骨、劃出一道可怕的聲響。然後緊緊握住雞頭，任它經過一陣恐怖的抽搐，之後雞便動也不動了，而鮮紅的血便一直注入那只白色的盤裡。傑克睜大眼盯著看，兩腿直哆嗦，像是所流出的血就是他的血似的，而牠就這樣被放光了血。「拿起盤子吧。」經歷一段長得不得了的時間後外祖母說道。那隻雞已不再淌血了。盤中血的顏色已經變深了；傑克小心翼翼地將盤子擱放在桌上。外祖母則將那隻全身羽毛早已敗壞不堪的雞扔到盤子旁；那隻雞眼球呆滯，打皺的圓眼皮早已合了下來。傑克看著那具動也不動的軀體，兩根雞爪此刻已握合並軟趴趴地懸在那兒，雞頭頂上的肉冠暗淡且垮了下來；總而言之，就是死了。然後他便走進餐廳[a]。

「我呀！我可不敢去看那些。」那個晚上他的大哥強抑著狂怒對他說道，「真是噁心極了！」

「才不呢！」傑克以一種沒十分把握的語氣回道。路易則用一種敵視且詢問的眼光盯著他看。於是傑克昂首挺胸。他不再焦慮反而顯得更加堅定，對於先前那份因黑暗以及目睹那場令人心驚膽戰的死亡的驚惶，反而表現得更加鎮定異常；只因在當中他找到那份驕傲，僅僅只是驕傲而已——一種想去炫耀勇敢的意願竟然成了

a. 隔天，未煮的母雞氣味從火焰裡傳了出來。

一種勇敢！「你沒膽子！就是這麼一回事！」最後他頂了回去。

「很好！以後就全由傑克到雞籠裡去抓雞哩！」外祖母走進餐廳時說道。

「好吔！好吔！他真夠勇敢！」歐內斯特樂不可支地嚷道。

傑克聽了愣在那兒，望向坐在稍遠處的母親，她正在一顆大木蛋上頭縫補襪子。他母親也回看了並且說著：「是呀！這樣很好，你很勇敢。」然後她便朝街的方向望去。而傑克卻睜大眼盯著她看，一份不幸的感覺就落在他那顆沉重的心頭上。

「去睡吧！」外祖母說道。傑克並未點燃那盞小煤油燈，透著餐廳照進來的微光便更起衣來。然後躺上雙人床的床邊兒上頭，避免去碰著了他的大哥或者去妨礙到他。很快地，他就睡覺了，因疲憊和情緒激動給弄得筋疲力竭，偶爾，被正跨過他想到靠牆那一頭睡的大哥給弄醒，因為他起得比傑克晚些；或者被在黑暗中更衣時撞及衣櫃的母親所吵醒。她輕輕地躺到她的床上，那樣淺淺地睡了，以致於還讓人誤以為她還醒著哩！而傑克偶爾也這樣認定，便想出聲去喚她，心裡又想反正她也聽不見，便使勁克制自己和她一樣保持清醒，一樣悄悄地保持不動，並且不發出任何聲響的；直到睡意整垮他為止，就像睡意早已整垮了經過一整天辛勞清洗和家務的母親那樣。

# 週四與假期

只有當週四和週日，傑克和皮埃爾才又找到他們的世界（當中除某幾個週四傑克得留校——亦即課後繼續將學生留在學校的一種處罰；就是依照總督察處的通知所規定的——傑克在向其母親概要說明內容且提到「處罰」這字眼後請她簽字的通知單——他必須從上午八點到十點留在中學校裡兩個小時，有時因情節嚴重加倍到四小時。他便和其他犯錯的同學一起待在一間特別的教室裡，由一名因被徵召來幹這種根本就沒酬勞的苦差事而通常是憤憤不平的輔導老師所看管[a]。皮埃爾在八年[1]的中學當中從未被留校處罰過。但傑克因太好動又虛榮心過重，只因太愛炫耀而幹下一些蠢事，結果便累積了不少留校的處罰。再者，他怎麼也無法向外祖母說清楚這類的處罰只與操行有關這碼事。她是無法分辨在愚笨和操行不良之間會有何不同。因而，至少在中學的最初幾年，每逢週四被罰留校前週三還得先挨一頓體罰）。

沒有被罰留校的週四以及所有的週日，在上午的時候都是做些跑腿和家務工

a. 在中學裡沒有那種「奪拿得」遊戲，只有互相拳打腳踢。
1. 法國的中學應為七年，即初中四年、高中三年。

作。到了下午皮埃爾和約翰[1]便可以一塊外出。在氣候宜人的夏季裡便可以到沙布雷特海灘去，或者到那一大片寬闊的練兵場去——當中容得下一座粗略標出的足球場地，還有無數個供人玩擲滾球[2]空地。他們便能在那兒踢起足球，最常的方式便是用一顆碎布填製的足球和一群自動湊成隊伍的孩子們一塊玩，當中不論法國籍或阿拉伯籍的皆有。不過，一年到頭除了這個時段外，兩個孩子都會相偕一塊前去庫巴[a]傷兵收容所，因皮埃爾的母親在離開郵局後便轉到這裡擔任起洗衣部的主任。庫巴是一座山丘的地名，位於阿爾及爾市東郊，是一條電車的終點站[b]。實際上，這兒便是阿爾及爾市的盡頭，和暖的撒哈拉鄉村景致便從此地伸展開來；山巒起伏有致、水源十分充沛、草原肥沃到長得出油似的、紅色的田疇令人垂涎不已，相隔一段距離便由高聳的松樹或者蘆竹所形成的籬笆所隔開。遍地有葡萄園地、各式果樹、桿子上掛滿果穗的玉米，而這一切都不需大費周章地去勞動。對於來自城裡以及來自那些濕熱低平街區的人而言，此地的空氣尤其顯得清新可貴，尤其還有助於健康養身。對於那些生長在阿爾及利亞的人來說，一旦稍稍富裕或有了一筆小收入便迫不及待地逃離酷熱的夏季，前往較溫和的法國；因此，只要在任何地方所吸進的空氣稍微稱得上清爽，人們便會將它稱為「法蘭西空氣」，而在庫巴這裡就有所謂的「法蘭西空氣」。傷兵收容所是在戰後為那些傷殘的軍士寄宿而開設的，距電車終點站約莫五分鐘的路程。原址先前是一座修道院，占地極廣，建築物本身極為繁瑣，形成許多側翼，厚牆刷得灰白、有許多覆著頂蓋的遊廊和涼爽的圓拱頂大廳，人們便將它們當成食堂和辦公室使用。皮埃爾的母親馬隆太太所管轄的洗衣部就選在當中的一間大廳裡。大廳內有一股和著熱熨斗和濕衣物的氣味，兩名女工歸她所管，一名為法國籍另一名為阿拉伯籍；而她就在那兒招呼他們倆的到來。她遞給每個人一片麵包和巧克力，然後便將袖子捲上那雙既鮮豔又可愛、有力的手臂：「將它們放在口袋裡，四點鐘時再拿出來吃！現在就去花園裡玩吧！我有工作要忙吔！」

孩子們先在遊廊上和天井裡閒逛，最常的情形是立刻便將那些點心吃掉，以擺脫那塊累贅的麵包和在手指間融化的巧克力。其間他們會碰到一些少了一隻胳臂或斷了一條腿，或坐在腳踏車輪上的小輪椅上的傷殘人士。他們當中並沒有臉部受傷或者眼睛瞎掉的人，只是一些肢體殘障的人；個個皆衣著整齊，經常會掛起一個勳章。他們會細心地捲起外套或襯衫的袖子或長褲的褲管，繞著那隻看不見的殘肢，並用安全別針將它固定住，因而樣子並不可怕，但他們的人數可相當眾多。除了第一天感到驚訝外，孩子們就像發現某個新奇事物那樣去看待他們，並將這種情形視為世界正常的事理。馬隆太太曾向他們解釋過，這些人因為戰爭的緣故而少了一隻胳臂或斷了一條腿；戰爭就是他們世界的一部分，而他們就只會不斷地談論著它；戰爭已如此深刻影

a. 名稱確實為「庫巴」嗎？
b. 一場火災。
1. 此處應指「傑克」。
2. 法國南部及地中海沿岸居民的一種戶外遊戲。置一木製母球，由與賽者拋出鐵球，愈靠近母球者獲勝。

響到他們倆周遭的一切，以致於並不難讓他們理解到在戰爭中是可能少掉一隻胳臂或斷掉一條腿的，甚至也能讓他們倆去認定戰爭乃是生命中的某個時段，而每個人隨時隨地都可能斷手斷腳的！這也就何以這種瘸跛的世界一點兒也不會令這兩個孩子感到憂戚。當中確實有些人竟日沉默寡言且愁容滿面的，不過大部分的人都年輕活潑、笑容可掬，甚至會拿他們的缺陷開玩笑。其中有一位頭髮金黃、方頭大臉、一副身強力壯模樣，經常可以看到他在洗衣部裡外閒逛的寄宿生就曾對著孩子們說：「雖然我只剩下一條腿，但剩下來的那一條卻可以踢到你們的屁股！」然後，將重心放右邊的手杖上，左手扶在遊廊的欄杆上，就這樣豎起並將他那唯一的腿踢向他們。兩個孩子們對著他笑，然後快速拔腿就逃之夭夭。他們倆成了這裡唯一可以用腳奔跑或者使用雙手的人，這點在他們看來乃是極正常的事。只有過那麼一回，傑克因踢足球而扭傷了腿有好幾天都得拖步而行，腦海裡曾浮現過一個念頭，就是當他那樣又蹦又跳地趕搭電車、使勁地踢足球的當會兒，這些週四碰面的傷殘軍士卻一輩子都不可能辦得到！人體機能所具有的神妙現象頓時令人驚訝不已；而在這同時腦海裡卻出現一份他自己也有可能傷殘一輩子的莫名焦慮；之後，他便忘得一乾二淨。

他們*沿著百葉窗半掩的食堂走著，裡頭擺設的大餐桌張張都鋪上鋅皮，在灰暗當中微微發出亮光。然後瞧見廚房裡有許許多多大號的器皿、各式各樣的小鍋子以及有柄的平底鍋，並且從裡頭飄出一股濃濃的肉油燒味。到了最後的那棟側翼，他們發現一些擺了二張或三張床鋪的寢室，床上都鋪上一張灰色的被毯，還有幾具用原木木材製成的衣櫃。之後，他們順著建築物外側的樓梯下到花園裡去。

傷殘軍士收容所的周遭是一個幾乎完全廢棄了的大公園。當中有幾名寄宿生擔任起維護建築物四周的玫瑰花花叢和一些花圃的工作；除此之外，還有一個由乾蘆竹稈製成的大籬笆所圍成的小菜圃。在這兒之外，原先極為壯觀的公園早已任其荒蕪。裡頭有著許多株巨大的尤加利樹、大棕櫚樹、椰子樹，還有一些樹幹龐大無比的橡膠樹[a]，它們靠近地面的枝稈在較遠處扎下許多氣根，因而形成一個既黑暗又神秘的樹幹迷宮。還有一些濃茂又強勁的柏樹、生命力旺盛無比的橘子樹、花朵粉紅及白色且奇大無比的月桂花的花束——它們全都蓋住了那些早已模糊不清的埂道，原先的礫石小徑早已翻成黏土；埂道的兩側被一團團散發著香氣的山梅花、茉莉、鐵線蓮、西番蓮和金銀花叢所侵占而它們自身的根部周圍也布滿了一片茂盛的苜蓿、酢漿草和一些野草。漫步在這個香氣四溢的叢林當中；在裡頭匍匐前行，將身子藏匿在高過頭頂的草堆裡，出來時雙腿刮痕累累，而臉上沾滿滴滴水珠，這簡直就是一場欣喜至極的事！

不過，製造那些恐怖的毒藥也占去了大半的下午時間。在平張背靠著長滿野葡萄蔓藤的牆的長石板條下方，兩名孩子在那兒堆放了一整套的配備；有裝阿斯匹靈藥片的管子、裝藥的瓶子、舊的墨水瓶、各種餐具的碎片以及有缺口的杯子等等，

a. 還有其他的大樹。
* 孩子們

他們便用這裡來做成實驗室。兩人就躲在這公園最隱蔽且不為人所瞧見的地方製造起那些神秘的迷幻毒藥。這些毒劑的主要成份為夾竹桃，理由至為簡單，因為他們倆經常在周遭聽說過夾竹桃的樹蔭底下極為不祥，那些不夠謹慎的人如果睡到它們的樹底下，便再怎麼也醒不過來。等到了適宜的季節，他們會用兩塊石頭將夾竹桃的葉子和花朵很花工夫地搗成一團邪惡（不乾淨）的漿狀；只稍將它瞧上一眼就足以構成一場恐怖的死亡。然後將這團糍糊置於空氣中，立刻就能出現幾道極其嚇人的彩虹色彩。在這同時，其中的一名孩子便會跑去裝滿一瓶子的水。接下來便是將柏樹的毬果搗碎。基於松樹乃是墓園裡的植木這項不十分確定的理由，孩子們便確信它們必定會有不良的影響。不過，果子卻是樹上現摘的，而不用地上那些乾掉且硬了的果子，因為乾燥過後的毬果會出現一種令人惱火的健康外觀[a]。接著便將這兩團糍糊混攪在一起，並用水加以稀釋，再用一條髒手帕將它濾過。之後便得出了一種教人惶恐不安的綠汁，孩子們如此小心翼翼地端起它，還直讓人信以為真的就是某種致命的劇毒！然後又那樣小心謹慎地將它倒進裝阿斯匹靈藥片的管子，或者藥瓶子裡去，之後便用蓋子塞住以避免去碰到液汁。如果還有剩餘的液汁，便和其他所能收集的漿果搗成的糍糊一塊攪拌，以便取下一系列愈來愈濃烈的毒液。接著便小心翼翼地編號，並將它們排列在長石板條下，然後再等上個把星期，好讓這些液汁發酵，變成必定會致人於死的毒劑。等這些陰險的工作大功告成後，傑克和皮埃爾會出神地凝視著這些嚇人的瓶罐，並且還陶陶然地嗅起從沾了綠色糍糊團的石頭上飄散開來那股既澀且酸的氣味。這些毒藥並非針對哪一個人而製造的；這兩位化學家估算著，它們能致多少人於死地，甚至一派樂觀地以為他們已經製造了足以殺光整個城市的份量！他們也從未想去利用這些神奇的毒藥來幹掉哪位令他們討厭的同學或者老師。實際上，他們從未憎恨過任何人，如此反而在他們長大成年後、以及在他們必須去生活其間的社會當中平添許多困擾。

不過，起風的日子才算是他們真正的大日子。收容所建築面向公園的這一邊，其末端先前為一座平台；在這一大片水泥地並鋪上紅磚的邊緣的石材欄杆已經淹沒在雜草堆中。從平台的三個側邊便可以俯視整個公園，在公園的另一端有個細谷，隔開庫巴山丘和撒哈拉其中的一塊高原。這片平台的朝向就是當吹起東風的時候——阿爾及利亞的東風一向強勁無比——就會直接從它的上頭橫掃而過。碰上這樣的日子，孩子們便會衝向最近的一株棕櫚樹，在它的底下總會橫躺著許多乾枯的長棕櫚葉。他們倆先刮掉底部葉柄上的針刺，以便能用雙手將它握住。然後，拖著棕櫚葉跑向平台。此時風發狂式地吹著，吹得大尤加利樹瘋狂地搖擺樹梢上的枝椏，也吹得那些棕櫚樹披頭散髮似的，並將那些橡膠樹上油亮的大葉子吹撞得發出沙沙的捏紙聲響。他們就爬上平台，豎起棕櫚葉，然後背向著風。孩子們便用雙手緊拉住那片枯乾、並發出嘎吱嘎吱聲響的葉片；並用身體部分擋住它，接著便突然轉過身子。頓時之間棕櫚葉便

a. 重新依年代排列。

貼住身體，他們吸著葉片上沾有的灰塵和青草氣味。遊戲的辦法就是頂著風前進，並將葉片升得愈來愈高，獲勝的一方就是手中的葉片在不被強風吹走下先行衝抵平台的另一端，以及能夠將豎起的葉片用手臂撐開站立的人。於是，他整個人的重心就由踏向前的一隻腳所支撐著，然後以勝利者的姿態奮力搏鬥，盡可能持久地對抗那股凌厲的劇風。那樣佇立在這公園以及在這片眾樹翻騰的高原當中，在大塊雲朵快速流竄的天空底下，傑克感受到強風就從整片地區的盡頭吹襲過來，貫進棕櫚葉稈和他的手臂，將一股力量和狂喜塞滿他的體內，令他不停地放聲長嘯，直到整個手臂和肩膀痛得再也承受不了。最後，他終於放開棕櫚葉片，狂風一下子便將它席捲而走，並一塊帶走他的吶喊。到了夜晚躺在床上，早已累到極點，房間裡靜靜的，母親則淺淺地睡著；他卻依然在身上聽得見那股會令他愛上一輩子嘯吼、狂飆的強風向他吼來。

週四[a]也是傑克和皮埃爾前去市立圖書館的日子。不論在任何時間，傑克皆會貪婪地閱讀落到他手中的書籍，並且就以他在生活、玩耍以及幻夢的那種同等的渴望程度去讀著它們。由於浸在閱讀當中能讓他逃避並躲進一個天真無邪的世界裡，在那裡富有和貧窮一樣能引發興趣，因為兩者徹頭徹尾的不實在。那一系列用白報紙印製的大畫冊《安特雷星特》——亦即他和同學之間不斷傳閱直到紙板書殼表面都灰掉且粗糙不堪，內頁的紙張都折起角且扯破——便是最早令他沉湎在喜劇與英勇世界的書。當中兩項他所想要的基本渴望：歡樂與勇氣皆能獲致滿足。如果我們從他們倆對武俠小說[1]那種教人難以置信的閱讀量，以及輕易地便將《巴達揚》故事書裡的人物反映到日常生活的情形看，便不難發現這兩個孩子對於英雄氣概與威風神氣的嗜好有多麼的高。他們倆最崇拜的作者便是米歇爾．塞瓦科[2]，以及那些帶有短劍和毒藥背景的文藝復興時期的小說——尤其是在義大利——那些位在羅馬和佛羅倫斯的寶殿、國王以及教宗的豪華排場，便是這兩位貴族最心儀的國度。偶爾，我們也能瞧見他們兩位就在皮埃爾家那條黃土飛揚的街道上，各自將用（　）[3]做成的漆亮亮長尺拔出鞘，相互投下決鬥書；然後就在垃圾箱堆裡瘋狂地決鬥的情形，之後，便會在他們的手指上久久地留下許多傷痕[b]。此時此刻，他們是不可能碰到其他的書種的，因為在他們所住的街區裡本就鮮少有人會去讀書，再者，在很罕有的情況下，他們也只能在書店裡買到那些大肆陳列出的通俗書籍而已。

不過，就在他們進中學就讀沒多久，在這個街區便蓋起了一間市立圖書館；它就在傑克住的那條街與開始變得比較雅致的高地街區的中途——這些街區皆是有著小花園環繞的別墅，裡頭種滿了各式各樣香氣四溢的樹種，它們就在阿爾及爾這片濕熱的斜坡地上生氣勃勃地生長著。被這些別墅所團團圍繞的便是聖多迪勒寄宿學

a. 將他們倆與他們的生活圈隔開。
b. 將他們爭相想當達塔尼昂或者帕斯普瓦勒，而盡可能不去扮演為阿拉米斯、阿索斯或者波爾托斯。其中除帕斯普瓦勒為保羅．費瓦勒（Paul Feval, 1817-1887）著名作品《駝子》（Le Bossu）的男主角外，其餘四人皆為大仲馬（A. Dumas, 1802-1870）著名作品《三劍客》（Les Trois Mousquetaires）的主角。

1. Roman de cape et d'epee，並非全然是當前中文世界裡「武俠小說」的意思，而是指一些以武力伸張正義的騎士英雄事項。
2. Michel Z'evaco（1860-1918），生於科西嘉島，法國著名「武俠小說」作家，《巴達揚》即為其代表作品。
3. 有一個字無法辨識。

校的大校區；這是一所只收女生的教會寄宿學校。就是在這個距離他們家如此近又如此遙遠的街區，傑克和皮埃爾才有過那種最深刻的情感。（不過尚未到該去談它的時候，當然也必定會談到它的！）這兩個世界（其中一個塵土飛揚，未曾植下任何一棵樹，所有的空地皆供住民使用，以及被庇護他們的石塊所占用；另一個有著繁盛的花花樹樹，帶給這世界一種真正的豪華貴氣）之間是由一條相當寬大的馬路所標出，兩側的人行道種了許多極為壯觀的法國梧桐樹。馬路的一邊沿路坐落著許多別墅，對邊則是一些廉價的小住所。而市立圖書館就蓋在這個交界地帶上。

圖書館每週開放三次：週四、下班後的時間以及週四的上午。一名長得十分不討人喜歡，卻願意奉獻出幾個小時時間的年輕女教員就坐在一張偌大的原木長桌後方，並且負起出借書籍的工作。館內為一方正格局，牆面均被原木書架和黑色平紋布的精裝書所遮掩。另外也放了一張小桌子，四周配上幾把椅子，拿來供人迅速翻閱字典之用；因為此地只是一間專事書籍出借的圖書館。裡頭也擺了一個卡片櫃子，不過傑克和皮埃爾卻從未去使用過。他們倆的方法是在書架前四處瀏覽，然後再選一本喜歡的書名——卻很少依作者去選書；之後便記下它的編號，並填在一張要求借閱的藍色卡片上。若想申請借閱，只須帶有家裡支付房租的收據和繳上一筆小小的使用費即可。館方便會發給一張折疊式的借書證；將所借閱的書名填在上頭，同時，也會填進由那名年輕女教員掌理的登記簿裡。

館內的藏書以小說類為主，不過當中許多都是禁止未滿十五歲的孩子借閱，並且是另外陳列在一旁。這兩個孩子從留在書架上的書堆裡全憑直覺選書的方法，實在很難會作出什麼好選擇。不過，這種全憑機運的方式對於文化底事並非是很不好的事。就這樣不分青紅皂白有書就看，結果，這兩個視書如命的傢伙便同時看了最好的以及最差的書；全然不去介意到頭來將什麼也記不住，而事實就是他們可說幾乎沒記得住什麼。當中只會有一種奇特又強大無比的情感，它在經過幾個月幾年之後會在他們身上出現，並擴充成為一個滿是形象且渾然與他們日常生活的實際情形不相符的記憶世界裡。不過，對這兩個熱愛生命的孩童而言，生活在現實中和夢幻中是一樣牽魂動魄的事[a][b]。

實際上，這些書本的內容如何並不太重要。重要的是在他們踏進這座圖書館時所先感受到的種種；在那裡他們所看到的不只是一排排黑色書背的書牆，而是層層綿延不斷的空間和視野；而一等他們踏進門檻的當會兒，便將他們倆從狹窄的街區生活給拉離開來。之後，當他們各自借出准予外借的兩本書，將它們緊緊地夾在手肘與腰脅之間，一溜煙地溜進此刻已轉為昏暗的大馬路，用腳踩碎掉落在地上高大法國梧桐樹的球果，心裡欣然地盤算著可能從這兩本書裡擷取到的種種，並將它們和上週看過的書本來作比較；直到踏上那條主要的街道，在頭一盞照明不甚清楚的路燈底下，便翻起書本，試著從中揀個幾句來看（譬如：「這個人有著某種超凡過

a.「基耶」（Quillet）字典的紙張，印刷刻版的氣味。
b. 小姐，請問傑克．倫敦的作品好不好？

人的精力……」），如此便更加教他們沉醉在歡愉和渴望的期待之中。他們倆迅速告別，衝進家裡的餐廳，在煤油燈的照明下將書本攤在漆布上。一股濃烈的膠水氣味就從那裝訂得十分粗糙的書裡飄溢出來，同時還因此挫傷了手指頭。

書籍印製的方式便已告知了讀者所能從中獲致的樂趣。皮埃爾和傑克並不喜歡那些留有寬緣的大開本書籍——而這正是一般講究的作者和讀者所樂於採用的；相反地，是那種一整頁都密密麻麻放滿一行行小字體的版本，整個頁緣都會塞滿了字句的那種；就像一大盤鄉間風味的菜餚，可以讓人吃得多又吃得久，而怎麼也不會吃光的那種，因為只有這樣才能滿足那些胃口奇大無比的人。跟他們談論什麼精緻講究是沒什麼用的；他們什麼也不懂，就只巴望去知道一切。書本寫得好不好、編排得粗糙不粗糙他們是很少去介意。只要寫得夠清楚且通篇都是暴戾生活的描述即可。這些書——且就只有這類的書——才能填滿他們的幻想，之後，也才能讓他們睡得沉穩。

此外，每本書依著印製紙張的不同而有各自特別的氣味；在任何情況下它們都很好聞且奧妙無比。而這種氣味來得那麼獨特，以致於傑克在蒙住眼睛的情況下，都能辨出那是一本由法斯凱勒公司所出版「尼爾松叢書」[1]現行本中的書。甚至就在尚未開始閱讀之際，書本各自的氣味便已令他陶陶然地沉湎在另一個充滿已能（兌現）希望的世界裡；並令他所處的房間開始轉為昏暗，也開始遮住了街區本身以及它的聲響、整座城市，以及整個世界。而一旦他開始以一種瘋狂且激昂的渴望看起書來，這一切均將徹底地消逝殆盡，最後還讓這孩子陷入到一種狂喜的境界裡，以致於那些連續不斷發出的命令都無法將他喚回[a]。「傑克，去將餐具擺好！我這已經叫你第三次哩！」最後他還是去將餐具擺上；但卻像個讀書給弄得上了癮頭似的，兩眼失了神，缺了光彩，且神情還有點兒驚慌失措。又像從未中斷閱讀那樣，又捧起了書本。「傑克，你吃呀！」他終於把食物吃下，雖然肚子是餵得夠飽了，但與書籍中找到的糧食相比就顯得較不滋養較不耐咀嚼！之後，他將餐桌清理乾淨，又重新拾回書本。偶爾，母親在前去她的角落前會走近他。「這是圖書館的？」她問道。這個從她兒子嘴裡聽來、對她而言毫無意義的字，她老是給唸錯。不過，她卻可以從書的封面認得出[b]。「是的。」傑克頭也沒抬地便回答道。卡特琳・柯爾梅里將頭探到他一邊的肩膀上。望著燈光下那兩片長方形，上頭的行句排列整齊勻稱；她也聞起書本的氣味，且偶爾也會用她那被洗滌水弄成僵硬且起皺的手指頭去翻閱一下書頁——像是想進一步弄清書本為何物，並湊近去看那些她根本無從理解的、神秘的符號。而她的兒子卻經常會花上好幾個小時從中找到一個她無從知道的生活，而俟他再回復之際，卻會出現一種把她視為某個陌生人的眼神望著她。一隻變了形的手溫柔地輕撫著這孩子的頭，但他卻沒做反應。她嘆了口氣，之後，離他遠

a. 加以發揮。
b. 有人請歐內斯特舅舅替他做了一個厚木木材的小書桌。
1. Collection Nelson，為一系列古典作品的套書。

遠地坐了下來。「傑克，去睡覺吧！」外祖母再重複一次她的命令。「明天你可要遲到了！」傑克站起身，準備好明天要上課的書包，但卻沒擱下一直夾在腋窩下的那本書；然後，像個醉鬼那樣，將書本塞進長條枕頭底下後，便呼呼大睡了起來。

因此，有好幾年的時間裡傑克的生活是分為兩個極不相等的世界，而他卻怎麼也無法將它們彼此結合在一起。其中有十二個小時是隨著擊鼓聲待在孩童和老師的世界，以及嬉戲與學習之中。另外白天尚有二至三個小時是在老街區的家中，和母親在一塊；但除了在那個貧窮的夢境裡外，他並未真正和她待在一起。雖說他最早的生活實際上就在這個街區，然而他的現實生活乃至未來都是待在中學校的。因而，從某個角度看，這個街區長久以來便一直與夜晚、睡覺和作夢混攪在一起。那麼這一街區是否存在？以及等哪一夜這孩子不再有所感知了，它不也就形同沙漠那樣了嗎？他曾經有過跌倒在水泥地上……不管怎麼說，在中學校時他從未跟任何人談起他的母親和家人。在家的時候他也從未跟任何家人提過中學校的事。在他唸中學的這幾年，一直到通過高中會考離開同學和老師，他們當中卻誰也沒來過他家。同樣地，母親和外祖母她們倆也從未去過學校；當中只有每年七月初頒發獎項時才會去上一趟。是的，她們倆就在這一天和一群一身盛裝打扮的家長和學生一塊從大禮門踏了進去。卡特琳·柯爾梅里頭戴一頂配上褐色珠羅紗網和一串蠟質葡萄飾物的帽子，腳上穿了她唯一僅有的那雙半高跟的鞋子。傑克則穿著一件開領的白襯衫，先是搭配一條短褲，後來又換成長褲，不過，這些都在前夜由母親細心熨過。然後，約在下午一點鐘左右並排地走在這兩名婦人的中央，親自帶領著她們走向紅線電車；將她們倆安頓在火車頭這節車廂的軟墊長椅上，自己則站到前頭去。透過玻璃隔窗望著他的母親，她則不時報以微笑，且一路上都在調整頭頂上帽子的角度、腳上長襪上的垂襬，或者掛在胸前那條末端有著聖母瑪利亞塑像的黃金牌子細小項鍊的位置。來到總督府廣場，便展開這段一年才會與這兩名婦人一塊走上一次、沿著整條巴卜・阿組街的路程。傑克聞起母親身上那股〔蘭珀羅牌〕的香水氣味——碰上這類的場合她便會大肆地滴灑一番。外祖母則挺直腰桿，神氣活現地踏步走。聽到她的女兒抱怨腳疼，還一邊斥責她（「妳這把年紀還敢穿這種小鞋！現在該學到教訓了吧！」）。而此刻傑克則不停地向她們倆介紹沿街的商店和老闆——這些在他的生命中皆占了極重要的地位。中學校的大禮門敞得大開，宏偉的大樓梯的兩側從上而下裝飾著許許多多的盆景；早到的家長和學生們已經開始拾階而上。柯爾梅里一家人必定是那種大清早就會到的人，因為窮苦人家本就少有應酬和享樂之類的事，因此也就特別擔憂會來遲了[a]。他們一行來到高年級教室那頭的院子，裡頭已經擺好了一排排從一家演藝公司租來的椅子。在靠裡邊的那一頭，在一座大鐘的下方，橫著院子的寬度搭成了一個禮台，上頭放了許多有扶手的座椅和椅子；也同樣慎重其事地擺滿了花花草草。院子慢慢擠滿一群衣著光鮮的人士，當中大部分為女士。早到的人還在樹下有遮蔭的位子，其餘的人則搖動手中的扇子，

a. 而對於那些沒被命運之神妥備分配得到的人們，大可不必在內心深處自覺咎由自取，而且他們也認為，不要因為一些小小的缺乏而額外加重這種全面的罪惡感。

這些扇子是由細草編織而成，邊緣還綴了一些紅色的毛絨球。在會場人士的上方，天際上的藍天聚成一團，且在酷熱的烘烤下變得愈來愈令人難以忍受。

到了兩點鐘的時候，在上頭走廊瞧不見的地方一組軍樂隊奏起國歌〈馬賽曲〉，在場的人士全都肅立，學校裡的老師頭戴方帽，身穿長袍——依其學科專長而用了不同顏色的布料——列隊走了進來。為首的是校長以及一位今年輪值的官方人物（通常是殖民地總督府的高級官員）。之後，又奏出另一曲軍隊進行曲，讓老師們一一就座，那位官方人物隨即上台演講，提出他對法國整體的看法，以及當中特別關係到教育方面的事。卡特琳・柯爾梅里仔細聽著，卻沒聽得見，不過始終都未露出不耐和厭煩之情。外祖母倒是聽得見，卻沒聽懂多少。「他說得不錯！」她對她的女兒說道。而女兒則回應她一個堅信不移的表情。如此便讓她有了十足的勇氣去顧盼一下坐在左側的男士和女士，並對著他們微笑，還一邊點著頭來肯定方才她所表達出的意見。頭一年，傑克便發現外祖母是當中唯一披有一條西班牙老婦人慣用的那種黑色連披肩的頭巾的人，他還因此覺得很不自在。但說實在的，這種不必要的羞恥心卻一直留在他的心頭；不過，當他畏畏縮縮地試著向她談起帽子的事，而她卻回說：她可沒別的閒錢好丟，況且這條頭巾還可以讓她的耳朵暖和些。為此，傑克心裡也就明白他是怎麼也無能為力的。不過，當她在領獎過程中與鄰座交談之際，可就讓傑克感到自己既粗鄙又面赧萬分。緊跟著官方人物之後，一位最年輕的老師便站起身——通常他是在這一年才從法國本土來到此地，且按慣例都會由這麼一個人來擔任宣讀正式演講的任務。整場演講的長度在半個小時至一個小時之間，而這位年輕的教員倒也沒錯過在演講裡頭穿插許許多多文化層面的引喻，以及人文學者那種含蓄微妙的表達。結果，這場演講便怎麼也不能讓這群阿爾及利亞生長的民眾聽出什麼名堂！外加酷熱的煎熬，注意力也就減弱，扇子也搧得更加帶勁。甚至連外祖母也顯得厭倦不堪，將眼睛瞟向他處。獨獨只有卡特琳・柯爾梅里依舊目不轉睛，聚精會神地聽著；承接下如驟雨擊來、陣陣不停飄落*在他身上的淵博學識與聰明才智。至於傑克則跺起了腳，用眼光尋找皮埃爾以及其他同學，還使用一些不引人注意的手勢來引發對方的注意；然後彼此展開一場利用扮鬼臉來的長篇對話。熱烈的掌聲感謝這位大演說家終於肯就此下台一鞠躬；接便開始唱名傳喚得獎的同學。先從高年級的班上喚起，結果，在最初的幾年，這兩位婦人就得耗上一整個下午等候著司儀唱到傑克他們這一班。只有獲得「優異獎」的同學才會受到那支不知藏身何處的軍樂隊的禮讚。越來越年輕的得獎者魚貫出現，他們站起身，沿著院子走向禮台，受到那位官人的握手歡迎並附上幾句稱許的話兒，然後由校長致贈一包書籍（一位辦事員比得獎者稍早率先走到禮台下——有好幾個堆滿書籍的滾動貨箱就放在那兒——校長從他手中接過一包書籍）。之後，得獎者在音樂和陣陣鼓掌聲中走了下來；滿面春風，手臂下夾著那包書，睜大眼睛四處張望尋找

* 滑落

他們正拭著淚水、樂不可支的父母。天空已變得不那麼藍，熱氣已被海面上某個見不著痕跡的裂口給弄得稍微減緩了些。得獎者就這樣上上下下的，軍樂也是一首接過一首，院子也漸漸空曠了起來。而此時天空也開始泛綠，最後，終於輪到傑克這一班。一等唱到他們班的名字，他隨即停止扮鬼臉並露出一副嚴肅的表情。聽到有人唱到他的名字，他立即站起身，滿腦子嗡嗡作響。僅僅在身後聽到母親因聽不見而問起外祖母：「他叫了柯爾梅里嗎？」

「是的！」外祖母回道，因激動而滿臉脹成粉紅。就這樣走過水泥地、禮台，見到那位官人的背心和掛錶上的鏈子、校長笑容可掬的笑靨，偶爾還有夾在禮台人群當中的一位老師望向他的友善眼神；然後在音樂聲中朝那兩位婦人走去。她們倆早已站了起來，母親驚喜萬分地望著他，他便把那包厚厚的獎品遞給她看管；外祖母則用眼神邀鄰座的人來作證——這樣的過程在經歷了先前那段長得不得了的下午之後，便顯得特別的短促。之後，傑克便急急忙忙地趕回家，去打開校長致贈的那包書[a]。

通常，他們和皮埃爾和他的母親[b]一塊回來，而外祖母便會默默地比較兩包書堆的高度。回到家後，傑克便先拿起那包獎品，且在外祖母的要求下將每本書都折出了個角並寫上他的姓名，好讓她拿出去向左鄰右舍及親朋好友炫燿。接著，他便清點起寶藏。尚未完成之際便見到母親已經換下外出服，腳穿拖鞋，一邊扣著那件亞麻布罩衫，一邊還拉了一張椅子走向窗口。她對他微笑說道：「你很用功！」並且點著頭望著他。他也看向她，並且就等在那兒，但卻不明白為何要如此；之後她將頭轉向街的那一頭，出現一個他十分熟悉的姿態。此時，離學校已遠矣，還需要等上一年才能再見得到；街道*上的路燈點亮了幾盞，走在上頭的路人他們的面孔卻都看不清。

但，就算母親就此永遠地離開了沒瞥上幾眼的中學校，傑克卻發現自己可就直截了當地回到這個他再也踏不出去的家和街區。

放假的時候——至少在最初的幾年——也將傑克拉回到他的家。他們家裡從沒有人有過休假，男人們一整年都得不停歇地工作。只有在工作時出了意外——當他們受雇於人時，雇主會替他們投下這種保險——才容許他們不用上工，而他們的休假就在醫院裡或者醫生那兒度過。以歐內斯特舅舅為例，在某個時候他感覺自己筋疲力竭時，便會——就如他所說的——「自己保自己的險」，也就是自己心甘情願地用刨刀從手掌切下一塊厚厚的肉片。至於女人家們，卡特琳．柯爾梅里也一樣，她們也同樣不停歇地工作著。理由至為簡單：休息對全家人而言就是得吃起較粗淡的餐點。至於什麼也沒得保的失業便是最令他們畏懼的災難。這就可以解釋為何這些每天都活在日常生活之中的工人，不管是皮埃爾的家人或傑克家裡的人，他們同時也是各類人當中最為寬容的人，但在就業問題上反而經常是排斥外人的；他們依序指責義大利人、西班牙人、猶太人、阿拉伯人，最後甚至還怪起整塊大地奪去了

a.《海上勞工》〔譯註〕：雨果（V. Hugo, 1802-1885）的作品（1866），歌頌人類與大自然搏鬥所表現的意志與智慧。
b. 她從未見過中學校，也沒見過日常生活的一切。她參加過一場專為家長安排的表演。中學校並非如此，而是……
* 人行道

他們的工作——這種態度對於那些鑽研無產階級理論的讀書人來說，的確很令他們感到困惑不解；然而，卻極合乎人情且頗值得寬恕的反應。這些沒被預期到會成為民族主義者的人，他們與其他各民族的工人所爭奪的不是什麼對世界的支配問題，或者財富與空間的特權問題，而是奴役的問題，工作在這個街區不是什麼美德不美德的，而是那種為了生存——但終究還是會一死了之——的一項必需品。

總之，阿爾及利亞的夏季可說十分難熬的，結果便有那一艘艘超載的船隻，將那些想利用一下清涼的「法蘭西空氣」調養生息的公務人員以及富裕人家給送走（等他們再回來時，則帶回了許許多多有關綠油油的草原、那種八月天裡河水潺潺流個不停，充滿傳奇又教人難以置信的描述）。而對於那些住在貧窮街區的人而言，他們的生活嚴格說來並沒有多大變化，不像城中的那幾區那樣，人幾乎走掉了一大半；相反地，因為見到孩子們大批湧現街頭，反而覺得人口頓時多了許多[a]。

在乾燥的街道上遊蕩，拖著一雙破了洞的草鞋，穿著破舊的短褲以及一件圓領棉衫，對皮埃爾和傑克而言，假期乍開始便就是酷熱。雨最遲到四月或五月便停了。在之後的幾週以及幾個月內，陽光愈來愈固著不動，曬軟又曬乾了一切；接著，天又將一堵堵牆烘得火熱，並將牆上的塗層、石塊以及屋瓦曬成細細的塵埃。然後，隨著偶起的風飄揚，覆蓋住街道、商店的櫥窗以及所有的樹葉。於是在七月天裡，整個街區便像一座既灰且黃[b]的迷宮那樣；大白天空無一人，家家戶戶的百葉窗都小心翼翼緊緊拉下。炙陽就這樣兇暴地統御著這個街區，並將貓狗熱得癱在屋舍的門檻上，迫使所有的生物皆得緊貼著牆走，以避開它的曝曬。到了八月天，太陽便躲到熱騰騰又濕又悶、灰茫茫天際裡那團厚厚麻絮的後方，並放出漫射、灰白且刺眼的光線；然而它也抹熄了街道上最後的那股熱氣。在製桶廠那頭，錘子敲擊的聲音變得更加有氣無力，工人們會中斷手邊的工作，跑去抽水幫浦那頭[c]，將整個頭以及淌滿汗水的上半身浸到清涼的湧水裡頭。在屋子裡，那些水瓶以及葡萄酒瓶——這是罕見的情形——皆用沾濕的布給裹了起來。傑克的外祖母光著腳在有遮蔭的房間裡來來往往；身上一襲單薄的襯衫，機械式地搖動那把草扇。早上做些活兒，拉傑克上床睡午覺，然後等待夜晚頭一道涼風吹起才又做起活兒來。在接下來的幾星期內，夏天和受其主宰的一切皆在這種沉悶、潮濕且酷熱的天空底下步履艱難地行進著；直到不再記得有過冬天那種清涼和那種水*，活像這世界從未有過風呀、雪呀，以及輕淡的水似的；以及直到以為打從開天闢地以來，到九月以前，這裡只不過是一個乾涸且熱過頭的凹陷地帶的大礦區而已。在那上頭，所有的生物皆得慢吞吞地活動著，神情驚惶失措、目光呆滯，個個身上皆布滿塵埃和汗珠兒的。然後，突然間整個天際為之攣縮了起來，直到在極度的壓力下裂為兩開。九月

a. 置於前頭：玩具、旋轉木馬、實用的禮物。
b. 狂野的。
c. 沙布雷特海灘？或者其他夏日裡的活兒。
* 雨

天裡的第一場暴雨就這樣落了下來，下得那麼豐沛，因而淹沒了整座城市。街區裡所有的道路皆閃閃發亮，榕樹上油亮的葉子、電車的電纜以及鐵軌也都一樣。從俯視整座城市的上方，一股從大老遠田野飄來濕潤土壤的氣味，給困坐在酷夏的人們帶來一份開敞且自由的訊息。於是，孩子們皆衝到街上，一身單薄的衣服在雨中奔跑著，歡天喜地地踩在街上沸騰的大溪流上；團團圍住好幾個大水坑，肩並肩，臉上滿是呼喊和笑聲。個個臉兒朝上去承接那下個不停的雨水，一板一眼地踩踏著新一季的葡萄那樣，讓它濺起比葡萄酒還教人陶醉的污水。

是呀！酷熱實在令人受不了！常常令眾人都為之瘋狂；一天比起一天還煩躁，軟弱無力，也沒勁兒去反抗、叫嚷、辱罵，或者毆打的。而這種神經緊繃的情緒就像熱氣一樣累積著，直到在那個四處皆同等狂野又悲哀的街區，它爆發了開來——就像那一天，在里昂街上，在阿拉伯區街區的邊緣，稱之為「馬哈布」[1]，由紅土山丘所圍成的墓園的四周，傑克瞧見一名阿拉伯人從一家由摩爾人開設布滿灰塵的理髮店裡走出。一身藍色衣服，頭髮剃得精光，在人行道上以一種怪異的姿態朝向他走了幾步；身體向前傾，那顆頭卻奇怪地停留在那麼後頭。而事實上，這真是不可思議。那名理髮師在替他剃鬍子時發瘋了，在客人伸長喉頭之際，在那上頭給劃上一刀；而這名客人在溫熱的刀鋒下並未感到異樣，湧出的鮮血卻將他給窒息了。結果，他衝了出來，像一隻被割歪了喉頭的鴨子那樣奔跑著。而在這同時，理髮師立即被其他的客人所制伏，拚死命地號叫——就像這種無止境的炙熱那樣。

從天而降的傾盆暴雨洗淨了夏日沾滿塵埃的街樹、屋瓦、牆垣以及街道。混濁的污水一下子便填滿溪流，在下水道口發出猛烈的咕嚕咕嚕聲，且每年幾乎都會自行沖掘出排水道來，並且還淹過了路面；在汽車和電車前飛濺，形成兩大片黃色流線型的羽翼。沙灘及港口的海水自身也變得混濁不清。隨後乍現的陽光讓屋舍、街道，乃至整座城市都冒出了熱氣。酷陽可能再度回頭，卻再也不能統御一切。天際也比較開朗，呼吸也轉為舒暢些，之後，在層層濃密的陽光後頭，空氣中出現某種跳動，落雨即將降臨預報了秋天的到來，也提醒學校開學在即[a]。「夏天太長了。」外祖母說道，她同樣寬慰地嘆了一口氣來歡迎秋雨的到來，以及傑克的離去。在一整天都酷熱無比、百葉窗閉得緊緊的屋內，那樣閒得發慌的踏步聲更加令她煩躁不已。

她實在不明白為何一年當中得特別規定一段時間卻啥事也不做。「我呀！我可沒有過什麼假期的。」她說道。這倒是一點也不假，她從不識學校以及休閒為何物。她從小就得幹活兒，且從不鬆懈。為了期待會有更大的回報，她接受了小孫子可以不必替家裡掙錢這個事實。不過，打從暑假的第一天，她便反覆思索起白白損失掉這三個月。結果，一等傑克唸到初四[2]那年，她便認定是到了該替傑克在假期裡找份工作的時刻。「今年你得去做工喲！」在學期末她便對他說道，「這麼一來你

a. 在中學校裡——訂閱卡——《每月新招》得意洋洋地回答：「訂了。」且查驗的結果獲勝。
1. Marabout，伊斯蘭教隱士的墳墓。
2. 原文為「第三級」，亦即初中的第四年。

便可以替家裡掙點兒錢回來。你總不能老是終日無所事事呀[a]！」事實上，傑克反而覺得他的事兒可多著哩！包括到海水浴場泡澡、去庫巴探險旅行、做運動、在貝勒古爾區的街上四處遊蕩，讀畫冊、通俗小說、韋爾莫的歷表以及聖德田兵工廠出版的一系列內容無窮無盡的產品目錄[b]。此外，還不包括替家裡跑腿以及外祖母命他去做的許多零星雜活兒。不過，這些在她看來可說啥事也沒幹，因為這孩子壓根兒就沒掙錢回家，而且也沒像學期中那樣用功讀書。結果，這種白白無償的情況，就像地獄的火焰那樣特別引發她的注意。為此，最簡單的方法就是替他找一份工來做！

事實上，那可不是一件容易的事。一些報紙的分類小廣告欄裡當然是可以找到徵求小夥計或者當差跑腿的徵聘廣告。並且就由那位賣乳製品的貝爾托太太讀給外祖母聽。她的乳品店就位在理髮店的隔壁，店裡頭彌漫著一股乳品氣味（這對於習慣於油品的嗅覺以及味覺的人便很不適應）。不過，雇主們總是言明應徵者須至少年滿十五歲；而傑克才不過十三歲，塊頭又不夠大，這樣虛報年齡，如果不夠寡廉鮮恥的話實在也很難辦得到。此外，求才的老闆總是期盼能雇用到一位能以他們店裡的業務為業的人。最初幾回當外祖母（還是像在重要外出時那樣一副可笑的披掛，同時還外加那條怪異的頭巾）帶他去見這些老闆們時，他們不是認定他太年幼了就是斷然拒絕去雇用一個只能做上兩個月的職員。

「你只要說會留下來不就成了！」外祖母說道。

「但，那是假話呀！」

「沒關係，他們會相信你的。」

不過，傑克心裡並不是這樣想。事實上，他並不擔心別人相不相信他的問題，而是這種謊言對他來說根本就說不出口。在家時，他當然會說些謊話，為的就是要免去挨一頓揍，或者私吞下兩法郎，而大部分的情況則是為了想發表高論或者自吹自擂而已。如果他覺得對家人說謊是可以寬恕的，那麼向外人撒謊可就嚴重至極！他有一種很難令人理解的論調，亦即，關係到某些核心的問題是不可以向自己所喜愛的人說謊的；原因是如此一來便很難和他們共同生活、並且繼續喜愛他們。至於那些雇主們，他們只是透過他所說的一切才認得他，因而，他們根本就不認識他。這麼一來，一旦說了謊不就徹底欺騙了對方！「走！我們上路吧！」有一天外祖母對他說道，一邊將她那條頭巾紮起。貝爾托太太剛告訴她，有一家在阿迦區的大型五金行正在找一個負責整理工作的年輕小夥計。那家五金行就位在朝中區爬升的一個斜坡上。七月中旬的炙陽火辣辣地烘烤著這片斜坡，道路散發一股濃烈的尿騷和柏油氣味。五金行就坐落在靠街的底層，店面狹窄卻相當深，順著縱身由一座櫃檯將它分隔為二，那櫃台上擺滿了各項各樣鐵器及門鎖的零件樣品，且大部分的牆面都做成許多抽屜櫃子，上頭則貼著一些神秘的籤條。在出入口的右側，櫃台上豎立著一個熟鐵的柵欄，當作收銀員的窗口。柵欄後方坐著一位神情迷惘、人老珠黃的

a. 母親干預說：「他會累壞的。」
b. 先前已讀過？高丘的街區？

女子，她請外祖母登上二樓的辦公間。五金行的裡邊有個木製樓梯，將他們引到一個與店面座向相同的大辦公間。中央放了一張大桌子，五、六名男女雇員坐在它的四周。其中一邊有一扇門通向經理室。

老闆就待在那間過熱的辦公室裡，身上只穿著背心和一件領口鬆開了的襯衫[a]。在他的座位後方有個面向天井的小窗，而雖說此刻已是午後兩點鐘，陽光卻無法照射進來。他塊頭矮胖，將兩根大拇指掛在一條寬大天藍色的背袋裡，呼吸短促。並未能看清楚他的面孔，不過卻發出低沉且氣喘吁吁的聲音請外祖母就座。傑克聞著這屋子裡四處都飄溢著鐵器氣味。老闆那種不動如山的神態讓他覺得就是一種猜疑；而一想到得對這個有權有勢且令人生畏的人撒謊，兩腳就直打哆嗦。外祖母她可就一點兒都不驚惶不安。傑克即將年滿十五，總得要找份工作的，而且怎麼說也不容再拖延下去。根據老闆的說法，他看起來就未滿十五歲；不過，如果夠聰明的話……對啦，他是否有專業文憑？沒有，但卻有獎助金。什麼獎助金？上中學校的嗎？那麼他還在唸中學唷？哪一級？初四。那麼他要放棄中學嗎？老闆更是動也不動的。此刻已能清楚地看到他的面孔，那雙圓滾滾乳白色的大眼睛正從外祖母身上瞟向這孩子。在他的凝視下，傑克就只有直打顫。

「是的，我們家太窮了。」外祖母說道。老闆在不知不覺中放鬆了下來，他說道：「他滿有天分的，這就有點兒可惜了。不過，在生意場上還是可以找到一份好工作的。」而這份好工作的確開始得相當微薄。傑克每天必須工作八個小時，每個月才能領到一百五十法郎。而第二天就可以上班。

「你看，他這不就相信了我們！」外祖母說道。

「但，我走時，又怎麼跟他說呢？」

「那就由我來說吧！」

「好吧！」孩子順從了並說道。他望著他們頭頂上的天空，記起那股鐵器的氣味以及那間昏暗的辦公間；明天就得早起，才剛開始的假期就這樣結束了。

在之後兩年的夏天傑克都去做工。先是在五金行，接著是在一家船舶經紀公司。每回見到九月十五日的來臨都令他心生畏懼，因為這一天必須去向老闆辭行[1]。

儘管夏天還是先前的老樣子，那般酷熱、那樣令人煩惱，然而，假期卻已明明白白結束了。不過，夏天卻已失去了過去美化它的一切，譬如：它的天空、它的空間以及它的喧囂。傑克遂因此不必天天都待在那個悲慘狂野的街區，而是在城中的街區裡。在那裡華麗的水泥牆面取代了窮人家的粗塗灰泥，並賦予那裡的屋舍一種更加雅致卻也更加哀淒的灰色色調。打從早上八點鐘起，傑克一踏進店裡便聞到鐵器和陰暗的氣味；那份光線就從他身上暗淡了下來，蒼穹早已消逝無蹤。他向收銀小姐打過招呼，便逕自爬上二樓那間照明不良的大辦公間。中央那張大桌子的四周已騰不出空間給他。那位因抽多了手捲菸而將八字鬍給弄黃了的老會計一整天都

a. 有鈕釦的領子，可折下的領子。
1. 作者將這段圈了起來。

滴汗不止。助理會計是個三十出頭、禿了半個頭的男子，上半身和面貌則是一副公牛模樣。兩名夥計比較年輕，其中一位有著一副英挺的輪廓，瘦高、褐髮、肌肉結實；上班之際身上的襯衫總是濕答答的，又緊貼住身體，一邊還散發一股海水的氣味；因為每天上班將自己埋藏在辦公間之前他會先跑去堤防泡海水浴。另一位是個胖子，愛開玩笑極了，怎麼也都無法抑住自己那份開朗的活力。最後是那位經理的秘書哈斯蘭太太，臉型有點兒像馬臉，卻挺耐看的，身上總是一襲粉紅色麻木或斜紋布洋裝。不過卻用嚴厲的眼神巡視著眾人——就這樣，這幾個人的文件、帳簿以及機具就足以將整張大桌子塞得滿滿的。於是傑克就只能拉張椅子坐到經理室門口右側等候差遣。而最常見的情形則是去整理卡片櫃裡的發票或者生意上的信函。這些卡片櫃就放在窗子的兩側，起初他還滿喜歡打開裡頭那些有抽板的文件夾，用手撥弄並用鼻子嗅著，直到聞出紙張和黏膠的氣味，剛開始是頗為愉快美妙的，最後那氣味竟然也讓他厭煩不已。或者吩咐他再去核算一下一大串的加法，他就坐在椅子上、在大腿上頭算了起來。或者，那位助理會計邀他一塊「核對」一系列的數字；而他經常都是站立著，專心一志地核對數目，而對方則用一種悶悶的且低沉的聲調朗誦著數字，以免打擾到其他的同事。透過窗子是可以看到對面的街景和建築物，但卻望不到天空。偶爾，有人會差他外出——但這情形並不常見——到店裡附近的文具店去買些辦公室的用品；或者到郵局寄發一張緊急的匯票。那間大郵局離店裡兩百公尺遠，就位在由港口通向山丘頂上市中心所在的那條寬闊的馬路上。而就在這條馬路上，傑克才又尋回了空間和陽光。郵局本身就位在一座大型的圓形建築裡頭，由三扇大門採光，還有一個寬大的圓屋頂，光線就從上頭大量射了進來[a]。但，不幸的是大部分的時間店裡的人卻在日落下班之際才派他去郵寄信件；這便成了額外的苦差事，因為他就得在已經暗淡下來的天色底下奔跑，衝向那個已經擠滿人潮的郵局，在窗口前排隊等候，而這樣的等待便延長了他上班的時間。整個漫長的夏日，傑克簡直都消耗在這些暗淡無光的日子裡，幹些無足輕重的活兒。「你總不能無所事事呀！」外祖母曾這樣說過。而正是在這個辦公間裡，傑克才感覺到他啥事也沒做。儘管什麼也取代不了心中大海及在庫巴嬉戲的分量，但他並不排斥做工。然而，對他而言，真正的工作乃是像製桶廠那樣的活兒；經由一段長時間的肌肉運動，加上一連串既靈巧且精確的動作，並且講求雙手力道的輕重——然後，便能親眼見到這些努力的成果：一個嶄新、完美、無任何裂痕的木桶！並可以讓工人望得出神的新桶子！

然而，在辦公間的這些活兒卻不知來自何方、去向何處。買進或賣出全都由那些平庸且瑣碎的作業來進行。儘管迄今傑克仍生活在貧窮之中，但他便已在這辦公間裡發現了那份庸俗，並且痛惜白白損失的陽光。辦公間的同事跟他心裡的這份抑鬱之情沒有任何關聯。他們都待他不錯，也沒粗聲粗氣地指使他，甚至連那位嚴厲的哈斯蘭太太偶

a. 郵局的作業？

爾也會對他微笑。然而，他們彼此之間卻很少交談，乃是由於將那份開朗的誠摯之情與生長在阿爾及利亞的人特有的冷漠感交織在一起的表現，當老闆晚他們一刻鐘走進辦公間，或者當他走出辦公室吩咐事情或核對發票之際（碰到比較重大的案子，他會召喚那位老會計或者相關的職員到他的辦公室去），眾人的個性便表露無疑；活像這些男女職員只有當他們與權力發生關係時，才懂得如何表達自己似的——老會計魯莽無禮；秘書哈斯蘭太太終日深陷在不苟言笑的白日夢裡；助理會計卻是十足的奴才相。然而，在其餘上班的時間裡，他們皆都縮回到各自的甲殼裡，而傑克就坐在那張椅子上，等候那位會令他慌亂、蠢動一番的命令——也就是外祖母稱之為事情的活兒[a]。

當他悶得再也受不了之際，會在椅子上兀自激動起來；他便下樓走到店裡後院，將自己關進那間塗抹了水泥土耳其蹲式的廁所，裡頭光線微明，到處散發一股尿酸味。在這樣一個昏暗的地方，他合起雙眼，然後聞著那股熟悉的氣味，他竟也作起夢來。在他身上，在他的血液裡以及軀體之中，有某些東西正隱隱約約，不明就裡地蠢動了起來。偶爾，他會憶起哈斯蘭太太的那雙大腿，也就是有一天他在她的前方打翻了一盒大頭針，他便蹲下去撿，抬頭之際竟然見到她裙子底下雙膝叉開，花邊內衣下的大腿。直到此時，他都從未見過女人裙子底下所穿著的東西，而這個突如其來的影像令他張口結舌、顫抖到幾乎無法自持。而儘管之後有過許多經驗，但一份神秘感卻一再深現在腦海，教他怎麼也淡忘不了。

每天兩回，正午和午後六時，傑克快速衝出店門外，往斜坡馬路的下方奔馳、然後搭上擠滿人潮的電車。這些電車連車門上的踏板都掛滿一串串的乘客，一一將工人們帶回〔到〕他們的街區。頂著燠悶的酷熱，大人和小孩個個沉默不語、肩摩肩地擠在一塊，張望著等待他們歸去的住所。同時又靜靜地淌著汗水，默默地接受這種一邊是無頭無腦的工作、另一邊則是慢慢來回於不舒適的電車、然後躺下就睡的生活。某幾個夜晚，傑克望著這些人，內心感到難過異常。直到此時，他也只不過識得貧窮裡的那些富足與歡樂。不過，酷熱、煩躁以及疲憊卻引發他的咒罵，其中尤以那種令人扼腕痛惜的愚昧工作，那種沒完沒了單調的生活，最終竟可以同時讓日子變得更加漫長、讓生命變得更為短促。

待在船舶經紀公司工作的那個夏日就顯得比較愉快些。原因是辦公間就面向海濱大道，特別是一部分的活兒還是在港口內進行的。也因此傑克就得一一登上停泊到阿爾及爾港的各艘不同國籍的船隻。而那位經紀人老闆，他是個臉色紅潤、一頭鬈髮的英俊老頭，就負責代理這些船隻去和各個不同的行政機關打交道。船隻的文件就由傑克攜回公司，並在那兒將它們逐一翻譯；過了個把星期之後，如果那些補給品清單或某些提單是用英文寫的，就由他來翻譯，並前往海關治事或者前去找那些負責驗收的大進口公司。因此，傑克就得經常前往阿迦商港去領取這些文件。酷熱肆虐著條條朝向港口的街道，沿路那些笨重的生鐵欄杆則燙得灼熱，以致於連手

a. 高中會考結束後的暑修課——眼前一顆呆滯的腦袋。

都不得置於上方。除了幾艘才剛泊到岸邊的船隻附近外，太陽將整個遼闊的碼頭逼得空無一人；船身靠著碼頭，周遭有些工人活動著，他們穿著藍色長褲，褲管則捲至腿肚，光著曬成古銅色的上半身，每個人頭上都扛著大袋子，直到蓋住了腰身；這些大袋子裡頭裝的有水泥、煤炭或者形狀銳利的包裹。他們在那條由甲板靠向碼頭的舷梯上來來往往，或者直接從船艙敞開的大門走進貨輪的船肚裡，在一塊鋪在船艙和碼頭之間的厚木板上快步疾行。傑克可以在碼頭上飄揚的陽光和灰塵氣味之外，或者從熱到使柏油熔化的甲板，以及將各類金屬物件曬成灼熱所溢出的氣味之外，聞得出每艘貨輪獨特的氣味；挪威的貨輪有木材的氣味，來自達卡或者巴西的貨輪帶有咖啡和香料的香味，德國的貨輪有油的氣味，英國的貨輪則聞得出鐵的氣味。傑克沿著舷梯登上船，向一名舵員出示經紀公司的證件，而他卻看不懂那張卡片。之後，那人還是帶領他沿著那條連在陰影下都奇熱無比的縱向通道，朝一名長官或者偶爾是船長[a]的小房門走去。沿途他以極羨慕的心情看著一排排狹窄又一目了然的小房間：一個男人生活中主要的東西全都集中在那兒。然而過後不久，他還是喜歡起比較設備齊全的住所。船上的負責人客客氣氣地招呼他，因為他也笑得極為懇切，此外，他也喜歡他們那種粗獷男子的面孔以及每個人皆具有的那種孤寂生活的表情，而且他也將這份欽慕之情表露無遺。偶爾，當中有人會說上幾句法文，便向他問東問西的。之後，他才高高興興地離開，邁向那火熱熱的碼頭，經過那灼熱無比的欄杆，然後回到辦公間的工作裡。正是由於在酷陽下東奔西跑的才令他筋疲力竭，使他因此而睡得沉穩無比；而到了九月天他就變得清瘦且浮躁。

他帶著如釋重負的心情期待著中學校裡每天十二小時日子的到來，同時內心也不斷滋生一份不自在情緒，亦即得到辦公間去宣告不再來上班了。最難熬的莫過於那家五金行。他確實很懦弱地想乾脆就此不去，而由外祖母前去隨便捏造個理由。不過，外祖母則認為根本就可以免去這番俗套，一等領到薪水便不用再去，而不必多作解釋。傑克原本就認定該由外祖母前去並讓老闆當面怒斥她一頓——就某個層面而言，她本來就該對這種情勢以及所惹出的謊言負責。

然而，他卻對於她這種推卸感到憤慨萬分，但卻不明白何以如此。此外，他也找到一項令人信服的理由：「不過，老闆總會派個人到我們這兒！」「這倒有可能，」外祖母回道，「如果是這樣，就乾脆跟他說你要去舅舅那裡工作！」當傑克準備出門還聽到外祖母叮嚀：「記得要先將薪水拿到手然後才跟他說！」內心早已感到簡直就是犯下該下地獄的罪愆。到了傍晚，老闆傳喚每個雇員到他那間巢穴裡，並發下薪餉。「拿去吧！小夥子。」他向傑克說道並將那包信封遞給他。當老闆對他微笑，傑克所伸出的那隻手早已遲疑不決。「你做得不錯，你知道吧！你可以向你父母這樣說！」而就在此刻傑克便已向他說了，並解釋他將不再回來上班。老闆十分驚愕地望著他，伸出的手仍懸在那兒。「為什麼呢？」總得撒個謊，但謊言卻說不出口。傑克

a. 碼頭工人的意外？參見報紙。

默默無言並露出一副絕望的神情，而老闆也就明白個所以然。「你要回去上中學？」

「是的。」傑克說道。結果在一陣恐懼和絕望的情緒中，一份抒解突然讓他的雙眼湧出滴滴的淚水。老闆怒到極點站起身。「你來我這兒時你便知道！你外祖母也早就知道！」傑克只能點頭默默承認。一陣哇啦哇啦的聲響隨即塞滿這個房間：他們祖孫倆不誠實，而這位老闆最痛恨撒謊。老闆是否知道他有權可以不付薪水給他；這樣的話那他就未免太愚蠢了吧；不！他就是不付給他，並要他的外祖母親自前來；她將客客氣氣地被招呼。而當初他們倆若真的向他說了實話，說不定他也會照樣雇用他。不過，唉！說出這樣的謊話——「他沒辦法再去上中學了！我們太窮了。」——於是，他乾脆就騙到底哩！

「就是這麼一回事！」傑克腦裡一陣昏亂突然這樣脫口而出。

「什麼？什麼的一回事？」

「因為我們太窮了！」然後他便不再吭聲，反而是對方在仔細瞧了他一眼之後慢慢地替他補上話：「……所以你們才這樣做，並向我編了那段故事？」傑克咬緊牙關望著自己的那雙腳。之後，有了片刻的寂靜，但卻長得不得了。然後老闆拿起桌上的那包信封遞給他並且突然說道：「拿走你的錢！滾吧！」

「不行！」傑克說道。

老闆將那信封硬塞進他的口袋，「滾吧！」傑克跑在街上，此刻他哭著，雙手緊緊地攫住上衣的領子以免去碰著了在口袋裡灼燒的那包錢。

撒謊為的就是不去擁有假期，並遠離他所深愛的夏日天空及大海，之後，又騙人為的就是再回到中學讀書；這樣的不公平實在令他痛不欲生。最糟糕透頂的並非是他終究說不出口的謊言本身——因為他隨時隨地都可以為取樂而撒謊，同時又說不出那些必要的謊言；而是在於失去了的歡樂——那些他所心醉神迷的季節和陽光底下的休憩；而如今，一整年便只有一連串早早的晨起和暗淡且倉卒的日子。在他貧困的生活中最大最美的部分——也就是讓他可以盡情又貪婪享用，怎麼也不可取代的財富，卻得將它捨棄去換回幾文錢，而這些錢卻連買回這些寶藏的百萬分之一都不成！不過，心裡卻十分明白他必須這樣做；甚至就當他抗拒到最高點之際，內心總還會萌生某些意念，就是很自豪曾經這樣做了。因為犧牲這幾個夏天以及扯謊的痛楚的唯一報酬——也就是在他領到首份薪水的那一天；當他進到餐廳，外祖母正一邊剝著馬鈴薯，一邊將它扔進一只大水盆裡；而歐內斯特舅舅則坐在裡頭，雙腿夾住那隻聽命的狗布里揚，替牠捉跳蚤；至於他的母親則剛踏進門，且就在餐具櫥的一角拆開一包別人託她清洗的髒衣物。於是傑克走向前，二話不說地便將一張一百法郎的大鈔及幾枚一路上都緊握在手裡的大錢幣擱在餐桌上。外祖母一言不發，將其中一枚二十法郎推到他眼前，然後收下其餘的錢。並用手觸碰一下卡特琳．柯爾梅里的腰，以引起她的注意，並將那些錢攤給她看，「這是妳兒子的！」

「是呀！」她應道，那雙憂鬱的眼神頓時愛撫了這孩子。

舅舅點著頭，一邊還攫住誤以為酷刑就此結束的布里揚，並說道：「好！好！

你呀！是個大人！」

是的，他是個大人了！他付出了一部分他該支付的，心想如此一來也就能稍稍減緩一下這個家庭的不幸；而這樣的念頭便讓他的內心充滿一份近乎惡毒的傲氣，而這份驕傲便來自那些自以為可以開始隨心所欲且目空一切的大人！而事實上，在緊接著的開學，當他踏進高一[1]那一年的教室院子時，他便已不再是個渾渾噩噩的孩子——四年前某個清晨這個孩子離開了貝勒古爾區，腳底下一雙打了釘子的鞋子，踉踉蹌蹌地走著，想到就此要去面對一個等待在那兒的陌生世界，心底可就難過得很——而他投注在同學們身上的眼神也已經喪失了某些天真的成分。此外，就在此刻已有不少的事情已開始把這孩子過去所有的一切一一拔除。而就算有過那麼一天他突然粗暴且狂怒到了極點，從外祖母手中奪下那根牛筋鞭子——在這之前他可說都忍氣吞聲地接受她的鞭打，以為這乃是一個小孩生活中避免不了的義務那樣——而且毅然決然地想回打一番這個白髮盈頭的老人，而她那炯炯且冷冽的眼神尤其令他怒不可遏；他的外祖母也終於能夠認清楚他了。她倒退了幾步，並且走離，將自己關進房間裡；當然她會因不幸養育了這些精神異常的子女而悲痛萬分，不過，也就此深信她再也無法去鞭打傑克了，而且真的從此以後她便再也沒打過傑克。正是因為那孩子早已在這個肌肉結實、蓬頭散髮、眼神暴躁的清瘦少年郎身上消逝了。這個年輕人一整個夏天都在工作，並替家裡掙了一份薪餉回來，還被學校選為足球校隊的正式守門員，而且，就在這三天前，還生平第一次從一位少女的嘴裡嚐到那個令他幾乎為之昏厥的吻。

## 2 自身的疑惑

是的！就是這樣，這孩子的生活曾經就是這樣：他就在街區那個貧窮的島嶼度過，生活在一個殘障且無知的家庭，與赤裸的基本需要密切相關；靠的就是他的血氣方剛、對生命的渴求、粗魯且貪婪的智力；而自始至終都抱著一份狂熱的歡愉，但卻被好幾個將他置身於陌生世界的突兀遽阻所中斷。不過，很快就能重新振作；一邊試著去認識、去理解、去領會這個他所不熟知的世界。而事實上，在這同時他就已能掌握它；因為他就這樣迫不及待地靠向它，而非趁勢潛進了這個世界。所憑藉的就是一份誠摯的意志，而非卑躬屈膝的方式，因此最後也都能有份十足把握的確信；是的，就是這份自信，因為它能保證讓他如願以償，且在這個世界，僅僅就在這個世界裡，便絕不會有任何一件事能夠為難到他。同時，他就準備著（早在孩提時代便毫不掩飾地做了準備）四處自我尋求一個安身立命之所；因為他並未企求任何地位，而只是想要有一份歡愉、一種自由自在、一股力量，以及生命中所具有的那些善良和奧秘的一切，而這些他是從未，也絕不會做出犧牲才去將它們換到手

1. 原文為「第二級」，亦即高中第一年。

的。甚至，在貧窮的逼迫下，就準備有朝一日能夠在不去向人低頭索求，以及自我屈從的情況下獲得金錢，而這也就是他此刻所處的情況——這個他，傑克，在他四十之年已能夠掌握不少事物，然而卻十分確信自己比起那些出身最為卑賤的人更是微不足道，比起自己的母親來更是渺乎其小。是的，他曾經生活在酷熱覆頂的夏日以及驟雨不斷，短促的冬日裡，在海水、強風以及街衢的嬉戲中度過；沒有父親，沒有遺留下來的傳統；不過，卻在他需要這位父親之際，花上一整年的時間去尋找他。透過一些人物和（　）[1]事物總算探出某個頭緒，而所獲知的這一切，便能讓他去塑造一個類似某種品行的東西（就當前的情況而言是足夠的；然而，之後在碰上這世界的癌瘤時便明顯不足），並且去開創他自己的傳統。

然而，真的就只有這些：亦即那些動作、那些嬉戲、那樣魯莽、那般熱情、那種家庭、煤油燈、昏暗的樓梯間、強風中的棕櫚葉、大海裡的出生及浸禮、還有最後那幾個艱苦又勞累的夏日嗎？是的，確實有上述這些，而且就是那個模樣。不過，尚有他生命裡那份令他困惑不解，這幾年一直都在他心底暗中攪動不已的那個部分——像地底的深水那樣，置身於岩石的迷宮裡，從未見過太陽光，然而卻能綻露一道隱約的微光，但誰也不知它來自何處；或許，就是從布滿石塊的毛細管吸收到地底下映紅地心的光芒；朝向那些隱避岩穴裡黑漆漆的空間流去。而在那當中幾乎沒有任何生命跡象，一些黏糊糊兒的且（被緊壓的）植物卻依然能夠在那兒吸取養分存活著。然而，他身上這項瞧不見的活動卻從未停歇過，直到現在都還感覺得到它的存在；這份隱埋在他身上的黑暗火苗就像某把泥炭的火焰那樣，表面上雖已熄滅，但內部的燃燒依舊存在；它足以撥動泥炭外表的裂縫，以及粗野盤纏著的植物，以致於泥漿狀的地表便和泥炭的沼泥塊那樣有了相同的活動。於是，這種稠厚且感觸不及的波盪起伏便在他的體內萌動，日復一日，產生了許許多多最為劇烈且最是猛爆的慾望；像是他那種孤寂空虛的焦慮，那種形形色色的懷舊情懷、突然想要坦誠且樸實無華的要求，以及讓自己變得籍籍無名的嚮往。是的，經歷了這幾年下來，這份隱約存在的活動正與環繞在他四周的這片廣大國度相互協致：譬如，打從孩提時代，他便感受到眼前的那片遼闊無垠的大海，以及身後那一望無際的山巒起伏、高原、沙漠——也就是人們稱之為「內地」，它們各自的分量。而在它們之間就存在一份揮之不去的危險，但，誰也不去提及它，因為它看來就再自然不過。然而傑克卻感受得到它的存在，也就是在比爾曼特雷[2]那座有拱頂建築，石灰牆的小農莊；在就寢時，那位姨媽會走到每個房間察看是否已將掛在厚實門板上的大鎖牢牢扣上。正是在這麼一個令他感到自己是被拋棄了的國度裡——而他就像此地的第一位居民、第一個征服者——登上了這個仍盛行著弱肉強食的叢林法則，以及法律只用來無情地懲罰風俗習慣再也無法加以約束的地方。而出現在他四周的這群人們，既能吸引他

1. 有一個字無法辨識。
2. Birmandreis，阿爾及爾市南方，位於撒哈拉丘陵地上。

又令他忐忑不安，親近又疏遠，卻一整天與他們摩肩挨背地在一塊；偶爾，彼此還會滋生一份友誼或者稱兄道弟一番。不過，一等到了夜晚，他們便一轉身地退居到他們那個不知位在何處的家，任誰也進不了的房子。同時也將他們的婦道人家一塊兒關了起來，而且誰也都沒見過她們的模樣；或者，在街上碰見了她們，一塊面紗遮住了半張臉，在這塊白布面紗上方，縱使有一對性感、溫柔的明眸，卻任誰也不知她是何許人！在許多街區上他們皆麕集在一塊，人多勢眾的，且單單數目就夠眾多。雖然個個順從且疲憊，但某些夜晚當一個法國人和一個阿拉伯人在街頭打起架來，他們便足以形成一股見不著痕跡卻聞得出的威脅。這種打架的情形也會出現在兩個法國人或者兩個阿拉伯人之間，但卻不會受到同等的對待；在這個街區的阿拉伯人，一身淡藍色的工作罩衫或者一襲阿拉伯式有風帽的長袍，由四面八方以一種持續不斷的移動慢慢靠攏過來，直到這一團沒有暴力、只是透過聚集的活動而逐漸黏合在一塊的群眾，經由他們厚厚的人牆將幾個在場圍觀的法國人逐了出去。結果，那位打了架的法國人也就倒退到一旁，突然之間就得同時面對著他的對手和一堵面孔陰沉又猜不透心意的人潮。如此一來，如果這個人不是生長在這個國度以及知道只有靠勇氣才能在此存活的話，勢必會令他膽戰心驚，喪失一切的勇氣。於是，這個法國人就得去對抗這群威脅逼進過來的人潮。然而他們並沒有脅迫他什麼的，有的話也只是因為他們的出現以及他們自己也阻止不了的那種移動而已。通常的情況是，這群人便支撐起那個阿拉伯人，讓他狂野又粗暴地攻擊對方，以便在警察到達之前將他擊退。警察很快就得知消息立刻趕抵現場；二話不說的便將這兩名戰鬥者粗暴地帶回警局，途中還經過傑克他們家的窗下。看見那兩個男人被人狠狠地逮著，被那樣推擠肩膀前行，母親說道：「唉！可憐的人。」在他們離去之後，對孩子而言，那項威脅、那種暴力、那份恐懼依舊在街頭上飄蕩，那份莫名的焦慮令他都為之瞠目結舌。他身上的這份黑暗，是的，這些卑微且糾葛不清的根源，將他與這塊華麗又令人心驚膽戰的土地，以及與這裡焚熱的大白天，和此地快速降臨且令人難過不已的夜晚皆牢牢地繫在一起。而這份黑暗就像是他的第二個生命那樣，比起每天表象底下那個外在的第一個生命可能都還來得真實些。而後者的故事內容則是一系列難以理解的慾望，以及強烈且無法形容的感覺；學校的氣味、街區馬廄的氣味、母親手上洗滌劑的氣味、高地街區茉莉花和金銀花的香味、字典的書頁以及他所貪婪閱讀的書本的氣味、他家裡和五金行廁所的尿酸味，以及上課前他獨自一人踏進教室或下課後那些冰冷的大教室裡的氣味、他要好的同學身上的溫熱、迪第耶與他一塊時身上保暖的毛絨及沾了糞便的氣味，或者大個子馬爾柯尼的母親大肆滴灑在她兒子身上的古龍水香味——它因而激起傑克的慾望，情不自禁地從教室裡長條座椅上湊近到他的身邊，還有就是口紅的香味——那是皮埃爾從他的一位姨媽那兒弄到手的，而他們一夥同學便湊在一塊聞了起來，結果令每個人都心緒不寧、焦慮萬分，就像一群公狗踏進一隻交尾期的母狗才剛來過的屋子那樣；一邊還想像著女人就會是這麼一團溫柔的香檸檬及乳霜香味。在他們這麼一個充斥叫喊、污水及飛塵的狂野世界裡，這條口紅便讓他們得以一窺那個雅致a且高尚的世界，並帶給他們一種難以形容得出的誘惑。而就算當時他們一夥對著它大肆口出穢言，皆都無法抵擋得住這些。還有，就是自他幼年以來對軀體的那份喜愛，愛它的那份姣美——令他自己在海灘上都不禁滿心幸福地笑著禮讚一番；愛它的那份溫熱——它未曾停止去吸引住他；腦海裡並沒有哪個明確的念頭，只是像出於動物本能的那樣；也並非想占有它，這點他倒不知如何去做，僅僅只是想進入它的光芒裡頭；就像和同學肩並肩擠在一起，心裡所強烈感受到的那份被捨棄又被信賴的感覺；以及在擁擠的電車裡，一名女子的手若稍微碰觸了一下他的手，便令他感到幾乎會昏厥了過去。慾望！是的，活著以及繼續活下去的慾望。他渴望能活在這片大地所能給予他最溫暖的境界裡，這也就是他期待於母親但卻始終不明白原委的東西。他並未能獲得或者他根本不敢去獲取，但，卻在布里揚那條狗身上找到了。也就是當他靠近牠躺下來曬太陽之際，他聞到了狗身上那股濃烈的毛皮氣味。於是，在這麼最為強烈、最像動物的氣味底下，生命中那股最為奇妙的熱力全都留給了他，令他怎麼也無法或缺。

由他身上這份昏暗不明之處，滋生了一份強烈的渴望，這份活著的狂熱經久縈留在他的心頭，甚至到了今天仍然保持完整無缺，只是變得更加痛楚而已——尤其在家人團聚或者面對兒時的影像之際；內心突然有一份恐怖的感覺，亦即自己的青春已逝，就像他所深愛的這個女人的年華那樣。是的！他用他的心以及身體全心全意地愛著她。是的，對她的這份慾望是再強烈不過的。當他與這個世界激情交融之時，以及當他正處在歡愉至極之際，他卻得嘶聲吶喊離她而去。他之所以如此深愛著她，乃是因為她的美貌，以及她身上那份活著的狂熱，寬厚又絕望的；而它遂令她拒絕去接受、拒絕時光竟可以流逝！儘管她也明白此刻時光就已悄悄流過，卻不願意有人向她提起她看似年輕；相反地，她應是依舊年輕，而且永遠年輕的。有一回他笑著跟她說青春已逝、白晝已邈，她竟然嗚咽地哭了起來，淚流滿面地說道：「不！不！我深深愛著愛情！」就這樣，在各方面皆才智過人，或許正因為她實在太才智過人了，她才拒絕去接受這個源源本本的世界。就像在那段時期，她回到她出生的陌生地方，連續參加了好幾個葬禮，有人遂向她提起那些姨媽們：「這將是妳最後一次看到她們嘍！」事實上，她們的容顏、她們的軀體，以及她們風燭殘年的模樣，在在令她恨不得縱聲高喊而一走了之。或者就在家庭聚餐上，餐桌上那塊刺繡的桌布是由一位曾祖母織成的。她不在人世間已經很久了，除了母親之外再也沒有人想起她。而她卻想起了這位年輕的曾祖母、想起她那種對生命的樂趣與渴望。也像她一樣，自己在荳蔻年華時也是美豔出眾，而圍繞在這張餐桌的所有人莫不百般讚美她。餐桌四周的牆上掛滿許多年輕貌美的女子畫像，而當中就有曾經讚

a. 補充到名單上。

嘆過她美貌的人；如今，她們卻都已老態龍鍾、倦容滿面。於是，一股熱血翻騰了起來，她恨不得逃離現場，逃向一個無人會變老、會死去的國度，在那裡美麗將永恆不變，生活也將一直都是野蠻但卻光彩奪目；然而，這樣的地方卻不存在！回來時她抱住他哭了，而他則絕望地愛著她。

而他也有同樣的感受，甚至都可能比母親的還更為強烈。出生在這塊沒有先人、沒有記憶的土地；在這裡，將先於他的人的一切給滅絕了也是來得更徹底，在這裡，遲暮之年也休想會找到任何感傷的慰藉，就像在〔 〕[1]文明的國家裡所能接受到的那種。而他就像一把孤寂卻一直抖動著的利劍，但最後卻終將在瞬間永永遠遠地給粉碎了。就這樣，一份純然想要活著的激情卻得去對抗一個徹徹底底的死亡。如今，他感覺到生命、青春和眾人皆離他而去，卻怎麼也無法留得住一二；只交付給他一個盲目的期待——就是幾年來一直激勵他超越日常事務，且竭其所能滋養他，並讓他去與最為困頓的環境一較長短的那股隱約的力量。這股力量就以曾經賜與他那份相同永無止境的寬宏大度，提供他一些活著的理由，給與他老去以及死亡的理由，而不會加以抗拒。

1. 有一個字無法辨識。

Annexes

# 附錄

# 夾頁 I

4. 船上。和孩子一塊午睡＋一九一四年戰事。

5. 母親家—爆炸。

6. 遊蒙多維鎮—午睡—殖民。

7. 母親家。繼續童年的部分—他憶起了童年往事，但並沒有父親那一部分。他明白他是第一人。雷卡太太。

「每當她使盡全身力氣擁吻他二到三回，鬆開了，仔細再端詳一番，她又緊緊貼抱住，重新再次將他擁入懷裡；就像在估算了一下她滿心的柔情之後（她剛剛才表達的），又覺得當中似乎又少了那麼一丁點兒似的，以及[1]。之後，她便轉過身去，彷彿不再理會他，也不去理任何事物；有時還用一種陌生異樣的眼神望向他，好像這一下他是多餘的，干擾到她所優遊的那個空洞、封閉的小小世界。」

# 夾頁II

一八六九年一名殖民者寫信給位律師提到：「要想讓阿爾及利亞抵擋得住醫生的治療，就非得有一具不死的軀體。」

村莊皆用壕溝或牆垣圍起（四端並且還各豎起塔樓）。

六百名於一八三一派遣到的殖民者當中，一百五十名死於帳篷裡。這就是何以阿爾及利亞會有過這麼多孤兒的原因。

在布伐利克[2]，那些人是肩扛著槍枝，口袋裡備著奎寧在墾地的。「他一臉布伐利克相。」一八三九年死了當中的百分之十九。在咖啡店裡將奎寧當成消費品出售。

1. 句子到此便結束。
2. Boufarik，位今阿爾及爾省，為一平原地帶。

比戈向土倫[1]市政府要求甄選二十名健壯未婚女人後，替屬下的殖民士兵在土倫辦了結婚登記。這就是所謂的「強制婚配」。不過，看了之後，他們便盡其可能想交換伴侶。這便出現了「福卡」（Fouka）這碼事。

起初是一起做工的，這便像軍中的集體農場。

「分區式」的殖民。葉哈賈便由來自格拉斯[2]的六十六個園藝農戶所墾殖。

阿爾及利亞各地的市政府通常「沒有保存檔案資料」。

馬霍人一小群一小群地攜帶著行李和子女登陸。他們說話算話，比得上任何字據。從不肯雇用西班牙籍的工人。他們在阿爾及利亞沿海地區致富。

比爾曼特雷以及貝爾納達的房子。

密地佳[3]地區第一個墾殖者（東納克醫生）的故事。

參閱戴・邦迪孔恩著《阿爾及利亞殖民史》第二十一頁。

墨雷特這個人的故事。參閱前書第五十及五十一頁。

# 夾頁III

10—聖布里厄[4]
14—馬朗
20—孩子的遊戲
30—阿爾及爾市。父親及其死亡（+爆炸）
42—家人
69—杰爾曼先生與學校
91—蒙多維鎮：殖民與父親

II
101—中學
140—自身的疑惑
145—青少年[5]

1. Toulon，位法國東南部，濱地中海，馬賽港東方，為一軍港。
2. Grasse，位法國東南部，濱地中海，尼斯之西，為盛產香水之名城。
3. Mitid ja，阿爾及爾市附近的內地平原。
4. 標示的數字為原稿的頁碼。
5. 原稿最後一頁為第一四四頁。

# 夾頁IV

戲碼的題材也是挺重要。能將我們從最惡劣的痛苦之中拯救出來的，乃是那種被拋棄且孤苦伶仃的感覺；但卻還沒達到「別人」會去「重視」我們的不幸的那種孤獨程度。因此，從這個角度看，我們須臾之間的那份幸福感，偶爾，不也就是那種當遭人遺棄的感覺膨脹到，並且鼓動了我們陷於一種沒完沒了的憂戚之中的感受？同樣也在此一角度下，幸福經常也只不過是對我們自身的不幸的一份憐憫。

打擊窮苦人家——上帝在絕望的側邊做出了祂的一番好意，就好比將一份藥方放在病痛的一旁那樣[a]。

年輕的時候，我曾一再要求別人給予我他們所不能付出的：一份持續不斷的友情、一份永恆不變的情誼。

現在，我知道減少去要求他們所能給予的：一種坦率的交往相伴。結果，他們的情誼、他們慷慨大度的行動在我眼底便完全是一樁不可思議的神蹟：宛如蒙主聖寵的感受。瑪莉・維東：飛機

# 夾頁V

他曾經是生活裡的王者，頭冠飾滿出類拔萃的才華，以及慾望、力量與歡樂；而他使用這些去向她懇求寬恕。她曾經是個屈從於日子和生活的奴隸；什麼也不懂，一無所求，也不敢有的奢求。然而，她卻能完完整整保存一份他所失去的真實，而唯有這份真實才能證明人是活著。

週四在庫巴
訓練，體育
舅舅
高中會考
病痛

啊！母親。多麼溫柔多情的人呀！
多麼令人疼愛的孩子。

a. 外祖母之死。

您比我的世界更偉大，
　比制伏您的歷史更碩大，
　比我對這世界一切的愛還真實！
啊！母親。寬恕您的兒子，
　寬恕他曾經從您真實的黑暗逃脫了……

外祖母，霸道嚴厲，但她卻站在餐桌旁服侍全家人用餐。

這個孩子讓他的母親受人敬重，卻毆打他的舅舅。

# 第一人
## 〔筆記及大綱〕

Le Premier Homme

「不必枉費心機地去抗拒一個卑微、無知、頑固的生活……」

——克洛岱爾，《交換》

或者加上有關恐怖行動的對話：

——客觀而言，她脫離不了責任（連帶的責任）。

——別說「客觀而言」這個詞，否則我就揍你。

——為什麼？

——不要去用西方世界裡那種最是愚蠢的角度，不要說「客觀而言」這個詞，否則我就揍你。

——為什麼？

——你母親是否在阿爾及爾開往奧倫[1]的列車（無軌電車）前趴下？

——我真不明白。

——列車爆炸了，死了四個小孩。你母親卻動也不動。如果客觀而言她好歹也要負起責任*，那麼你就會贊成將這些人質射殺。

——這個女人也不知情呀！別再說「客觀而言」這個詞了！

——你總得承認當中總有一些無辜的人士，否則我也會將你殺了！

——你知道我做得到的。

——是呀，我都親眼看到了。

約翰[a]便是第一人。

拿皮埃爾當標記，交代他的過去，一個國度，一個家庭、一份道德（？）——皮埃爾——迪第耶？

沙灘上青少年的戀情——海面暮色低垂——星光熠熠的夜晚。

在聖德田[2]遇見一名阿拉伯人。兩名流落到法國的放逐者的這份友愛之情。

動員令。當我的父親被徵召入伍時，他連法國都沒見過。等他見著便遇害陣亡。

（這就是像我們這樣卑微的家庭所能奉獻給法國的。）

當傑克已反對採用恐怖主義暴行後與薩多克最後的一次談話。而且他還接待了薩某，庇護權是再神聖不過的。在母親家裡，他們就在她面前展開對話。最後，傑克指著母親說：「看。」薩多克連忙起身，走向他母親，將手放在胸前，做了一個阿拉伯式的鞠躬，然後向前擁抱她。然而，傑克卻從未見過他做過這樣的動作，因為他已經相當法國化了。「她就是我的母親，我的母親已經過世了。像對我的母親那樣，我愛她，也尊敬她。」薩多克說道。

（她跌傷了，因為一場恐怖暴行。她很不舒服。）

a. 參見《殖民史》。

1. 在阿爾及爾市東北三百三十八公里。

2. Saint-Etienne，在法國東南部，距里昂市西南五十一公里，產煤。

* 連帶責任

或者：

是的，我憎恨你們。對我而言，世界的榮譽存在於被壓迫者的身上，而非那些有權勢的人。而只有這兒才是不榮譽之所在。當哪一回在歷史上某個被壓迫者明白了這點……然後……

「別了！」薩多克說道。

「別走，他們會逮捕你的。」

「這樣最好。我可以憎恨他們，我在怨恨裡和他們相會。而你是我的兄弟但我們卻得從此離別。」

……

夜裡，傑克在陽台上……聽到遠處響起兩響槍聲以及一陣奔跑……

——出了什麼事？母親問道。

——沒什麼。

——唉，我真替你擔心呀！

他撲倒向她……

接著，因藏匿罪被逮捕。

派他去烘烤。兩塊法郎在洞裡。

外祖母，她的威權及精力。

他偷了零錢。

阿爾及利亞人的榮譽感。

學習正義與道德，就是根據一份情感的後果去判定它的好與壞。傑克可以到處漁色女子——不過，如果她們占去了他太多的時間的話……

「我活得夠久，行動得夠多，感受也夠深，足以去認定何者為是、何者為非。根據別人所給予我的印象看，我真的活得夠久了。我決定要自主，我要求在相互依賴當中能有一份不受制於人的獨立。」

皮埃爾會成為藝術家？

約翰的父親是車夫？

瑪莉生病過後，比埃爾像克拉芝斯那樣發作（我什麼也不喜歡……），便由傑克（或者格勒尼埃）去回應《墮落》[1]。

1. Clamence 為卡繆作品《墮落》的主角。

將母親和大地對比（飛機，將最遙遠的國度串接起來）。

皮埃爾當了律師，還做了伊夫頓[a]的律師。

「像我們這樣勇敢、驕傲且強壯的人……假若我們有一份信念、一位上帝，便沒有什麼能夠動搖我們。然而，我們卻什麼也沒有，因此就得什麼都去學習，並且孤零零地為了榮譽——而它卻又不盡完善——去活著。」

「在這同時」就可能是歷史上的世界末日——很抱憾地度過這幾年光輝的日子。

菲利普·庫倫貝勒及在堤巴薩[1]的大農場。與約翰的情誼。在農場上空的飛機上猝死。找到他時駕駛桿插進腰裡，被壓扁的面孔擱在儀表板上。一團夾雜玻璃碎片血淋淋的肉漿。

標題：流浪者。從遷居談起，止於從阿爾及利亞這塊土地撤退。

兩起爆炸：窮女子和信奉異教的世界（才智與幸福）。

每個人都喜歡皮埃爾。傑克的成就和傲氣引起他的敵意。

私刑處死的場景：四名阿拉伯人被扔到卡蘇耳山腳下。

他的母親是基督。

由別人來談傑克，將他帶進，由別人以及對比懸殊的面相來介紹他，用這些便勾勒出他的模樣。

有教養、愛好運動、生活放蕩、喜好孤獨、最好的摯友、惡毒、忠貞不二等等。「他誰也不喜歡」、「沒有人比他更寬厚」、「冷漠且疏遠」、「熱情且激動」，所有的人都認定他精力旺盛，唯獨他自己認為總是躺在那兒。

因此，「誇大」一下人物。

當他說：「我開始相信我自己的天真無邪。我曾經是沙皇。我隨心所欲地統治每個人每個地方（等等）。之後，我明白我並沒有誠心真正愛過什麼，並且我還以為會被自己的輕蔑所弄死。之後，我又注意到別人也並沒有真正愛過，為此，就只有接受讓自己多多少少去像每個人那樣就行了。

a. 共產黨活躍份子，曾在一家工廠放置砲彈。阿爾及利亞戰爭期間被砍頭處死。

1. Tipasa，位阿爾及爾省內，濱地中海，有古羅馬廢墟。

不過，我還是決意不那樣的，並只有責怪自己不夠偉大，還對自己這種只期待有朝一日會變得偉大的安逸想法感到心灰意冷。

換句話說，我就是等待有一天會變成沙皇，但卻不會以此為樂。」

或者：

人無法和真理一塊過活——大家心知肚明——這樣做的人只有自絕於人群，他也就無法分享眾人的幻想。因此，他便是怪物一個——而這便是我所處的情況。

馬克西姆．哈斯泰爾：一八四八墾殖者的長期苦難。蒙多維鎮——

添加蒙多維鎮的歷史？

例如：一、牧場、返鄉以及（　）[1]在蒙多維鎮。

一～一、蒙多維鎮，一八四八年至一九一三年。

他傾向西班牙人性格的部分：樸實自制但耽於聲色；精力充沛但若無其事。

傑克：「沒有人能想像我所遭受的痛楚……眾人敬仰成就大事業的人。不過，我們卻應該更去欽佩那些不管出身如何，卻懂得如何自制不去犯下滔天大罪的人們。是的！就來欽佩我吧！」

與傘兵中尉的對話：

——你說得太天花亂墜了，我們到隔壁房間去看你是否還依然這樣聒噪。走！

——好！不過，我可要先提醒你，因為顯然你從沒見識過男子漢。你給我聽仔細，我把待一會兒在你所說的隔壁房間裡所發生的一切算在你的頭上。如果我沒屈從，那也就算了。只要哪一天讓我碰上了，我就當眾在你的臉上吐口痰。不過，如果我屈從了而我又能活著出來，那麼不管是一年或二十年的，我一定親手將你殺了。

——好好招呼他，是個難纏的傢伙[a]。中尉說道。

傑克的朋友「為了讓歐洲有所作為」而自盡了。為了「成就」歐洲，就得有自願犧牲的人。

傑克同時有四個女人，因此過的是一種「空虛」的日子。

C.S.：當靈魂遭受了過度的創痛，一種嗜舔災禍的心理便油然而生……

參閱：《戰鬥報》的活動史[2]。

a. 他碰到並未攜帶武器，遂向他〔挑釁〕要求決鬥。
1. 有一個字無法辨識。
2. 《戰鬥報》為抗德的地下室宣傳刊物，卡繆曾任編輯。

親愛的可人兒魂斷醫院，而鄰床病人的收音機播放的卻是一堆蠢話。

——心病。氣若游絲。「如果我自殺，至少是我自己做得了主。」

「只有你會知道我自殺了。你瞭解我做人的原則。我憎恨那些自殺的人，基於他們所加諸於『別人』的影響。如果執意要自殺，還得做一番掩飾。拿出一片寬厚之心吧！而為什麼要對你說這些？因為你就是喜歡悲慘不幸。這就是我送給你的禮物！祝你好胃口！」

傑克：蹦蹦跳跳又日新月異的生活，不同層面的人及經驗，更新和〔衝動〕的力量（洛珮）[1]。

結尾。她朝他舉起那雙關節粗大的手並輕撫他的面龐。「你呀！你是最偉大的。」她那雙（眉弓有些垮陷）憂鬱的眼神充滿了愛意和佩服之情，以致於在他內心深處有某個東西——他知道那是什麼——激動了起來。片刻過後，他將她抱進懷裡。因為這位最耳聰目明的她愛了他，他就得接受，然而，去承受這份愛意，他就多少得愛上自己一些。

有關穆西勒[2]的題材：在現代世界裡尋求靈魂的極拯救——D：《群魔》[3]劇中的〔經常交往〕與疏離。

酷刑。以團結為名義而去行刑的劊子手。我從來就未曾接近過誰——如今我們卻肩並著肩。

基督徒的心態：性靈純潔。

書「應該」不予完成。例如：「於是在返回法國的船上……」

嫉妒，裝作沒有那一回事並扮演起一個世界的普通凡人。結果便不再嫉妒了。

到了四十歲，他體認出需要有人指點迷津；責備他或者稱許他：一位父親吧！有威嚴但並非威權。

1. 應係指 Lope de Vega（1562-1635），西班牙民族戲劇之父，影響法國戲劇至鉅。
2. 應係指 Robert van Musil，1880-1942，奧地利作家，表現主義先驅。
3. 《Les Possédés》，俄國小說家杜斯妥也夫斯基一八七一年作品，卡繆主要討論宗教信仰及政治議題，卡繆將其改編成戲劇並上演。

某人瞧見一名恐怖份子朝……開槍。在暗巷裡他聽到有人奔跑的腳步聲；不動聲色，驀然轉身，用腿將那人撂倒，手槍落地。他撿起了武器，拎著槍脅迫那人。想一想他不能將他送交給警方，便將那人押到一條偏僻的街道，說那人在他跟前撒腿奔跑，然後朝他開槍射擊。

營區的那位年輕女藝人：一株草，煤渣堆裡長出的第一株草，以及一種對幸福的敏銳感受。悲慘的且歡樂的。過後她愛上約翰——因為他是「純潔的」。我？但正是因為我（並不值得）你愛！那些激發愛情——哪怕是墮落的愛情，皆是這世界的國王以及辯護者。

一八八五年十一月廿八日，呂西安．卡繆生於烏雷—法耶。父親巴迪斯特．卡繆（四十三歲）、母親瑪麗．柯爾梅里（卅三歲）。他於一九〇九年十一月十三日與卡特琳．辛戴斯小姐（生於一八八二年十一月五日）成親。一九一四年十月十一日歿於聖布里厄。

四十五歲這一年，比對一下日期，發現他哥哥是在結婚一個月後便出生？然而，舅舅才剛向他描述結婚典禮當時那件瘦長的長裙……

第二個兒子是由醫生接生，在一間家具仍堆放著的新房子裡。她七月十四日出發，帶著在塞布斯河給蚊子叮得渾身腫脹的孩子。八月，動員令。丈夫直接前去阿爾及爾市的〔單位〕報到。有一天夜裡他偷偷跑出兵營去擁抱兩個兒子。直到宣布他的死訊，誰也沒再見過他。

一名被驅逐離境的墾殖者，毀掉葡萄園，放出蓄水槽裡的鹹水……「如果我們在這裡的所作所為是一項罪行，那麼就應該將這些事兒給清除掉……」

媽媽（關於N）：你「通過考試」那一天——「什麼時候他們才會發給你獎金？」

格里克林斯基與禁慾的愛。

才剛做了他的情婦的瑪塞蕾對於這國度的不幸並不感興趣，著實令他訝異。「來！」她說道。打開一扇門：她九歲的兒子——生下來時被醫生用產鉗給壓碎了中樞神經——癱瘓了，無法言語，左側的顏面比右側「高」，得由人餵食和清洗等等。他將那扇門合了起來。

他知道得了癌症，但並不說出他知道了。旁人信以為真，就對他裝模作樣的。

第一部：阿爾及爾市，蒙多維鎮。之後他遇見一名阿拉伯人跟他提及他的父親。他與阿拉伯工人的關係。

J. 杜艾：鬧門。

貝哈勒死於沙場。

F. 得知他與Y有染時淚流滿面地嚷著：「我呀．我也很美豔呀！」之後Y也喊道：「啊！來個人把我給帶走吧！」

之後，慘劇發生很久之後，F和M才碰面。

基督不曾來過阿爾及利亞。

收到她所寄來的第一封信以及目睹由她親手寫下他的姓名的那份感覺。

理想的方式是：如果這本書是寫給母親的，從頭到尾——結果，只有到了結尾讀者才發現她不識字——對的，應該是這樣的[a]。

他在這世界上所最渴望的，便是母親能徹底讀了他的生命以及血肉之軀，這是根本不可能的事。他的愛、他唯一的愛終將永遠地喑啞。

將這個貧農的家庭從貧窮的命運中拉出，亦即從歷史中消逝而未曾留下痕跡。那些無法言語的人。

他們過去比我偉大將來亦如是。

從初生那夜寫起。第一章，之後第二章：卅五年之後，聖布里厄火車站一名男子從火車列車下來。

Gr.[1] 我視他如父，他就出生在我父親戰死並埋骨的那個地方。

a. T.I.強調。

1. Grenier——〔譯註〕：格勒尼埃，為卡繆大學預科及大學時期的哲學老師，亦師亦友，兩人保持二十餘年的通信。

皮埃爾和瑪莉。最初，他無法將她弄到手：「這就是何以」他喜歡上她。相反地，傑克和杰西卡，立刻就享受幸福。這就是何以他得花上一點時間才真正喜歡她——她的身體遮蔽了她。

高原上的靈車（菲加里）[1]。

德國軍官與孩子的故事：除了為他而死之外，沒有任何事是值得的。

「基耶」字典的書頁：那股氣味和那些插圖。

製桶廠的氣味：刨木花的味道比鋸木屑要（　）[2]。

約翰，他永遠也無法滿足。

他離開「少年的」家，以便「獨自」睡覺。

在義大利領悟到宗教：透過藝術。

第一章結尾：在這同時，歐洲已調準各自的大炮。六個月後便開火了。母親來到了阿爾及爾，一手牽著一個四歲的孩子，另一個則抱在懷裡，而這個幼子在塞布斯河給蚊子叮得渾身腫脹。他們來到外祖母家，安頓在那間窮人三間房的屋子。「媽！謝謝您收容我們。」外祖母腰桿挺直，眼睛明亮且嚴峻望著她說：「女兒呀！妳得去找個活兒來幹！」

媽媽：像穆什金那般無知。她對基督的生平一無所知，有的話就只有那個十字架。然而誰又比較接近祂呢？

清晨在外省的一家旅館天井等候著M。這種幸福的感覺，除了在剎那間以及不法勾當的情況下外都從未感覺過——正是由於它的不正當性，才阻止這份幸福感不至於永遠持續下去——大部分時間都令他墮落，卻很少像現在；在這種清淡陽光底下的清晨，將四周沾滿露水的大理花照得閃亮，出現這種純潔的狀態……

××的故事。

她來了，衝了進來，「我現在自由了。」等等，然後扮起豪放女。在床上將衣

1. 應係指 Pedro Figari，烏拉圭畫家，一九二一年至一九三五年定居巴黎。
2. 有一個字無法辨識。

服脫得精光，竭其所能地做……最後還不過是個不好的（　）[1]很可惜。

她離開丈夫——失望透頂，等等。那丈夫寫信給那個男人：「你得負起責任。繼續和她交往否則她會自殺。」結果，必定失敗：熱中於絕對情境，在這種情勢之下，只有去求助於不可能的事——於是，她自殺了。那丈夫來了。

「你知道我為何找上門。」

「知道。」

「好，你可以作個選擇；要麼我殺了你，要麼你殺了我。」

「不，該是由你負起作選擇的擔子。」

「殺了吧！」

事實上，那個陷入僵局的傢伙，也就是受害者本身根本不用負責。但她〔必然〕要對其他沒付出代價的事負責。蠢到極點。

××。她身上滿腦子毀滅和死亡。她是〔獻給〕上帝的。

某位自然生態主義者：對於食物、空氣等等經常持一種存疑的心態。

在被占領下的德國：

晚安，Herr offizer（軍官先生）

晚安。傑克說道並關上門。那種語調很令他訝異。後來他才明白，許多征服者在當自己被征服及占領後皆很不自在，才會說出這種語調。

傑克不想活著。他所作所為只有令他聲名狼藉，等等。

角色：妮科爾・拉德米哈勒。

父親的「憂鬱的非洲」。

結尾。帶著兒子到聖布里厄。在小廣場上兩人面對面地站著。你是怎麼捱過日子的？兒子問道。什麼？是的，你是誰？等等。（幸福）他感覺到四周死亡的陰影變得沉重。

V. V. 我們這群另一類的男男女女，在這個時代。在這座城裡，在這個國度裡，我們彼此相擁相抱又相互排斥；又重修舊好，又仳離分手。然而，在這段時間裡我們卻透過彼此共同奮鬥、受苦，這層美妙的共犯關係，彼此間不斷相互協助來

1. 有一個字無法辨識。

過日子，這就是所有的愛情呀！——愛眾人的愛情。

一輩子在餐廳都點非常半生不熟、表面帶血的肉，到了四十歲他才發覺自己喜歡的肉是五、六分熟的，且一點兒也不是帶血的。

完全擺脫藝術和造型的考量。尋回直接的接觸，不假手他物的，這就是純真。在此地忘掉藝術，「便是忘掉自我」。不必透過品德放棄那個自我。相反地，就去接受地獄。想出類拔萃的人便偏好自己，想享樂人生的人也偏好自己。只有這麼一個人他放棄他原本的模樣，放棄他自己，並接受「所發生的事」，及其結果。結果這個人便能直接接觸到一切。

透過這種更進一層的純真，尋回希臘人或者大俄羅斯人的輝煌。不要擔憂，也不用害怕什麼……但，誰會來協助我呀！

今午，在格拉斯往尼斯的路上，在一種極度興奮的情緒底下他突然發現，經過這幾年的交往，他愛上了杰西卡；並發現自己去愛人了，而其餘的世界便像她旁邊的陰影那樣。

我並未存在於我所言、所寫之中。結了婚的人並非是我，做父親的人也不是我，這個人……等等……

許多回憶錄記載一些「棄兒」被派遣到阿爾及利亞來殖民。是的，我們都在這兒。

早晨的電車，從貝勒古爾開往總督府廣場。在車頭，電車司機和那些操縱桿。

我將敘述一個怪人的故事。

我將要敘述的故事是……

媽媽和故事：有人向她說起蘇聯的人造衛星：「呀！我不喜歡那麼高！」

「回溯的」章節。卡比利亞村莊的人質。士兵被閹割——掃蕩，等等，逐步進行，直到殖民地的第一槍響起。但為何就此打住？該隱殺了亞伯。技術面的問題：採用單獨一章或者用對比法？

哈斯戴伊。一名八字鬍濃茂、雙鬢花白的殖民者。

其父：聖德尼郊區的工匠；其母：清洗小件日常衣物的女工。

幾乎所有來自巴黎的殖民者（且大部分都是四八年代的那批人）。巴黎有許多失業者。制憲會議投票通過提撥五千萬法郎去派遣一支「殖民隊伍」：

每名墾殖者：

一間住所
二至十公頃的耕地
籽粒、耕作物等等
糧食配給

沒有火車（火車線只鋪設到里昂市）。從那兒只有靠運河——由馱馬拖著的「駁船上」。〈馬賽曲〉、〈出征曲〉、神職人員的祝禱，頒贈前往「蒙多維鎮」的旗幟。

六艘駁船每艘一百至一百五十公尺。拘禁在草墊上。婦道人家得相互拉起床單圍住，以便更換身上的衣服。

航行了近一個月。

在馬賽港拉扎雷大醫院[1]（共一千五百人）待了一個星期。登上一艘蹼輪推進式舊艦艇：「拉布拉多」號。在強勁西北季風下起航。五天五夜——全部病倒。

博恩港——全港區的人全部聚到碼頭來迎接這些殖民者。

船艙底部堆放行李，有的遺失了。

從博恩港到蒙多維鎮（在軍用砲架拖車上，男人們皆步行，以便讓出位子和空氣給婦孺，「沒有路」。在碰上得越過沼澤平原或者荊棘多刺的樹叢時，隨便抓個方向走；在阿拉伯人敵視的眼神的監視下，以及當地卡比利亞狗群死命地叫嗥聲——一八四八年十二月八日[2]，蒙多維鎮並不存在，一些軍用帳篷。夜裡，女人家們哭泣——帳篷上頭下了八天阿爾及利亞的雨，河川皆都氾濫。孩子們皆在帳篷裡大小便。木匠們搭起臨時的遮蔽，還蓋上床單以保護家具。到塞布斯河邊截下空心蘆竹稈，讓孩子們可以從帳篷內小便流到外頭。

「在帳篷裡待了四個月」，之後，臨時的木棚；每間雙併的木棚屋得安頓「六個家庭」。

四九年春；熱天來得過早。人們就在木棚內挨烤。瘧疾之後便是霍亂。每天死個八至十個。木匠的女兒奧古斯汀死了，之後他太太也死了。小舅子也死了。（大夥便將他們埋在凝灰岩板下）。

醫生們的處方：「跳舞」以便暢通血脈。

於是大夥夜夜在埋妥兩個死人之間，和著那位蹩腳小提琴手的音樂跳舞。

公家租借的土地須等到一八五一年才發放。父歿，羅西娜和歐仁便孤苦伶仃。

到塞布斯河的支流洗衣還得有士兵護送。

築起圍牆＋軍隊挖掘溝渠。小屋及花園，他們蓋起了的房子。

1. 當時馬賽港的一家大醫院。
2. 作者用一條線將它圍了起來。

五或六隻獅子在村莊附近吼叫（努米迪亞[1]黑鬣的獅子）豺、野豬、鬣狗、豹。

攻擊村莊。偷竊牲畜。在博恩港和蒙多維鎮之間，一輛四輪陷入泥坑的畜力車。乘客跑去尋求援助，只留下一名懷了身孕的女子。等回來時看見她的肚子被人剖開，兩顆乳房被人切下。

第一座教堂，四面牆是用和泥砌成的，沒有椅子，只有幾張長板條。

第一所學校：用木桿和樹枝搭成的簡陋茅屋。三位修女。土地：零星的小耕地，肩上扛著槍耕作。夜晚才返回村莊。路經此地的一支法國縱隊，三千名士兵夜裡劫掠村莊。

五一年六月。造反。百餘名穿呢斗篷的阿拉伯騎士圍住村莊。在矮圍牆上用大鍋的煙筒偽裝成大砲。

事實上，在田裡耕作的巴黎人；許多人是頭戴高頂黑禮帽到田裡做工的而他們的妻子則一身絲綢。

不准抽捲菸。只准使用有頂蓋的煙斗（因為火災的關係）。

房子建於五四年。

在君士坦丁省[2]為數三分之二的移民全都罹難，甚至連碰到十字鎬和犁刀都沒有。殖民者的老墓園，一大團遺忘[3]。

媽媽。儘管有我全部的愛，但事實的真相是我無法過這種盲目的耐性，沒有交談，沒有目標的生活。我無法生活在她那種無知的生活裡。而我跑遍世界，去打造、去創造、去渴望與人為伍。我們的日子已經充滿了一切，還外溢了出來——然而，卻沒有任何東西能夠填補我的內心，就像……

他知道他終將再度離去，再度犯下錯誤，並忘掉他所知道的一切。不過，他所知道的正是：他生命的真相就在這房間裡……顯然他是在逃避這項真相。誰又能與自身的真相共存？不夠，只須去知道它的存在即可，至少只須去識其為何物，以及知道是它在他的內心孕育了一份敢於面對死亡，隱蔽且沉默的熱忱。

媽媽晚年的基督信仰。一位貧苦、可憐、無知（　）[4]的女子。向她介紹蘇聯的人造衛星？但願十字架能夠支撐得住她！

1. Numidia，古羅馬時代非洲撒哈拉沙漠以北部分地區的名稱。
2. Constantine，阿爾及利亞東半部與突尼西亞為鄰，涵蓋部分卡比利亞山脈及整個乾旱高原。
3. 「一大團遺忘」作者將之圈了起來。
4. 有一個字無法辨識。

一八七二年，父系這邊的祖先安頓下來，他們是在這之後：

——巴黎公社

——一八七一年阿拉伯人的造反（第一個在密地佳平原被殺的人是名教員）。

阿爾薩斯人占據了「造反者」的土地。

時代的大小。

母親的無知與所有（　）[1]的故事和世界成對比。

比爾哈根[2]：「很遠？」或「就在那兒」。

她的宗教是憑視覺的。她能明白所見的絕無法加以詮釋。耶穌即受難，他死了，等等。

女戰士。

敘述他的（　）[3]以便尋回真相。

第一部：流浪者。

一、搬家途中出生。戰爭後六個月[a]。孩子，阿爾及爾市，父親一身朱阿夫兵團制服，頭戴一頂扁平狹邊草帽衝鋒陷陣。

二、四十年過後。兒子站在聖布里厄父親的墳前。他回到阿爾及利亞。

三、為「那些事件」回到阿爾及利亞。尋找。前往蒙多維鎮。尋回他的童年而非父親。他知道自己乃是第一人[b]。

第二部：第一人

青少年：一記拳

運動和道德

大人：（政治活動——阿爾及利亞，抗德）

a. 一八四八年的蒙多維鎮。

b. 一八五〇年的馬霍人——一八七二～七三年的阿爾薩斯人——一九一四。

1. 有一個字無法辨識。

2. Hakein，利比亞東部昔蘭尼加沙漠水頭的限制點。一九四二年夏，法國的反抗軍曾在此成功地牽制隆美爾的德軍攻勢。

3. 有兩個字無法辨識。

## 第三部：母親

愛情。

王國：運動的老夥伴，老朋友，皮埃爾，老教師及他的兩次入伍。

母親[1]

在最後一部裡，傑克向他的母親解說阿拉伯人的問題、克里奧爾人[2]的文明，西方世界的未來。「是的。是的。」她說道。之後完全招認便結束。

這名男子身懷有一份神秘，而他就是想去弄清楚這份神秘。

最後卻只有貧窮這份神秘，它令所有的人皆無名無姓，皆無過往記憶。

年輕時期在海灘上。經過一整天的嘶喊、曝曬、使勁出力，和隱晦或熱切的慾望。夜色落在海面上。一隻雨燕在高空嘶叫。結果焦慮令他難過不堪。

最後他以恩貝多克利[3]為榜樣（　）[4]哲學家離群索居。

此處我想敘述一對男女的故事，他們倆血源相同，卻迥異懸殊。她就像這世間所具有的一切美好，而他靜靜地像頭怪獸那樣。他幹盡了我們這個時代的瘋狂底事；而她卻像已經度過許許多多相同的時代那樣，也度過了這個時代。大部分的時間她都默默不語，且僅僅掌握極少的字眼以表達自己；而他說個不停，卻無法透過成千上百的字眼來表達她由一份緘默所表達的一切……母親與兒子。

自由採用任何一種語氣。

傑克一直都覺得自己與那些罹難的人患難與共，此刻卻體驗到自己也與那些劊子手連成一體。他的悲哀。加以說明。

應該以自己生命的旁觀者身分來過活。並且附加上得去完成的那個夢想。然而我們活著，而別人卻夢想去過你這種日子。

他仔細地盯著她看。一切都靜止了下來，時間劈哩啪啦地流逝著。就像在看電影時因外界的一些干擾，影像消失了，在漆黑的電影院裡聽到機器的轉動聲那樣；面對一個沒有影像的螢幕……

1. 作者將這一整段用線框了起來。
2. Gréole，美洲安地列斯群島白種人的後裔。
3. Empedocle，西元前五世紀希臘哲學家兼政治家。
4. 有一個字無法辨識。

阿拉伯人販賣的一圈圈的茉莉花環。這種念珠模樣香噴噴黃白色的花朵（　）[1]。這些花環枯萎得極快（　）[2]，花朵變黃了（　）[3]，但香氣持續在貧窮的房間裡飄溢著。

巴黎的五月天，一簇簇白色的栗樹花在空中到處飄揚。

他愛母親及自己的孩子，一切皆非由他去選擇的。總之，他老是否定一切、懷疑一切，除非迫不得已，他從未愛過什麼。命運所安排擺在他周遭的人物，出現在他眼前的世界，一切在他的生活中所無法迴避的，疾病、使命、榮耀或者貧窮。總之，他命運裡的一切。其餘的那些他可以作出選擇的；他都竭其所能去愛它們，這可不是相同的一碼事。他必定有過美妙的事物，激情甚至溫柔的片刻。不過，每個時刻都會將他推向另一個時刻，每個人將他推給另一個人，結果，他再也無法去喜愛他所曾經選下的；除了那些逼於情勢他非得接受的一切。然而這些並非出於他的情願，而是偶遇的情況，不過最後還是成了一樁避免不了的局面：杰西卡。真正的愛情並不是一種選擇，也不是自由。內心，真正的心底尤其不自由。這是怎麼也避免不了的事，就承認它的必要性吧！而說實在的，他除了這種迫不得已之外，從沒誠心誠意地去愛過。此刻，他就只能去愛上他自己的死亡！

[a]明天，六億的黃種人、十億的黃種人、黑人、皮膚黝黝的人湧現，登上了歐

洲……而最好的是〔將之給皈依〕。所有那些教導他的以及像他這樣的人，和當時從那些人身上所學到的種種，以及他生活中所秉持的那些道德標準，這一切均將白白地消逝殆盡。「在她面前他只有繳械投降」。

M.十九歲。而他當時便已卅歲，因此他們彼此之間相當生疏。他明白無法令時光倒流，也無法阻止所愛的人過去有過的、做下的，以及經歷的種種，因為我們根本無法擁有我們所選擇的一切。因為一切均得在出生第一場哭啼當中去作選擇，而我們除了皆是從娘胎出生外，我們是各自被生下的。我們只能擁有那些不可避免的一切，因此，我們就得回到那上頭（參見先前的註釋），並且承受這一切。這真是何等的懷古情懷以及何等的憾事！

我們必須放棄一切。不！學著去喜歡那些不完美的一切。

到了結尾，他懇求母親的寬恕——你為何就是這麼一個乖兒子呢？——但，這是因為還有許多部分她無法知曉也無從想像〔　〕[4]，因此她是唯一能寬恕他的人（？）

a. 午睡時他作了這樣的夢。
1. 有六個字無法辨識。
2. 3. 有二個字無法辨識。
4. 有一個字無法辨識。

既然我已經將順序弄顛倒，那就「先」讓年邁的杰西卡現身，再出現她年輕的模樣。

他娶了M.，因為她從未認識過其他男人，這點令他著迷。他是為了彌補自身的不是，才娶了她，之後，他便學會了去愛那些能夠派用上的女人——換言之——去愛上生活裡那種可憎的、迫不得已的事。

一章有關一九一四年戰爭的描述。我們這個時代的孕育器。從母親的觀點？她從未見過法國，也沒見過歐洲及世界。她相信那些炮彈碎片是自動炸開的等等。

一些交錯的章節讓母親發表意見。用她僅有的四百個字彙評論相同的事件。

總而言之，我將述說我過去所喜歡的一切。且就僅僅這些而已。喜悅至極。

薩多克[a]：

一、——為何你要那樣結婚？薩多克。

——難不成我得按照法國式的結婚？

——法國式的或者其他的都可以！為何你要屈從於一個你認定是既愚蠢又

殘忍的傳統[b]？

——因為我們這一族人就認同這種傳統，而他們也沒有接受別的，這樣便與它牢牢凝聚在一起。因此，如果脫離了這種傳統便也就脫離了他們。這就是為什麼明天我會走進這個房間，並將一名未曾謀過面的女子衣服脫光，並在劈哩啪啦的槍聲中強暴她。

——夠了，我們就暫且先去游泳！

二、——怎麼樣呢？

——他們說現階段應先鞏固反法西斯陣營，並說法國和俄國應聯手防禦。

——他們能否做好防禦同時又在自己的國家裡確立法治？

——他們說這些要稍後才做，我們得等等。

——這裡不能再無法無天，這點你很清楚呀！

——他們說如果我們不能等，就客觀情勢而言，我們便幫了法西斯那一幫人的忙。

——這就是說，將你那些老同志關了起來還是一件挺對的事！

a. 這些〔都不能在生活中出現的〕採用一種抒情詩，且一點都不寫實主義的風格。
b. 法國人是有道理的，但他們卻用這種道理來壓迫我們。這就為什麼我選擇了阿拉伯式的瘋狂行徑，被壓迫者的瘋狂行徑。

——他們說這是很遺憾的事，不過別無選擇。

——他們說！他們說！而你難道都未吭聲？

——我都閉了嘴。

他盯著他看。熱氣逐漸升高。

——那，你就背叛了我？

他並沒有說成：「你就背叛了我們」，而他倒是有理，因為背叛只牽扯到肉體，單獨的個體而已，等等……

——沒有！我今天就退黨了……

三、——你記得一九三六年？

——我不是背共產黨的效力的恐怖主義者，我只是在對抗法國人。

——我就是法國人，而這個女人也是。

——這我知道。算你們倒楣。

——那麼你就背叛我了！

薩多克的眼神閃動著一份狂熱。

如果最後我採用依年代排列順序的話，那麼雅克太太、或者那位醫生便可能是蒙多維鎮第一代殖民者的後裔。

說著。

我們大可不必抱怨，只要想想當初我們第一代的祖先，在這裡……等等。醫生

四、——傑克的父親死在馬恩河。他那個卑微的生命又留下了什麼？什麼也沒有，一份觸摸不著的記憶——森林火災中遭大火吞噬的蝴蝶，牠的一片翅翼灰燼。

「兩股」阿爾及利的民族主義。一九三九年至一九五四年（造反）之間的阿爾及利亞。在阿爾及利亞意識底下的法國道德標準會是如何？便是第一人的那種。兩個世代的記事便足以解答當前的悲劇。

密里亞納城暑期育樂營，清晨和黃昏兵營的吹號聲。

愛情：他多麼渴望她們如處女一般永保純潔，沒有過去及沒有男人。而他就曾碰到這麼一個人，他將整個生命獻給了她，自己卻怎麼也做不到忠貞不二。因而，他期待所有的女人都能做到他自己都做不到的境界。而如果碰上那種和他一副德行、他又深愛的女人，只有令他勃然大怒，激烈到了極點。

青少年時期。他活著的精力，他生活的信念。然而他卻病得咯血。生命就是這

麼一回事，醫院、死亡、孤寂，以及這種荒謬。如此而分崩離析。然而在內心深處：不！不！生命應該是另一種方式。

從坎城往格拉斯途中的感悟……

於是他明白了，就算得重新回到先前他一直生活其間的枯燥且又呆板的日子，他仍願意，獻出他的生命、他的整個內心、他五體的感念，期待能有那麼一次，可能就只有這麼一次、唯一的一次，讓他通向……

最後一部的開頭安排如下的場景：

一頭失明的驢子經年累月吃苦耐勞地繞著水車轉，承受著鞭打和無情的大自然、酷陽、蒼蠅，又一再地承受著，這樣繞著圓圈緩慢地前行；這一切看來是那麼枯燥、單調、痛楚；而水則不斷地湧現……

一九〇五年，L.C.[1]參與摩洛哥的戰役。然而在歐洲的另一端，卡利亞耶夫。

L.C.的一生。全然出於無奈，除了活下去以及堅持到底的意志之外。從小無父無母。農工，被迫迎娶。他的一生完全是在由不得他的情形下展開——然後戰爭殺死了他。

他將前去探望格勒尼埃：「像我這樣的人我太清楚了，生來就順從一切。他們需要的是一種專橫硬性的規定，等等。宗教、愛情，等等。這些對我而言是不可能接納的，為此，我決定立誓服從您。」接下來的（新聞）。

末了，他不知道到底誰才是他的父親。不過，他自己又是誰？第二部。

默劇電影，讀字幕給外祖母聽。

不！我不是個好兒子：一個好兒子應該隨侍在側。而我卻浪跡天涯，拿那些虛榮心、那些榮耀，和身邊不斷出現的女友來欺騙她。

——但你只愛她一個人？

——我真的只愛她一個人嗎？

接近他父親的墳墓之際，他感覺到時間脫序開來——此一時間的新秩序便是此書的順序。

1. 可能就是他的父親 Lucien Camus。

他是一個毫無節制的男人：女人，等等。

因此他身上那些〔過度的部分〕便受到懲罰。之後他知道了。

在非洲的焦慮就是當夜色快速地從海上湧來，籠罩住四周起伏不定的山巒和高原。這份神聖的焦慮，一種面對永恆的恐懼。這樣一份相同的焦慮在夜晚也會籠罩住特耳菲山丘，並出現相同的效果，因而湧現無數的神殿和祭壇。然而，在這片非洲的土地上，那些神殿皆早已被摧毀了，只在內心留下一片巨大的壓力。他們都這樣死去！那樣靜靜地又徹底置之度外地死去。

他們所不喜歡他的就是他身上那份阿爾及利亞背景。

他與金錢的關係。部分肇因於貧窮的關係（他從未替自己買過什麼東西），部分是基於他的驕傲：他從不討價還價。

向母親懺悔做為結尾。

「您並不瞭解我，但您卻是唯一能夠寬恕我的。有許多人自願樂於寬恕我。更多的人會用各式各樣的口吻叫嚷著我犯下了過錯。然而當他們這樣說時我便已沒犯錯了。其他的人倒是有權說我錯了，而我也知道他們說得對，因此我還得懇求他們的寬恕。然而，我們只能向那能夠寬恕你的人懇求寬恕。簡簡單單就寬恕了，而不是去要求人家，你自己值得寬恕、去期待。〔而是〕只向他們言明、告訴他們一切，然後接受他們的寬恕。有許多男男女女我是可以懇求他們的寬恕的，然而儘管他們出於一片好意，我卻知道在他們的內心某處是根本不能也不知道如何去寬恕。只有那麼一個人能夠寬恕我，然而我從未做過對不起他的事，我還對他獻出我赤誠的心；不過我還真的很想去找他，我經常默默地懇求他的寬恕，但他已過世，而我孑然一身。您是唯一能寬恕我的人，但您卻不瞭解我，又看不懂我所寫的。然而我還是向您說明白、寫清楚，而且只向您一個人，最後當這些完成之後，我會不多加說明地懇求您的寬恕，而您也會對我微笑……」

傑克在從地下編輯室撤走之際殺死了一個前來追捕他的人（他腳部扭曲，踉踉蹌蹌，有點向前彎曲。當時傑克突然一陣劇烈的狂怒：他再次出拳毆打他，從喉嚨處從下朝上打去，結果他的頸子底部立刻出現一個大洞還直冒水泡。之後，由於噁心和狂怒到了極點，他又再次地打了他〔　〕[1]，就朝著跟前直接打去，而沒去注意打了他什麼地方……）之後，他跑到萬達的家裡去。

1. 有四個字無法辨識。

貧苦又無知的柏柏爾農人。懇殖者。士兵。沒有土地的白種人。（他喜歡他們，但並不喜歡那些只會模仿西方世界最壞的部分，穿著黃色尖頭皮鞋，披掛頭巾的半吊子混血兒。）

結尾。

交還土地，土地不屬於任何人。交出那些不能用來買賣交易的土地（是的，而且基督根本就沒到過阿爾及利亞，因為此地的僧侶竟然都可以擁有土地及租界地）。

於是他望著他的母親及其他的人，一邊大嚷道：

「交出土地！將所有的土地交給窮人們，交給那些一文不名以及窮到都不敢去擁有以及去占有的人，交給在這塊土地上像她一樣一大群可憐的人吧！他們當中大部分是阿拉伯人，也有幾個法國人，他們是藉由頑強堅韌和吃苦耐勞才活著或才存活下來，他們在這世界唯一感到驕傲的事，就是他們一窮二白。賜給他們土地吧！就像我們將神聖的東西交給那些神聖的人物那樣！至於我，我將再次且永遠地貧窮下去，將自己放逐到最惡劣的天涯海角；然而當我知道我所敬愛的她，以及廣大群眾最後終能一起聚在我所出生的太陽底下，以及我所熱愛的土地上時，我將微笑而且快樂地死去。」

（於是這一大片無名之地變得肥沃無比，而它也將澤及我身——我將重返這個國度。）

暴動：參見塞爾維耶著《明日之阿爾及利亞》第四十八頁。

阿爾及利亞民族解放陣線裡的年輕政治專員採用「塔山」這個化名。是的，是我指揮，我殺了人，我就生活在山區，在炙陽和雨水底下。你對我有什麼高見？回到巴屯[1]去幹活兒？

有關薩多克的母親，參見第一百一十五頁。

面對著？在世界最古老的故事裡我們便是最早的一批人——但並非是在（ ）[2]報紙上大聲疾呼的那些行將就木的人，而是那種仍未定型且與眾不同、朝氣十足的人。

那些沒有神的信仰、沒有父親的孩子，派給我們的教師令我們膽戰心驚。我們未具合法地位的活著——驕傲。

所謂新生代的懷疑論——一派謊言。

打從何時開始，不相信謊言的老實人便成了懷疑論者？

1. Bethune，法國西北，加來海峽省一專區，為一著名礦區。
2. 有一個字無法辨識。

作家這一行業的高貴之處在於抗拒壓迫，因此就得接受孤寂。

在逆境中支撐我的那些，有可能將會協助我邁向一個極佳的順境裡——而最是能支撐我的便是真知灼見，而真正的真知灼見，我是從藝術當中獲取的。

就算藝術對我來說高不可攀，但也是不會的，因為它不能和任何人分開的。

除了在〔古代〕。

作家是從奴隸先幹起。

他們獲取了自由——不可能〔　〕[1]。

K.H.：所有誇大的皆微不足道。但K.H.先生本身就微不足道，卻又要誇大自吹。他執意兩者兼備

1. 有四個字無法辨識。

Deux Lettres

# 兩封信

一九五七年十一月十九日

敬愛的杰爾曼先生：

我是在等候這一陣子繞在我四周的喧譁稍微平息，才由衷地寫信向您訴說心中的話。他們剛授與我一個莫大的榮譽，而我並沒有刻意去爭取及企求。不過，獲知得獎消息的那一刻，腦海裡最先想到的人，除了我的母親外，便就是您了。如果沒有您，沒有您那隻關愛的手伸向我這麼一個窮困的小孩；如果沒有您的教導以及沒有您的楷模，所有的這一切便不可能發生。我並非十分在意這類的榮耀。不過，至少可以在此向您傾訴，您曾經、同時也將永遠是我一生中最舉足輕重的人；並向您保證，您的心血、您的付出，以及您那份慷慨心意均將永遠牢記在一名您的小學子弟心中，而不管他的年紀多大，永遠都會是一個感念您的學生。

謹致上我最至誠的擁抱。

阿爾貝・卡繆

阿爾及爾，一九五九年四月三十日

親愛的小夥子：

我已經收到你親手寄來的那本《卡繆》的書；作者布里斯維勒還在上頭特意為我親筆題詞。

對於你這樣優美的動作我真不知道如何向你表達我的歡喜，以及如何向你致謝。如果辦得到的話，我一定會緊緊地將你這個大男孩抱住；雖該你現在已是大人模樣，但對我來說你永遠就是「我親愛的小卡繆」。

除了翻閱先前的幾頁外，我還沒看這本書。到底誰是卡繆？我覺得那些想盡辦法想看穿你的性格的人根本就辦不到。在洩漏你的性格和感情時，你一向有一種出於本能的害臊。由於你個性率真、直接，這樣做反而愈發理想？這些都是你在課堂上留給我的印象。一個有心盡責的教育者，絕不會錯過任何時機，去認識他的學生，而這樣的情形會一再地出現的。孩子們的回答、動作、態度皆能表露無遺。我確信很清楚地認識當時那個乖乖的娃娃頭的你；而往往這個孩子就是日後長大成年的胚型。你喜歡上課的心情從各方面都顯露出來。你的面孔洋溢的樂觀表情。在仔細瞭解你的情況後，我便從未懷疑過你真實的家庭情況。當你的媽媽為申請獎學金前來見我的時候，我只有一個概括的印象。況且，當時就在你即將畢業離開我之際。不過，一直到那個時候我都覺得你的情況和其他的同學並沒有兩樣。你一向都擁有該有的一切。就像你哥哥一樣，你的穿著都很得體。這點我想我是怎麼也無法向你媽媽表達我由衷的敬佩之意。

再回來談布里斯維勒那本書，書中夾印了許多相片。透過照片我很激動地認識了你那位可憐的爸爸——我一直是將他視同我的弟兄那樣。布里斯維勒先生很客氣地提到了我，我得向他致謝一番。

我看到一些為你而寫以及談論你的專書不斷增加。然而我也發現你的高知名度（這絕對屬實）並沒有令你昏頭轉向，這點頗令我感到極大的欣慰。你一直都是卡繆！很好！

我一直很興致盎然地注意到你所改編並上演的戲劇——《群魔》劇中的高潮迭起。我因為太愛你了，所以不得不祝福你大獲成功；這也是你當之無愧的。甚至馬爾羅[1]都準備送你一間劇場。我知道這是你情有獨鍾的。然而，你對這許許多多的活動都能夠分身有術？你過度使用了精力，我很替你擔憂。就讓我這個老友提醒你：你有一位賢慧的太太和兩個子女，他們也都需要丈夫和爸爸！關於這點，我想跟你講一句當時我們師範學校的校長經常掛在嘴邊的話。這個人對我們非常、非常嚴苛。他真的很喜歡我們，卻嚴格到妨礙了我們去觀察、去感知。「大自然手邊擺了一本大冊子，它會詳細記載你所犯下過分的每件事！」我承認他這句充滿智慧的警語經常會在我忘記之時提醒了我。那麼就試著在大自然保留給你的那本大冊子上多留些空白吧！

內人安德奮提醒我，我們曾一塊看了一段電視文學節目，內容是有關《群魔》的討論。看到你在電視上回答問題著實令人感動不已。然而，我身不由己地便批判了起來，這點你是一點也不會懷疑的；而不管怎麼說我總會碰到你，聽聽你的看法的。不過，這樣多少也可以彌補你不在阿爾及爾。我們也許久沒見到你了……

在結束前，我想跟你談一件不愉快的事，這是我做為一個世俗的教員面對策劃來攻訐我們學校的那些計畫所感受到的。我確信在我教書的這一輩子當中，一直都很尊重孩子們最為珍貴的部分，亦即尋求真理的權利。我喜愛你們當中的每一個人，而且自信都竭其所能地不去表明我自己的觀點，而去影響到你們年幼的心靈。一旦牽扯到上帝的問題（課程上就有），我會說有些人相信他，有些則不。而每個人在他所擁有的全部權利中，便可以去做他想要做的。同樣地在有關宗教信仰問題上，我也僅僅提到那些現有的各種宗教，由喜歡它的人們各自去信仰它。而為了更準確些，我會補上說明，也有一些人根本就不相信宗教。我確知這種做法一點兒也不會討好那些想將教師視為宗教——確切地說就是「天主

1. André Malraux，1901-1976，當時法國文壇的祭酒、政治界的紅人，一九五九年七月二十四日便榮任法國首位文化部長。

教」——的巡迴推銷員的人士歡心。當初在阿爾及爾師範學校（當時位在加朗公園），我父親和他的同學每個星期天皆「被迫」前去教堂望彌撒和領聖體。有一天我父親被這種限制弄得厭煩，便將那塊「被祝聖的」聖餅塞進《聖經》裡頭，並將它合起！學校校長得知此事，便毫不猶豫地將我父親開除。這就是「自由的學校」[1]的擁護者想要的（和他們想法一致的自由）！以目前國會成員的組合來看，我擔心不好的事情將會接踵而至。「受箝制的報紙」[2]就曾報導，在某一個省裡有百餘所世俗的公立學校，教室的牆上是高掛著耶穌受難十字架在上課的。我認為這樣對孩子們的信仰造成極壞的傷害。這後果會如何？或許就在不久的將來吧！想到這些就不由得令我憂心忡忡。

親愛的小夥子，我已經快寫完四大頁了。如此實在太濫用了你的寶貴時間也請求你見諒。我們這兒一切都很順利。我的女婿克里斯蒂昂明天就要出門去服二年三個月的兵役！

你可要知道，就算我沒寫信給你，我也經常會想到你們的。

內人和我謹向你們一家四口獻上熱情的擁抱。

謹致我的深情。

路易・杰爾曼

我記得你和那些和你一塊領聖體的同伴一起來到教室的情形。你那樣一身華服以及那樣歡天喜地，看來十分快樂且驕傲。我由衷地為你的歡喜感到快樂，同時也認為如果你想去領聖體，那是因為你去做的緣故？那麼……

1. 原文 l'Ecole lidre。此處「自由的」（libre）是相對於公立學校——俗稱「世俗學校」（l' Ecole laique）——它因此係指教會辦的私立學校；大部分皆是天主教教會。
2. Le canard enchalné，舊誤譯為「被縛住腳的鴨子」，創於一九一六年，立場超然，為法國當代最著名的時論週刊。

國家圖書館出版品預行編目資料

第一人／阿爾貝・卡繆作；吳錫德譯. -- 二版. --
臺北市：皇冠, 2017.05
面；公分. --（皇冠叢書；第4616種）(CLASSIC;090)
譯自：Le premier homme

ISBN 978-957-33-3298-5（平裝）

876.57　　106005474

皇冠叢書第 4616 種

**CLASSIC 090**

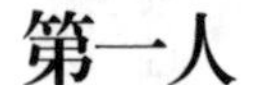


Le premier homme

Le premier homme by Albert Camus
Complex Chinese edition copyright © 2017 by Crown Publishing Company, Ltd.
All Rights Reserved.

作　　者—阿爾貝・卡繆
譯　　註—吳錫德
發 行 人—平雲
出版發行—皇冠文化出版有限公司
台北市敦化北路120巷50號
電話◎02-27168888
郵撥帳號◎15261516號
皇冠出版社(香港)有限公司
香港銅鑼灣道180號百樂商業中心
19字樓1903室
電話◎2529-1778　傳真◎2527-0904
總 編 輯—龔橞甄
責任主編—許婷婷
責任編輯—蔡維鋼
美術設計—王瓊瑤
著作完成日期—1994年
二版一刷日期—2017年05月
二版三刷日期—2020年12月
法律顧問—王惠光律師
有著作權・翻印必究
如有破損或裝訂錯誤，請寄回本社更換
讀者服務傳真專線◎02-27150507
電腦編號◎044090
ISBN◎978-957-33-3298-5
Printed in Taiwan
本書定價◎新台幣360元/港幣120元

• 皇冠讀樂網：www.crown.com.tw
• 皇冠Facebook：www.facebook.com/crownbook
• 皇冠Instagram：www.instagram.com/crownbook1954
• 小王子的編輯夢：crownbook.pixnet.net/blog